W0322207

KJB

© Saavedra Photography

Tae Keller, geboren 1993, ist in Honolulu, Hawaii, aufgewachsen, ihre Familie stammt jedoch ursprünglich aus Korea. Sie studierte Kreatives Schreiben und gewann bereits am College einen Preis für ihre Texte. Heute lebt sie in New York, USA, zusammen mit ihrem störrischen Yorkshire-Terrier und vielen Büchern.

Weitere Informationen zum Kinder- und Jugendbuchprogramm der S. Fischer Verlage finden sich auf
www.fischerverlage.de

Tae Keller

Wie man Wunder wachsen lässt

Aus dem Amerikanischen
von Susanne Hornfeck

KJB

FSC
www.fsc.org
MIX
Papier aus verantwortungsvollen Quellen
FSC® C083411

Erschienen bei FISCHER KJB

Das englischsprachige Original erschien 2018 unter dem Titel
»The Science of Breakable Things« bei Random House Children's Books,
a division of Penguin Random House LLC, New York.
Copyright © 2018 Tae Keller
Published by arrangement with Rights People, London

Für die deutschsprachige Ausgabe:
© 2018 S. Fischer Verlag GmbH, Hedderichstr. 114,
D-60596 Frankfurt am Main

Umschlaggestaltung: Suse Kopp, Hamburg,
unter Verwendung eines Fotos von plainpicture/
Blend Images/Donald Iain Smith
Orchideen: www.freepik.com
Satz: Dörlemann Satz, Lemförde
Druck und Bindung: CPI books GmbH, Leck
Printed in Germany
ISBN 978-3-7373-4096-0

Für Mama Keller

Schritt 1: Beobachten

Das ist der erste Schritt der wissenschaftlichen Methode!
Schärfe und verfeinere deine Beobachtunxgabe!
Was passiert um dich herum? Notiere alles, was dir auffällt!
#MrNeelysWissenschaftsabenteuer

5. September

Arbeitsauftrag 1: Beobachte deine Umgebung

Mr Neely hat den ersten Arbeitsauftrag für unser Laborbuch in seiner krakeligen Handschrift an die Tafel geschrieben, er ist total aus dem Häuschen wegen diesem Wissenschaftszeug. Keine Ahnung, warum er meint, dass man dazu Hashtags braucht und völlig harmlose Wörter mit einem »x« schreiben muss, aber Mr Neely ist ein Lehrer, den man nehmen muss, wie er ist.

Er hat Großes vor mit diesem Laborbuch. Er hält »die Hingabe an ein Langzeitprojekt« für ein wichtiges Lernziel, und dieser Arbeitsauftrag soll das wohl vermitteln. Letztlich geht es darum, dass wir uns etwas Interessantes suchen, das wir dann beobachten und zu dem wir eine wissenschaftliche Frage formulieren sollen.

Sobald wir auf unseren Plätzen saßen, hat er diese bescheuerten alten Aufsatzhefte ausgeteilt und gesagt: »Das ist euer Heft des Staunens! Darin werdet ihr Beobachtungen und Arbeitsaufträge notieren und die größte Reise in die Welt der Wissenschaft dokumentieren – *eure* Reise!«

Wir starrten ihn an und versuchten rauszukriegen, ob er das ernst meinte. Er meinte es ernst.

»Ihr werdet im Lauf des Jahres eure eigene wissenschaftliche Methode entwickeln, und am Anfang steht eine Frage – das, woran sich euer Interesse entzündet hat.« Mr Neely deutete mit den Händen eine Explosion an. Jemand kicherte, doch das schien ihn nur noch mehr zu beflügeln. »Und am Ende des Jahres werde *ich* etwas gelernt haben. Von *euch*!«

Mr Neely ist neu, deshalb ist er noch so gut drauf, aber in meinen Augen ist dieser Arbeitsauftrag zum Scheitern verurteilt. Letztes Jahr an meiner alten Schule meinte unsere Englischlehrerin, Mrs Jackson, dass es toll wäre, wenn wir ein Tagebuch führen würden. Die einzige Vorgabe: 50 Seiten Herzensergießungen bis Schuljahrsende. Es war vorherzusehen, was passierte: Alle haben ihre 50 Seiten am Tag vor dem Abgabetermin geschrieben. Meine bestanden hauptsächlich aus Songtexten, die ich in meiner größtmöglichen Handschrift hingeschmiert habe.

Genau genommen ist das Laborbuch eine Hausaufgabe, aber ich sehe nicht ein, warum ich nicht schon mal damit anfangen soll. Hier nun, geliebtes Laborbuch, folgen Natalie Napolis wissenschaftliche Beobachtungen:[1]

+ Mr Neely beschreibt beim Reden große Kreise mit den Armen, was ihn wie einen überdimensionalen Hula-Tänzer aussehen lässt. Das weiße Hemd – strahlend im Kontrast zu seiner braunen Haut – knittert, wenn er sich bewegt.

---

[1] Und das sind die schlausten Beobachtungen aller Zeiten, also bitte: ein Trommelwirbel!

+ Er sagt, er möchte, dass wir in »die Wonnen der Wissenschaft eintauchen«.

+ Mikayla Menzer meldet sich.

+ Mikayla Menzer gibt ihre Antwort, ohne drangenommen worden zu sein: »Für mich ist Wissenschaft das Größte im Leben. Ich tauche buchstäblich hier und jetzt in sie ein.«

+ Mikayla Menzer taucht buchstäblich in gar nichts ein. Sie sitzt bloß auf ihrem Stuhl schräg gegenüber von mir, hat die Hände vor sich auf dem Tisch gefaltet, und ihr dicker dunkler Zopf ringelt sich über ihre Schulter.

+ Mikayla Menzer riecht nach Sonnencreme, was praktisch das gesamte Klassenzimmer nach Sonnencreme riechen lässt, und die Luft ist feucht und heiß. Ich wünschte, die Fountain-Middle-School hätte eine Klimaanlage.

+ Ich wünschte, wir hätten so viel Geld, dass ich auf die Valley-Hope-Middle gehen könnte; dort haben sie nämlich eine Klimaanlage. Aber jetzt, wo Mom »krank« ist, sagt Dad, »müssen wir den Gürtel enger schnallen«.

+ Aber egal. Twig ist auch hier, obwohl ihre Familie es sich locker leisten könnte, sie auf die Valley-Hope zu schicken. Also kann es hier nicht so schlecht sein.[2]

+ Mr Neely ruft mich auf, aber ich habe nicht zugehört und schenke ihm mein bestes, wissenschaftswonniges Lächeln.

---

[2] Twig, Eigenname: beste Freundin des Universums, zumindest behauptet sie das.

✦ Mr Neely sagt: »Freut mich, dass dich unser Projekt so begeistert, Natalie, aber eigentlich sind die wissenschaftlichen Beobachtungen als Hausaufgabe gedacht. Pass jetzt bitte auf.«

✦ Ich passe auf. Und Mikayla Menzer riecht immer noch nach Sonnencreme.

Schritt 2: Frage

Was erstaunt dich in der Welt? Finde etwas, das dir rätselhaft erscheint, und erforsche es mit ganzem Herzen! Setze deine Detektivkappe auf und werde zum Ermittler! Ich sollte wohl besser sagen zum wissenschaftlichen Ermittler!

#SpürhundeausderSiebten

8. September
Arbeitsauftrag 2: Fragestellung

Heute hat uns Mr Neely nacheinander unsere wissenschaftlichen Fragen laut vorlesen lassen. Tom K. zum Beispiel sagte: »Was ist die höchste Spannung, die eine Batterie aushält, bevor sie implodiert?«, und Mikayla Menzer sagte: »Wie wirkt sich unterschiedliche Lichteinstrahlung auf das Wachstum von Pflanzen aus?«[3]

Ich hatte die Hausaufgabe nicht gemacht, und bis ich an der Reihe war, fiel mir auch keine passende Frage ein. Deshalb platzte ich heraus: »Warum benutzt Mr Neely so häufig Hashtags?«

Meine Wangen glühten, und meine Handflächen juckten, weil ich nie zuvor so frech zu einem Lehrer gewesen war. Aber Twig prustete los und zeigte mir quer durchs Klassenzimmer den erhobenen Daumen. Mikayla rollte mit den Augen und schwang ihren Zopf von der einen auf die andere Schulter.[4]

Niemand wusste, wie er sich verhalten sollte. Alle sahen

---

[3] Mikayla Menzer, Eigenname: Fräulein Oberbescheisserin, denn ich weiß genau, dass sie dieses Experiment schon mal gemacht hat.

[4] Mikaylas Zopf ist krass. Er besteht aus vielen kleinen Zöpfen, die zu einem dicken zusammengeflochten sind.

sich verwundert an, als wollten sie sagen: *Meint die das jetzt ernst oder wie?!*

Mr Neely lächelte, denn trotz der ganzen überschüssigen Energie, die er hat, ist er ziemlich geduldig. »Diese Frage erfordert *nicht wirklich* eine wissenschaftliche Klärung! Suche weiter in deiner Umgebung nach einer bedeutungsvollen Frage!«

Das war mir echt peinlich, denn ich hatte nicht erwartet, dass jemand diesen Arbeitsauftrag ernst nehmen würde. Und es war auch nicht gerade hilfreich, dass Dari, der Neue-Schrägstrich-Klassenbeste, nach mir drankam und irgendwas Extraschlaues über spitze Winkel sagte. Und jetzt muss ich mir eine neue Frage ausdenken, wo ich doch keine Ahnung habe, was ich fragen soll.

Und dann ist da noch die Sache mit Mom. Sie ist heute schon wieder nicht zum Abendessen aus ihrem Zimmer gekommen, was megablöd war, weil Dad sich so viel Mühe damit gemacht hatte. Als ich von der Schule kam, brütete er über einem dicken, alten Kochbuch und versuchte, Kräuter in ein Hühnchen zu stopfen, während das Nudelwasser überkochte.

Ich stand da und glotzte, unentschlossen, ob ich das lustig oder traurig finden sollte, bis Dad mich anfuhr: »Was stehst du da rum, Natalie! Hilf mir lieber!«

Und das habe ich die nächste Stunde auch getan, er hat gekocht, und ich habe Zutaten abgewogen, und es hat Spaß gemacht. Dabei mussten wir nicht mal reden. Dad ist nämlich Therapeut, und deshalb fragt er mich, wenn wir uns unterhalten, ständig nach allem Möglichen und sagt Sachen wie: »Wie fühlst du dich dabei?« Worauf ich regelmäßig antworte: »Genervt.«

Jedenfalls hat die ganze Küche total gut geduftet, und das Hühnchen schmeckte überraschend gut. Aber als Dad und ich den Tisch gedeckt hatten, ist Mom nicht mal aus dem Schlafzimmer gekommen.

»Soll ich sie holen?«, fragte ich.

Doch Dad sagte mit einem traurigen Lächeln: »Ich glaube, sie braucht ein bisschen Freiraum.« Das ist derzeit seine Standardantwort auf alles, was Mom betrifft.

»Aber findest du nicht, sie sollte hier sein?«

»Schon, aber wir müssen deiner Mutter jetzt ein bisschen Raum geben.«

»Aber Dad.«

»Aber Natalie.«

Den Rest des Abendessens schwiegen wir, nur dass es diesmal ein unangenehmes Schweigen war und das Essen plötzlich nicht mehr so gut schmeckte.

Später versuchte ich, mir eine wissenschaftliche Frage für Mr Neely auszudenken, aber wie ein lästiger Ohrwurm ging mir ständig der Gedanke durch den Kopf: *Mom hätte mir dabei geholfen.* Wenn ich früher Probleme in Mathe oder Naturwissenschaft hatte, hat sie sich zu mir an den Esstisch gesetzt und alle meine Gleichungen und Arbeitsblätter vor uns ausgebreitet. Sie hat ihr erdbeerblondes Haar zurückgebunden, was bei Mom bedeutet, dass es zur Sache geht, und dann haben wir losgelegt.

Sie konnte sich zu allem ein passendes Experiment ausdenken. *Du verstehst chemische Reaktionen nicht? Dann lass uns mit Hilfe von Backpulver und Essig einen Ballon aufblasen! Du willst die Dichte von Wasser bestimmen? Dann lass uns eine Lavalampe basteln!*

Solange Mom mir half, machte es nichts, dass ich schlecht in Naturwissenschaften war. Unsere Küche glich jedes Mal einem Schlachtfeld. Und Dad kam und tat so, als sei er sauer. *Glaubt bloß nicht, dass ich das hier aufräume!* Obwohl wir genau wussten, dass er es schließlich doch tun würde.

Wie immer.

Aber jetzt ist Mom im Schlafzimmer, und Dad räumt die Küche auf. Diesmal wird er nicht lange brauchen. Ich glaube, dass er sogar ihre Unordnung vermisst.

Ich sitze allein da, und mir will einfach keine Versuchsanordnung einfallen, die das alles erklären könnte. Wie kann ich die Antwort kennen, wenn ich nicht mal die Frage weiß?

13. September
Arbeitsauftrag 3: FRÖSCHE!

Heute hatte Mr Neely eine Überraschung für uns.

»Ratet mal, was wir heute machen, Kinder!« Die Augen hinter seinen Brillengläsern waren aufgerissen, die schwarz umrandete Brille und seine Glatze schimmerten im Neonlicht des Klassenzimmers. Niemand sagte etwas. »Ratet mal«, wiederholte er, wartete diesmal aber nicht auf eine Antwort. »Heute sezieren wir! Hashtag Frösche sezieren.«

Alle begannen gleichzeitig zu tuscheln. Es war erst die zweite Schulwoche, und die meisten Lehrer würden ihren Schülern keine spitzen Gegenstände in die Hand geben, bevor sie sich ihre Nachnamen eingeprägt haben – auch wenn es nur kleine Froschseziermesser[5] sind.

Doch Mr Neely grinste nur und teilte eine Liste mit Sicherheitshinweisen aus. »Es hat sich eine *unerwartete Gelegenheit* ergeben, und als echte Forscher werden wir sie natürlich zu nutzen wissen!«, sagte er – was in der Sprachregelung der Schule wahrscheinlich so viel bedeutete wie: Das Sekretariat hat die Sache vermasselt und die toten Frösche viel zu früh bestellt.

---

[5] Skalpelle, um genau zu sein.

Mr Neely redete weiter. »Wir werden diese Frösche aufschneiden und sehen, wie sie ticken. Was einen Organismus am Laufen hält, begreift man erst, wenn man ihn von innen gesehen hat.«

Alle verzogen das Gesicht. Krass.

Mikayla meldete sich und quatschte schon wieder ungefragt drauflos. »Mr Neely, Sie wissen ja, wie sehr ich die Wissenschaft liebe, aber das bringe ich beim besten Willen nicht über mich. Es ist gegen die Menschenrechte.«

Mr Neely runzelte die Stirn. »Nun, Mikayla, ich kann dich natürlich nicht zwingen, wenn du meinst, das verstößt gegen die *Tier*rechte. Dann musst du eben so lange draußen bei den Schließfächern sitzen und dein Arbeitsblatt ausfüllen.«

Janie, Mikaylas beste Freundin, meldete sich ebenfalls und verkündete, auch sie trete für die Tierrechte ein und müsse von dem Experiment entbunden werden.

Mr Neely seufzte. »Sonst noch jemand?«

Ehrlich gesagt habe ich lieber mit Pflanzen zu tun als mit toten Tieren, aber vor die Wahl gestellt, einen Frosch zu sezieren oder mit Mikayla und Janie rumzuhängen, ist der Frosch das kleinere Übel.

Nicht dass ich Mikayla hasse. Nicht wirklich. Aber wenn wir zusammen sind, liegt immer diese Verlegenheit in der Luft, und alles fühlt sich falsch an. Ich weiß nicht, wo die Mikayla von früher abgeblieben ist – das Mädchen, das mit mir Zaubertränke braute, während unsere Mütter zusammenarbeiteten, das mit mir Dreck im Reagenzglas untersuchte. Jemand muss die Mikayla, die meine beste Freundin war, über Nacht ausgetauscht haben. Aber inzwischen versuche ich, nicht mehr über sie nachzudenken.

Mr Neely erklärte uns in nur zwei Minuten, was wir bei der Sezierererei lernen sollten, doch niemand hörte zu. Wir waren viel zu sehr damit beschäftigt, uns im Raum umzuschauen und stumm Allianzen zu schließen, um für unsere erste Laborstunde des Schuljahrs einen Arbeitspartner zu finden.

Twig und ich tauschten Blicke. Sie brauchte nicht zu fragen, denn es war klar, dass wir zusammenarbeiten würden, trotzdem machte sie eine übertriebene *Du-Ich?*-Geste, und ich nickte grinsend.

Kaum war Mr Neely mit seinen Sicherheitshinweisen durch, rannten wir los, um uns den Labortisch ganz hinten zu sichern. Er steht in einer Ecke, wo Mr Neely uns nicht so genau im Auge hat, und ist daher der begehrteste von allen. Twig hatte ein Wahnsinnstempo drauf, und während ich mein Heft rausholte, hatte sie bereits unsere Materialien besorgt, den toten Frosch und so.

Hektisch band sie ihr Haar zurück, so dass widerspenstige Strähnen aus dem Pferdeschwanz ragten. »Das ist ja so wahnsinnig spannend, Natalie. Ist das nicht unglaublich? Darf ich zuerst schneiden? Ich will das Herz sehen. Und vielleicht die Blase. Froschpisse: krass oder cool?« Twig redete wie ein Maschinengewehr, ihre normale Sprechgeschwindigkeit. Sie kann sich für Sachen begeistern, die niemand sonst toll findet.

»Ich überlasse dir das Schneiden«, sagte ich, als brächte ich ein großes Opfer.

»Das ist wie Operieren!«, quiekte Twig.

Twig liebt Spiele. Nicht Videospiele, wie die meisten Leute, sondern diese altmodischen Brettspiele, die niemand wirklich mag. Trotzdem bringt sie mich ständig dazu, sie mit ihr zu spielen, und ich muss gestehen, dass es Spaß macht. Twig hat die Gabe, einem Dinge schmackhaft zu machen.

Und plötzlich machte auch mir das Sezieren Spaß. Ich schnitt zwar nicht den Frosch auf, kommentierte aber, was Twig tat, als wäre Twig einer dieser Fernsehärzte. Ich machte sogar die Piepgeräusche eines Herzmonitors nach.

Dann beugte Twig sich über den Magen des Froschs und rief: »Ich fass es nicht! Ich fass es nicht!« Ich blickte ihr über die Schulter und sah, dass sie in dem aufgeschnittenen Magen eine Heuschrecke gefunden hatte, noch völlig intakt. Magenheuschrecken: eindeutig cool.

Mr Neely kam herüber, um zu sehen, was los war. Auch er war hin und weg. »Seht mal, Kinder, was unsere wissenschaftlichen Ermittler gefunden haben!«

Und dann drängte sich die ganze Klasse um uns und sagte: »Oh, cool« oder »Oh, krass«. Selbst unser Klassengenie Dari kam, und ich merkte, wie enttäuscht er war, dass nicht auch sein Frosch eine anständige Mahlzeit gehabt hatte, bevor er gestorben war. Er beugte sich über den Labortisch, um besser sehen zu können, die Arme steif an den Seiten, während die Hände nervös am Saum seines T-Shirts zupften. Schließlich bedachte er uns mit einem gönnerhaften »Gut gemacht« und ging an seinen Platz zurück. Twig streckte ihm hinter seinem Rücken die Zunge heraus. Leider kriegte Mr Neely es mit, und schon waren wir nicht mehr seine Spitzenschüler.

MATERIALIEN:

- 1 Skalpell, scharf
- 1 Pinzette, aus Metall
- 2 Paar Handschuhe, aus Gummi
- 1 Frosch, tot

VERSUCHSABLAUF:

1. Lasse Twig die Drecksarbeit machen
2. Lasse Twig die Heuschrecke entdecken
3. Streiche das Lob ein

Nach der Schule lud Twig mich zu sich nach Hause ein. Wir konnten das immerhin damit rechtfertigen, dass wir zusammen unseren Frosch-Laborbericht schreiben mussten.

Ich rief Dad an. Twig beugte sich herüber und brüllte in

mein Ohr und ins Handy: »Grüß Yeong-jin von mir!«[6] Ich schüttelte sie ab.

Dad klang erschöpft, und als ich fragte, ob ich zu Twig dürfe, schien er unschlüssig. Nach der Schule mit Twig zusammenzusein war früher nie ein Problem, doch seit diesem Sommer ist das anders. »Natalie, ich glaube, es wäre besser, wenn du gleich nach Hause kämst. Ich möchte nicht, dass du vor der Situation hier davonläufst.«

Mit »Situation« meint er Mom und dramatisiert die Sache damit unnötig. Er denkt, diese »Situation« belastet mich, und das tut sie auch, aber es ist ja nicht so, als ob Mom richtig krank wäre, selbst wenn Dad das ständig behauptet. Ich denke mir, dass sie das Leben einfach langweilig findet – und uns auch. Und ich werde meine Zeit nicht damit verschwenden, deshalb traurig zu sein.

»Ich plane ja keinen nächtlichen Ausreißversuch. Ich will nur für ein paar Stunden zu Twig.«

Er seufzte. »Ich verstehe, was du sagst, und ich weiß, dass es hart für dich ist, aber bitte hab Verständnis …«

»Dad«, unterbrach ich ihn, »ich verstehe, was *du* sagst, aber das ist für die Schule. Ich muss mit Twig den Laborbericht fertigmachen.«

---

[6] Yeong-jin: Dads koreanischer Name. Sie hat ihn auf einem Diplom in seinem Arbeitszimmer entdeckt. Eigentlich nennt er sich John, aber Twig besteht auf dem koreanischen Namen, und er wehrt sich nicht. Ich glaube, er hat ein bisschen Angst vor ihr.

Einen Augenblick lang blieb es still, und ich sah ihn vor mir, wie er sich mit der linken Hand seitlich am Gesicht entlangfuhr und überlegte. Das hat er immer gemacht, wenn er über seine Forschung oder über seine Klienten nachdenkt. Jetzt tut er es, wenn er über Mom und mich nachdenkt.

Am Ende siegte seine Erschöpfung über den Wunsch, mich zu therapeuterisieren. »Aber zum Abendessen bist du zu Hause, ja?«

Twig wohnt nur fünfzehn Minuten mit dem Fahrrad von der Schule entfernt. Zehn, wenn wir schnell radeln, und das taten wir, denn wir wollten so viel gemeinsame Zeit wie möglich herausschlagen.

Twig und ihre Mom wohnen in einem Palast von Haus. Ihr Dad ist Banker in New York und verdient massenhaft Geld. Ihre Eltern haben sich »einvernehmlich getrennt«, aber er schickt jeden Monat einen fetten Scheck. Und Twigs Mom verdient ebenfalls gut, sie entwickelt Apps, die den Leuten sagen, welche Klamotten sie tragen sollen. Twigs Mom sieht gut aus und war mal Supermodel. Sie ist besessen von schicken Kleidern und schicken Leuten, und sie und Twig fliegen dreimal im Jahr nach Paris.[7]

---

[7] Twig wurde von ihrer Mutter nach einem Supermodel benannt, das früher berühmt war. Jeder meint, Twig (also Zweig) sei ihr Spitzname, weil sie so lang und dünn ist und ihr aschblondes Haar nach allen Seiten absteht, aber in Wirklichkeit ist es eine Kurzform von Twiggy. Doch sie korrigiert dieses Missverständnis nicht, weil sie ihren Namen peinlich findet.

Jedes Mal, wenn wir zu ihrem Haus kommen, bin ich von neuem geplättet. Wir radeln eine winzige, von Bäumen gesäumte Straße entlang, und dann – Bamm – taucht dieses riesenhafte Backsteinhaus auf. Twig redet nicht viel über ihre Eltern und nimmt auch niemand sonst mit nach Hause, was aber kein Problem ist, weil ich sowieso ihre einzige Freundin bin.

Und das kam so: In der Mitte der Vierten tauchte Twig plötzlich auf, als sei sie von einem anderen Stern bei uns aufgeschlagen. Zur Feier ihres ersten Schultags bei uns trug sie ein Outfit mit lauter Pailletten. Wir warteten gerade vor dem Klassenzimmer auf unseren Lehrer, als sie daherkam. Sie hatte solche Plastikabsätze, die bei jedem Schritt klacken. Es wurde ganz still, und wir starrten sie an. Es war wie im Film. Sie steuerte geradewegs auf Mikayla und mich zu und sagte: »Wir werden Freundinnen sein.«

Mikayla zog ein Gesicht, wie ich es noch nie an ihr gesehen hatte, und sagte: »Äääh …«, aber ich strahlte Twig an und sagte: »Wahnsinn.«

Nicht jeder versteht Twig – ich schon.

Jedenfalls fuhren Twig und ich durch das große Tor und ließen unsere Räder auf dem Rasen liegen. Kaum im Haus, begann Hélène, die Haushälterin, uns zu umsorgen. Hélène kommt aus Frankreich und spricht mit einem lustigen Akzent, den Twig und ich nachmachen, wenn sie nicht in der Nähe ist. Aber wir meinen es nicht böse, wir mögen Hélène.

»Natalie, sehrr schön zu sehen meine zweitliebste Mädschen«, sagte sie, nahm uns die Rucksäcke ab und hängte sie an die Garderobe.

»Danke, Hélène«, sagte ich. Sie goss uns zwei große Gläser kalte Milch ein, und Twig und ich verzogen uns in den Keller.[8]

»Was spielen wir?«, fragte Twig, während sie das Licht in unserer Lieblingsecke anmachte. Zwei fette Sitzsäcke lagen auf einem knallrosa Flauschteppich. Twigs Mom fand ihn schrecklich, wir liebten ihn.

Twig inspizierte, die Hände in die Hüften gestemmt, ein Regal randvoll mit Brettspielen. »Wir könnten Sorry! spielen, oder Mensch ärgere dich nicht oder Cluedo«, schlug sie vor. Doch Twig fragt nur aus Höflichkeit. Letztlich bestimmt immer sie, was gespielt wird.

»Mir egal«, sagte ich, trank einen Schluck Milch und ließ mich in dem lila Sitzsack nieder. Inzwischen hatte Twig bereits Cluedo aus den hunderttausend Brettspielen im Regal herausgesucht und vor mich hingestellt. Sie ließ sich in den grünen Sitzsack plumpsen, und wir breiteten das Spiel auf dem Teppich aus. Inzwischen haben wir eine ausgefeilte Technik, innerhalb einer Minute konnte es losgehen.

---

[8] Hélène hat einen Milch-Tick. Jedes Mal, wenn ich bei Twig bin, fragt sie mich als Erstes, ob ich ein Glas Milch möchte. Eigentlich mag ich keine Milch, aber ich trinke sie, weil Hélène immer behauptet: »Die Knochen 'aben 'unger, die Knochen 'aben 'unger.« Man kann ihr einfach nicht widerstehen.

Wir spielten zwei Partien. In der zweiten war es Mrs White mit dem Kerzenhalter in der Küche. Wie die erste ausging, weiß ich nicht mehr. Als Twig alles für eine dritte Partie zurechtlegte, erinnerte ich sie an unseren Laborbericht. Widerwillig stimmte sie zu, kritzelte aber bloß auf dem Umschlag ihres Hefts herum.

»Kritzeln ist ein wichtiger Teil des kreativen Prozesses«, sagte sie und zeichnete eine Reihe von radschlagenden Fröschen in die Zeile, wo NAME stand.

Ehrlich gesagt habe ich Twig noch nie Hausaufgaben machen sehen, obwohl ich weiß, dass sie blitzgescheit ist. Schule interessiert sie einfach nicht, und dieser spezielle Arbeitsauftrag schon gleich gar nicht.

Aber ich verbrachte die nächste Stunde damit, ihn zu erledigen und das alles hier aufzuschreiben, denn irgendwie interessiert mich das schon, glaube ich.

25. September

Arbeitsauftrag 4: Pflanzen sind auch nur Menschen

Mikaylas Protest von letzter Woche muss Mr Neely eingeschüchtert haben, denn heute ist unser Arbeitsauftrag vergleichsweise harmlos. Er geht durch die Klasse und verteilt Arbeitsblätter, die wir in Stillarbeit ausfüllen sollen. Auf dem Blatt ist eine Zeichnung einer riesigen Pflanze mit kleinen Pfeilen und Leerstellen an den Teilen, die wir benennen sollen. Ich hätte nicht gedacht, dass ich das jemals sagen würde, aber ich vermisse das Aufschneiden toter Frösche.

Obwohl ich weiß, wie man das Arbeitsblatt ausfüllt – Mr Neely hat uns die Pflanzenteile beigebracht, und Mom hat sie millionenfach erwähnt –, bringe ich es einfach nicht fertig. Pflanzen sind eine Sprache, die ich beherrsche, aber wenn ich jetzt an sie denke, krampft sich mein Magen zusammen. Also schreibe ich stattdessen meine Gedanken nieder, damit es so aussieht, als ob ich arbeite.

Mikayla meldet sich und fragt, ob das ein Test ist, aber Mr Neely sagt: »Nein, kein Test, den ihr für *mich* schreibt, kein Test für eine *Note*, sondern ein Test für *euch*, um euer Wissen zu erkunden! Eine Reise, eine wissenschaftliche Herausforderung«, und so weiter und so fort – das Übliche.

Dari ist bereits fertig mit der Aufgabe, na klar, und so langsam wird mir klar, dass die Antworten wahrscheinlich in dem Text vorkamen, den wir übers Wochenende lesen sollten, was ich aber nicht getan habe. Abgesehen von dem Laborbericht habe ich in letzter Zeit kaum Hausaufgaben gemacht. Und Dad lässt mich in Ruhe, weil er meint, dass ich mir Sorgen wegen Mom mache.

Hier kommt der Witz: Mom ist *Botanikerin.* Vielleicht sollte ich besser sagen: Mom war Botanikerin. Aber bevor sie »krank« wurde, arbeitete sie für Mikaylas Mom in einem Labor an der Lancaster University. Sie machte lauter wissenschaftliche Versuche und redete ständig über Pflanzen und Gattungen und Arten. Ich weiß, das klingt langweilig, war es aber nicht. Einmal unterhielten sich Mom und Dad beim Abendessen über ihre Arbeit, es ging hin und her, und sie lachten und machten Scherze, wie sie es früher taten. Und Dad wandte sich mir zu und sagte: »Wir sind so verschieden, deine Mom und ich. Ich habe keinen blassen Schimmer von Pflanzen. Ich wüsste nicht, was ich mit ihnen anfangen sollte.«

Doch Mom schüttelte den Kopf und meinte ganz ernst: »Das stimmt nicht. Wenn man es genau überlegt, machen wir ganz ähnliche Sachen. Du arbeitest mit Menschen und analysierst, was sie denken und fühlen, und ich mache dasselbe – nur eben mit Pflanzen.«

Ich musste lachen, aber Dad starrte sie auf eine Weise an,

die zu sagen schien: »Ich bin total verknallt in dich.« Ich schwankte zwischen würgen und grinsen.

Rückblickend bin ich mir nicht sicher, ob sie recht hatte. Ich möchte zu ihr sagen: »Pflanzen sind keine Menschen. Pflanzen essen und wachsen und atmen, aber sie können nicht lachen oder singen oder staunen.« Und jetzt ist sie diejenige, die nicht lachen oder singen oder staunen kann.

Ich möchte zu ihr sagen: »Komm zurück.«

Vielleicht lacht und weint sie in sich drin, genau wie ihre geliebten Pflanzen, und braucht nur jemanden, der sie da rausschüttelt – raus, raus, raus, damit sie auch nach außen wieder lachen und singen und staunen kann, zusammen mit mir.

2. Oktober
Arbeitsauftrag 5: Ausgez #Ei chnet

Mr Neely fragte, ob er mich nach der Stunde kurz sprechen könne. Er hat das praktisch vor der Klasse verkündet – »Natalie, kann ich dich einen Moment sprechen?« –, das war nicht nur peinlich, sondern nahm mir auch jede Fluchtmöglichkeit.

Ich dachte, er würde mich anschreien, weil ich die ganze Stunde geträumt hatte, und versuchte mir deshalb noch einmal zu vergegenwärtigen, was er gesagt hatte. An der Tafel stand die Definition von Homöostase[9], aber weiter konnte ich mich an nichts erinnern.

Doch Mr Neely fragte mich nicht aus. Stattdessen sagte er: »Ich weiß, dass es dir schwerfällt, dich für eine wissenschaftliche Frage zu entscheiden.« Das sagte er einfach so, ohne alberne Ausrufezeichen und Hashtags. »Ich dachte, du könntest vielleicht ein bisschen Hilfe gebrauchen.« Er hielt mir einen gelben Zettel hin: den Flyer für einen Wettbewerb

[9] Definition von »Homöostase« nach Mr Neely: Dadurch stellt euer Körper sicher, dass alles rundläuft! Selbst wenn sich die äußeren Bedingungen verändern, hält euer Körper ein stabiles inneres Gleichgewicht aufrecht, so dass ihr weiter funktioniert: Ihr könnt essen, spielen, schlafen und eure Hausaufgaben machen! #DankeKörper.

für Nachwuchsforscher. »Normalerweise empfehle ich die Teilnahme nur meinen Superhirnen, aber das hier könnte auch für dich passen.«

Ich bin ziemlich sicher, dass das eine Beleidigung war, aber ich nahm den Flyer trotzdem.

»Schau's dir einfach mal an, ganz unverbindlich. Vielleicht interessiert es dich, vielleicht überraschst du dich ja selber.« Er lächelte, als wüsste er etwas, das ich nicht weiß. Ich hasse es, wenn Erwachsene ständig raushängen lassen, dass sie schlauer sind als man selbst. »Dari macht auch mit«, fügte Mr Neely hinzu. »Ihr könntet euch zusammentun. Mit einem Freund macht Wissenschaft noch mehr Spaß.«

Wenn Mr Neely annimmt, dass ich mich um Extra-Hausaufgaben reiße und meine Zeit mit Superhirn Dari verbringe, dann täuscht er sich. Dennoch nickte ich und rang mir ein Lächeln ab. »Hm, danke, mal sehen.«

Ich warf einen Blick auf den Flyer, von dem mich ein dämliches Riesenei angrinste, darunter standen Informationen über Austragungsort und Preisgeld. Dann stopfte ich das Blatt in meinen Rucksack zu den anderen losen Blättern.

»Überleg es dir«, sagte Mr Neely mit einem gequälten Dauerlächeln. »Solltest du die Aufgabe nicht für das Staunen-Projekt verwenden, dann erwarte ich, dass du dir bis Ende des Monats eine eigene Fragestellung ausdenkst.«

Ich dankte ihm und ging.

Zu Hause dachte ich den Rest des Tages über Mom nach. Meine alte Mom wäre begeistert gewesen von diesem Projekt. Sie hätte sich tagelang mit mir hingesetzt, und wir hätten verschiedene Ideen und Experimente ausprobiert.

Aber das tut jetzt nichts zur Sache. Meine alte Mom ist verschwunden, ersetzt durch jemanden, den ich nicht wirklich kenne – und was das Projekt betrifft, bin ich auf mich allein gestellt.

4. Oktober
Arbeitsauftrag 6: Wie man Wunder wachsen lässt

Ich darf nicht mehr ins Zimmer meiner Eltern. Früher – vor jenem Sommer, als die Türe sich schloss und geschlossen blieb – war das anders. Doch das scheint Millionen von Monaten her zu sein, auch wenn es erst drei sind.

Es passierte schleichend. Zunächst ist mir die Veränderung gar nicht aufgefallen – wie wenn man aus seiner Lieblingsjeans herauswächst und nicht merkt, wie kurz sie geworden ist.

Mom arbeitete weniger und schlief mehr, und sie behielt im Haus auch tagsüber den Schlafanzug an – das hätte sie vorher nie getan. Zunächst war ich froh darüber. Ich hielt es für ein gutes Zeichen. Es bedeutete, dass sie mehr zu Hause war, statt im Labor, und wir mehr Zeit miteinander verbringen und reden konnten.

Nur dass es eben nicht so war, was ich allerdings nicht gleich kapierte. Mom und Dad führten abends geflüsterte Gespräche, in denen es um Probleme bei der Arbeit ging. Ich wusste, dass etwas nicht in Ordnung war, aber ich wusste nicht, dass etwas NICHT IN ORDNUNG war.

Bis ich eines Tages beim Abendessen plötzlich begriff: Da stimmt was nicht. Wir aßen Spaghetti mit Fleischbällchen, aber Dad hatte gekocht, und es schmeckte nicht besonders. Die Luft war drückend vor Julihitze. Dad machte einen Scherz, und ich lachte, und Mom lachte nicht.

Plötzlich dachte ich: »Ich kann mich nicht erinnern, wann Mom das letzte Mal gelacht hat.«

Ich kriegte kaum Luft. Auf einmal wusste ich, dass etwas Schlimmes im Gange war, aber ich war mir nicht sicher, was.

Dad merkte es auch, denn seine Schultern sackten nach unten, und sein Lächeln verflog. Es ist das Schlimmste, wenn man mit ansehen muss, wie ein Lächeln verblasst.

Als ich am nächsten Morgen herunterkam, war die Tür zum Schlafzimmer meiner Eltern zu, und Dad saß allein am Küchentisch. Ich steuerte auf die Schlafzimmertür zu, doch Dad hielt mich zurück. Ich sah, dass er traurig war, wusste aber nicht, warum.

»Das wird schon wieder«, sagte er, »aber im Moment sollten wir deiner Mutter ein bisschen Freiraum geben, ja?« Er setzte eine fröhliche Miene auf und gab den Alles-ganz-normal-Dad, und Mom verschwand in dem verdunkelten Schlafzimmer und wurde zur Nicht-Mom. Von da an war »Gib deiner Mutter ein bisschen Freiraum« Dads Lieblingsspruch.

Aber eines Abends, als Dad sich in sein Arbeitszimmer verzogen hatte und ich wie eine brave Tochter hätte lernen sollen, beschloss ich, die Regel zu brechen.

Auf Zehenspitzen schlich ich an seinem Büro vorbei zum Schlafzimmer meiner Eltern und drückte langsam die Klinke hinunter, so leise, dass ich dabei kaum zu atmen wagte. Mein Herzschlag trommelte in den Ohren, Schweiß prickelte auf meinen Handflächen. Ich hasste Mom dafür, dass sie mir Angst machte, und ich hasste mich, weil ich mir Angst machen ließ.

Anhand dieser einen kleinen Empfindung hätte mein Therapeuten-Dad vermutlich mein ganzes Herz auseinandernehmen können. Wer hat schon Angst vor der eigenen Mutter?

Ich machte zwei rasche, lautlose Atemzüge und sagte mir, dass ich ja nicht ohne Grund hier war. Schließlich musste ich über meine wissenschaftliche Frage nachdenken und wollte Anregungen dazu in Moms Büchern finden. Die reglose Masse auf dem Bett, meine Nicht-Mom, ignorierte ich. Ich steuerte geradewegs auf die gegenüberliegende Wand und das Bücherregel meiner Eltern zu.

Schnell, Natalie. Leise, Natalie.

Im Zimmer war es dunkel, nur durch die Schlitze der Jalousie strömte Licht herein – Lichtstreifen und schwebender Staub inmitten der Leere –, gerade so viel, dass ich die Titel auf den Buchrücken lesen konnte. Mom besitzt eine »Einführung in die Botanik«, aus der sie mir immer vorgelesen hat. Ich wollte das Buch aus dem Regal nehmen, aber meine Hand erwischte ein anderes. Moms Buch. Es heißt »Wie man Wunder wachsen lässt«, und sie hasst es, weil sie es vor zehn Jahren geschrieben hat.

Einmal hat sie Dad erzählt, dass sie darin jung und naiv klingt, aber ich liebe genau diesen Klang – wenn sich die Fachsprache der Botanik mit ihrer Begeisterung mischt und zu einer Geheimsprache voller Zauberworte wird. Sie hat es in der Art eines Märchens geschrieben, und wenn man es liest, ist es, als könnte man einen Blick in die Mom von damals werfen: die Mom, die ein Buch schrieb und gleichzeitig ein Baby versorgte. Die Mom, die es liebte, Dinge wachsen zu lassen.

Im Halbdunkel des Elternschlafzimmers blätterte ich zu der Seite mit dem Inhaltsverzeichnis. Das Buch besteht aus drei Teilen, drei Geschichten von Wunderblumen, aber die letzte ist bei weitem die längste.

Die kobaltblaue Orchidee – Blume der Rätsel und Wunder.

Ich hatte diese Geschichte wieder und wieder gelesen, aber jetzt ließen die Worte mein Herz erbeben. Ideen und Hoffnungen flackerten auf und erinnerten mich, wie meine Mutter früher war – ihre Begeisterung für die Wissenschaft und das Leben und für ihre Projekte. Ich musste das Buch zuschlagen, weil ich merkte, dass ich an einen gefährlichen Abgrund geraten war. Wäre ich nur einen Schritt weiter gegangen, dann hätte es keinen Weg zurück mehr gegeben.

Ich presste das Buch an mich, drehte mich um und betrachtete meine schlafende Mom, so dunkel und weit weg. Ich sagte mir, dass ich das Buch zurückstellen, zu meinen Hausaufgaben zurückkehren und aufhören sollte, über Wunderorchideen nachzudenken.

Doch stattdessen schob ich es unter meine Bluse und verließ das Zimmer. Ich war noch nicht bereit, es zurückzustellen.

Schritt 3: Eingehende Untersuchung

Nimm die Lupe zur Hand, jetzt geht's ans Ermitteln! Ans wissenschaftliche Ermitteln. Ihr werdet eure Fragestellung eingehend untersuchen, denn Forschen macht Spaß, Spaß, Spaß!

#SherlocksderWissenschaft

10. Oktober

Arbeitsauftrag 7: Lehrreiche Abenteuer im Brettspieleland

Heute zeigte Mr Neely uns einen Film über Fungi, was zur Folge hatte, dass die halbe Klasse einschlief. Der ans Fenster trommelnde Regen machte uns nur noch schläfriger, ein verträumtes Schlaflied, das Konzentration unmöglich machte. Und obwohl ich versuchte, mit den Gedanken bei den Pilzen zu bleiben, wanderten sie immer wieder zurück zu der Orchidee und Moms Buch.

Ich war so vertieft, dass mir fast der Zettel entgangen wäre, den Tom K. mir auf den Tisch schob. Als ich aufsah, deutete er quer durchs Klassenzimmer zu Twig hinüber, und Twig nickte bestätigend, als ich den Zettel auseinanderfaltete.

Was ist los?

Ich zuckte mit den Schultern und faltete den Zettel wieder zusammen.

Twig runzelte die Stirn und schickte auf demselben Weg einen weiteren Zettel. Tom reichte ihn mir mit einem Blick, der mich wissen ließ, dass er keine Lust hatte, noch länger unser Postbote zu sein.

Schulterzucken gilt nicht, Natalie. Ich sehe doch, dass etwas nicht stimmt. Du siehst bedrückt aus.

Wieder zuckte ich mit den Schultern. Twig schickte noch einen Zettel.

Jetzt nervst du aber wirklich. Kommst du nach der Schule mit zu mir? Hab ein neues Brettspiel. Mit Hélène aus dem Secondhandshop gerettet. Es heißt »Wessen Hosen?« und muss dringend ausprobiert werden.

Und so verschlug es mich an diesem Nachmittag zu Twig, wo wir Wessen Hosen? spielten. Ich hatte keinen blassen Schimmer, was wir aufhatten, denn wegen der Zettelpost von Twig und dem Nachdenken über Orchideenfelder waren mir die Hausaufgaben völlig entgangen.

»Hast du aufgepasst, als Mr Neely den Arbeitsauftrag erklärt hat?«, fragte ich Twig, während sie würfelte und den Spielstein mit der Schlaghose über das Brett bewegte. Wessen Hosen? erwies sich als Kombination aus Wer ist es? und einem Leiterspiel. Man zog über das Brett, musste Ja-oder-Nein-Fragen beantworten, und das erste Paar Hosen, das mit seinem Besitzer wiedervereint war, hatte gewonnen.

»Nein, ich war zu beschäftigt, dich zu fragen, was mit dir los ist«, sagte Twig, »und die Antwort darauf bist du mir bis jetzt schuldig, obwohl ganz *offensichtlich* etwas nicht stimmt. Du hast die ganze Stunde lang bloß die Stirn gerunzelt, und sicher nicht über Mikayla. Trägt mein Besitzer eine Brille?«

»Nein«, antwortete ich. »Und es ist nichts los. Ich schwör's.«

Twigs Blick sagte, dass sie mir nicht glaubte, aber sie bohrte nicht nach. Früher einmal haben Twig und ich uns alles erzählt, weil wir beste Freundinnen sind und beste Freundinnen das tun. Früher einmal hätte ich geantwortet, *Ja, du hast recht, etwas stimmt nicht.* Und ich hätte ihr erzählt, dass Mom nicht mehr aufsteht und dass Dad und ich sie nicht mal mehr mit Hühnchen oder Pasta locken können und nichts mehr so ist wie früher. Stattdessen fragte ich: »Ist mein Besitzer menschlich?« Ich vergaß zu erwähnen, dass die Hosenbesitzer auch Vampire oder Außerirdische sein können. Es gab sogar einen Zentaur, wobei unklar blieb, wozu ein Zentaur Hosen braucht.

»Nein, nicht menschlich«, entgegnete Twig.

Ich hatte mich auf den Clown (eindeutig menschlich) zubewegt, und würfelte jetzt, um einen anderen Weg einzuschlagen.

Twig war genau zum rechten Zeitpunkt in mein Leben getreten – damals, als Mikayla sich plötzlich so komisch benahm –, und wir waren beste Freundinnen auf den ersten Blick. Damals hätte ich Twig alles erzählt, und Twig hätte gesagt »Erzähl mir mehr«, und wir hätten geredet und geredet, bis mein Hals kratzig und rau gewesen wäre vor Ehrlichkeit.

Aber dann wurden wir älter, und Twigs Eltern »trennten sich einvernehmlich«, und wir lernten, gewisse Themen zu meiden, denn das kommt selbst bei besten Freundinnen manchmal vor.

Twig fand den Besitzer ihrer Hose zuerst, ihre Schlaghose gehörte dem Astronauten. Sie vollführte einen kleinen Siegestanz mit vielen Sprüngen und Pirouetten, aber sie wirkte längst nicht so begeistert wie sonst. Einen Moment lang fürchtete ich, sie würde eine echte Frage stellen, doch dann sah sie mein Gesicht und sagte: »Spielen wir noch 'ne Runde.«

18. Oktober

Arbeitsauftrag 8: Dinge, die ich weiß, aber meine Eltern glauben, ich wüsste sie nicht

Damit Wissenschaftler verstehen, was sie nicht wissen, müssen sie zunächst feststellen, was sie wissen. Das war Moms liebste naturwissenschaftliche Grundregel, und wann immer sie eine der »Großen Fragen« anpackte, listete sie erst mal auf, was sie alles wusste.

Hier sind die Dinge, die ich weiß:

1. Mom und Dad haben sich im College getroffen, und Dad war als Erster verliebt. Ich habe die Bilder in ihrem Fotoalbum gesehen, es steht ihm ins Gesicht geschrieben.
2. Mom ist nicht hübsch, jedenfalls nicht auf die gängige Art, aber trotzdem verlieben sich immer wieder Leute in sie. Sie hat dieses gewisse *Etwas*. Es hat mit Glücklichsein zu tun.
3. Vor ein paar Monaten, im Sommer, war Mom noch Mom. Sie war glücklich. Sie redete über ihre Arbeit an der Universität, über den möglichen Durchbruch bei der Erforschung der Orchideen, und sie lächelte, und alles war gut.
4. Dann begannen die geflüsterten Gespräche. *Nicht genug Geld, nicht genug Ergebnisse.* Immer und immer wieder.

Und einmal hieß es: *Sie meint, ich soll pausieren.* Als es wirklich schlimm wurde mit Mom, spulte ich diese Gesprächsfetzen auf der Suche nach einer Erklärung immer wieder im Kopf hin und her. Und da klickte es: Mrs Menzer hat Mom rausgeschmissen. Die Frau, die ich mein ganzes Leben lang gekannt habe, die mit Mom zusammenarbeitete und lachte, wenn Mikayla und ich erfundene Forschungsberichte vorlegten. Die Frau, die so oft bei uns zu Abend gegessen hat und die sich immer nach meinem Leben erkundigte, als interessierte sie das wirklich. Aber nach zehn Jahren Forschung hörte sie auf, an die kobaltblaue Orchidee zu glauben. Und sie glaubte auch nicht mehr an Mom. Und ich weiß nicht, welches der größere Verrat war.

5. Mom konnte nicht länger zur Arbeit gehen, sie wurde in die Dunkelheit hineingesogen. Und Mrs Menzer hat praktisch auch unsere Leben ruiniert, indem sie das von Mom zerbrach. Mom hat einfach aufgehört. Und jetzt weiß ich nicht, was ich machen soll. Wie ich sie wieder hinkriegen kann.

27. Oktober

Arbeitsauftrag 9: Eingehende Untersuchung

Mr Neely hat beschlossen, uns mit dem Aufschneiden kleiner Tiere und dem Ausfüllen langweiliger Arbeitsblätter bis auf weiteres zu verschonen und ist zur wissenschaftlichen Methode zurückgekehrt. Wir sollten unser Langzeitprojekt nicht aus dem Auge verlieren, ermahnte er uns. Und ich bekam eine »freundliche Erinnerung«, mir eine wissenschaftliche Fragestellung auszudenken.

Frage: Bei welcher Temperatur kocht Wasser?

Antwort: Bei 212 Grad Fahrenheit oder 100 Grad Celsius, sagt Google. #Erledigt.

Und da ich so schnell mit meiner Hausaufgabe fertig war, widmete ich mich meiner geheimen Frage – der Frage, für die ich keine Worte finde.

Ich ging in Dads Arbeitszimmer. Er saß mit dem Rücken zu mir am Schreibtisch über einen Stoß Akten gebeugt. Sein Zimmer ist hell, es hat Fenster, die bis zum Boden reichen, und Lampen – viele Lampen. Jetzt, wo Mom sich in die Dunkelheit zurückgezogen hat, scheint er noch mehr Helligkeit zu brauchen.

»Dad?« Ich trat hinter ihn und kam mir wie sein Schatten vor. Er erschrak ein wenig, drehte sich um und blinzelte mich an, als müssten seine Augen erst fokussieren. »Hallo, Natalie, was liegt denn an?«, sagte er in der förmlich-distanzierten Art, die er manchmal hat, wenn er mitten in der Arbeit ist.

»Wir müssen für die Schule was erforschen«, sagte ich.

Er warf einen Blick auf mein Heft und entspannte sich, denn mit Forschung kennt er sich aus. Bei Statistiken und Diagnosen und umsetzbaren nächsten Schritten fühlt er sich sicher. Ich schaute ebenfalls in mein Heft, den Stift gezückt, um ihm zu zeigen, dass ich die Sache streng wissenschaftlich anging. Dann fuhr ich fort: »Was bedeutet es, wenn jemand immer nur im Dunkeln sein will?«

Offenbar durchschaute er mich, denn er verspannte sich augenblicklich: »Naaatalie«, sagte er und dehnte meinen Namen, um Zeit zu gewinnen.

Doch ich bohrte nach, den Blick auf mein Heft gerichtet, weil ich die Antworten eigentlich gar nicht wissen wollte, sie aber trotzdem dringend brauchte. »Warum kümmert sich jemand plötzlich nicht mehr um seine Familie?«, fragte ich.

»Natalie«, sagte Dad noch einmal. Er schob mein Heft weg, so dass er mir in die Augen schauen konnte. Dad glaubt an Augenkontakt. »Wir sollten über deine Mutter reden. Wir sollten darüber reden, wie es dir geht.«

Ich erklärte ihm, dass ich weder über meine Mutter noch über meine Gefühle reden wolle. Es gehe um eine wissenschaftliche Frage für die Schule. Aber Dad sah mich mit seinem Therapeutenblick an und sagte: »Ich möchte, dass du eines weißt: Was mit deiner Mutter passiert, hat nichts mit dir zu tun.«

Aber genau das ist das Problem. Ich scheine ihr völlig gleichgültig zu sein. Und das hat *eine Menge* mit mir zu tun. Ich konnte ihm das natürlich nicht sagen, also antwortete ich: »Schon gut«, und ging aus dem Zimmer. Er war hin- und hergerissen, ob er mir folgen sollte, das konnte ich sehen, aber er ließ es.

Auf einmal wusste ich nicht mehr weiter. Ich war gefangen zwischen Moms dunklem Zimmer und der künstlichen Helligkeit in Dads Büro. Ohne zu überlegen, holte ich Moms Buch aus meinem Zimmer und ging nach draußen ins Gewächshaus.

Mit Mom im Gewächshaus zu sein gehört zu meinen frühsten Erinnerungen. Ich zog unsere kleine Pflanzenfamilie auf, nach ihren Anweisungen goss und düngte ich jeden Samen, genau wie er es brauchte. Noch vor wenigen Monaten war das Gewächshaus eine Blütenpracht, erfüllt von Leben und Farbe und herrlichem, echtem Licht.

Jetzt ist es nicht mehr so schön. Als Mom im Sommer plötzlich aufhörte zu arbeiten und sich um nichts mehr kümmerte, machte Dad ein Riesentheater um die Blumen. Mit ungeahnter Energie goss und jätete er und goss noch mehr. Er verbrachte Stunden im Gewächshaus und versuchte, die Pflanzen zu retten, die meine Mutter nicht mehr liebte.

Aber er liebte sie zu sehr – wer was von Pflanzen versteht, weiß, was ich meine. Man darf Pflanzen nämlich auch nicht zu viel gießen. Sie brauchen *Freiraum*. Komisch, was?

Mom und ich verbrachten unsere ganze freie Zeit dort. Wir berührten die Blumen, rochen an ihnen, unterhielten uns über das Leben und sogen das Sonnenlicht auf. Jetzt stand ich nach sechs Wochen zum ersten Mal wieder hier, in einer Ecke, und starrte auf unsere Pflanzen – braun und verdorrt und mausetot.

In der Mitte des Gewächshauses stand ein einzelner, langer Stängel, braun wie die übrigen Pflanzen. Die Blütenblätter waren längst abgefallen. Sie waren blau – ein strahlendes, magisches Blau. Eine kobaltblaue Orchidee. Eine Pflanze mit einem nagelneuen lateinischen Namen.[10] Eine Wunderpflanze, die uns ganz allein gehörte.

Ich setzte mich auf den schmutzigen Boden unter die Regalreihen, damit ich die toten Pflanzen nicht sehen musste, Moms Buch im Schoß. Eigentlich wollte ich gar nicht darin lesen. Ich wollte kehrtmachen und zurück ins Haus gehen, aber meine Hände schlugen das Buch ganz von selbst auf. Sobald der Geruch nach altem Buch aufstieg, kehrte meine

[10] Familie: *Orchidaceae*, weil es eine Orchidee ist. Gattung: *Cattleya*, weil der Botaniker William Cattley sie entdeckt hat. Art: *fortis*, tapfer.

nervöse Erregung zurück. Ich blätterte zu der Geschichte über die kobaltblaue Orchidee und las Moms Worte.

1991 platzte in San Juan, Neumexiko, ein Rohr in einem Kraftwerk. In der Stadt wurde der Boden mit Metall und Chemikalien verunreinigt, Menschen kamen nicht zu Schaden.

Die Blumen aber schon. Sämtliche Blumen starben – buchstäblich alle. Toxische Mengen von Kobalt und Aluminium hatten sich in der Erde angereichert und vergifteten die Pflanzen. Nichts konnte mehr wachsen, und es wuchs auch nichts mehr.

Bis zwei Jahre später, wie aus dem Nichts, plötzlich eine Orchidee aufblühte. Ein leuchtendes Blau auf einer endlosen Fläche kahler Erde. Bald darauf wuchs die nächste. Und dann war das Feld übersät mit lauter strahlend blauen Orchideen.

Man stelle sich das vor. Jeden Tag fährt man auf dem Weg zur Arbeit an diesem schmutzigbraunen Feld vorbei, an dieser ganzen Leere, und eines Tages sind da plötzlich Blumen. Überall wunderschöne blaue Blumen.

Erst nichts, dann alles.

Ich überflog Moms Kapitel über Anthocyane und aktiven Eisentransport, ihre Ausführungen zu Hybriden und Fungi und Moos. Die Sonne ging unter, das Licht wurde schwächer. Ich erwartete, dass Dad nach mir suchen und mich zum Essen rufen würde, aber er kam nicht. Und ich las weiter:

Vielleicht muss man Botaniker sein, um die Bedeutung dieser kobaltblauen Orchideen ermessen zu können – und um zu wissen, wie empfindlich Orchideen sonst sind. Dass sie sterben, wenn sie nicht genau die richtige Menge Sonne und genau die richtige Menge Wasser bekommen. Man muss um die schiere Unmöglichkeit einer blauen Orchidee wissen, damit man das Wunder dieser Blumen begreift. Wie diese zarte Orchidee wuchs, wo keine andere Pflanze wachsen konnte. Wie sie das Gift aus der Erde saugte und es in blanke Schönheit verwandelte.

Aber auch ohne dieses ganze Fachwissen muss man sich einfach nur vorstellen, man stünde in diesem knallblauen Feld. Dann erkennt man, dass auch die Naturwissenschaft ihre Wunder und magischen Momente hat.

Mom glaubte an diese Blume – an alles, was sie konnte. Sie hat die Geschichte tausendmal erzählt. Dass alle schockiert und verblüfft waren von ihrer Farbe.[11] Dass alle anderen Bo-

---

[11] Für diejenigen, die ihr Leben nicht an der Seite einer Botaniker-Mutter verbracht haben: In der Natur kommen blaue Orchideen nicht vor. Man kann sie blau färben, aber von Natur aus werden sie nicht blau. Und dann passierte dieses Unglück, und die Orchideen begannen zu wachsen und saugten die ganzen im Moos angereicherten Chemikalien auf, und da war sie plötzlich: die blaue Orchidee. Ta-ta, Zauberei. Wissenschaft. Wunder.

taniker dieses Blau erforschten, aber Mom sagte: »Moment mal. Das ist nicht alles.« Das eigentliche Wunder besteht darin, dass aus diesem ganzen Gift Leben entstehen konnte. Und Mom war die Erste, die das erkannt hat.

Und weil Mom und Mrs Menzer in ihrem Labor die kobaltblaue Orchidee untersuchten, hatten auch wir ein Exemplar in unserem Gewächshaus. Wir gossen und umsorgten und liebten die Pflanze. Wir gaben ihr einen sicheren Raum.

Und jetzt ist sie tot. Meine Mutter – dieselbe Person, die einmal über Wissenschaft und Wunder schrieb – hat sie sterben lassen. Wieder spürte ich dieses Ziehen und Pochen in meiner Brust. Ein Zeichen dafür, dass sich eine Idee formte.

Denn auch wenn unsere Orchidee gestorben ist, gab es ja immer noch das riesige, herrlich blaue Feld dort unten in Neumexiko, voller Wunder und Hoffnung. Vielleicht musste man Mom nur daran erinnern.

Vielleicht hatte sie es einfach vergessen.

Schritt 4: Hypothese

Eine Hypothese ist eine begründete Vermutung! Und weil ihr alle gut im Begründen und im Vermuten seid, ist das eine ideale Aufgabe für euch! Höchste Zeit, dass ihr euch den Kopf zerbrecht!

#HalsundBeinbruch

31. Oktober
Arbeitsauftrag 10: Meiose und Mr Kartoffelkopf

Mom und ich hatten eine Tradition an Halloween. Ich verkleide mich als Pflanze, jedes Jahr eine andere. Ich blättere ihre Botanikbücher durch, um etwas Passendes zu finden, dann gehen wir zusammen in den Laden für Bastelbedarf und nähen ein aufwendiges Kostüm. Letztes Jahr bin ich als Hawaiianischer Hāpu'u-Pulu-Farn gegangen. Mom und ich haben Stunden damit verbracht, riesige Spiralwedel zu basteln, die mir aus den Schultern sprossen. Die meisten Leute dachten, ich sei ein Außerirdischer oder ein Insekt, aber das war mir egal. Und Twig und ich zogen durchs Viertel und forderten Süßigkeiten ein.

Zu den Dingen, um die Mom sich zu kümmern vergaß, gehörte auch Halloween. Sie hat es dieses Jahr einfach nicht erwähnt, also sagte ich auch nichts, und die ganze Familie hat das Thema in den letzten Wochen tunlichst gemieden.

Heute Morgen bin ich in den üblichen Klamotten runtergekommen, in normalen Jeans und einem schlichten Pullover. Als Dad zu mir aufsah, huschte Trauer über sein Gesicht – aber nur für einen Moment, dann war sie weg. »Keine Verkleidung dieses Jahr, Nats?« Seine Stimme klang nach aufgesetzter Fröhlichkeit. »Es wäre noch Zeit, um das Farn-Kostüm aus der Garage zu holen, wenn du möchtest.«

Ich zuckte halb mit den Schultern, halb schüttelte ich den Kopf. »Bin zu alt für so was«, sagte ich.

Zumindest redete ich mir ein, dass ich zu alt sei, dass ich mich dieses Jahr sowieso nicht verkleidet hätte. Wenn Twig da gewesen wäre, hätte sie bestimmt protestiert und selbst das auffälligste Kostüm getragen, das sich auftreiben ließ – vermutlich etwas, das blinkt oder Krach macht –, aber sie war mit ihrer Mom für eine Woche in Paris.[12]

Der Punkt ist: Eigentlich bin ich *wirklich* zu alt. Eine Handvoll Kinder hatte sich für diesen Tag zurechtgemacht, aber die meisten trugen ganz normale Klamotten oder Kostüme, die nicht wirklich welche waren, wie Baseball-Trikots oder so.

»Ich hab mich schon *drei Jahre* nicht mehr kostümiert«, hörte ich Mikayla zu Janie sagen, als ich vor dem Unterricht meine Bücher in meinem Schließfach verstaute. Sie tat so, als sei das was zum Angeben. Ich biss mir in die Innenseite der Wange und versuchte, nicht weiter darüber nachzuden-

---

[12] Twig hat sich doch glatt darüber beschwert: »Das ist die reinste Gehirnwäsche«, erklärte sie mir. »Meine Mom zwingt mich, zu diesen ganzen Modeschauen zu gehen und großgewachsenen Mädels beim Hin- und Herlaufen zuzusehen. Und dann essen wir mit ihren Freunden kleine Kuchen und reden über Klamotten.« So als wären großgewachsene Mädels und kleine Kuchen und Klamotten das Schlimmste auf der Welt. Manchmal verstehe ich Twig wirklich nicht.

ken, welche Pflanze Mom und ich dieses Jahr ausgesucht hätten.

Den Großteil des Tages verhielt ich mich möglichst unauffällig und versuchte, an nichts Bestimmtes zu denken, ein Zustand, der langsam zur Gewohnheit wird. Und es gelang mir bis zum Ende des Tages, keine Aufmerksamkeit zu erregen.

Bis Mr Neely fragte, ob er mich nach dem Unterricht kurz sprechen könne. Schon wieder. Langsam wurde es echt peinlich. Und als er uns endlich gehen ließ, trödelte ich so lange wie möglich beim Einpacken herum, um das Gespräch hinauszuzögern. Mikayla zog die Augenbrauen hoch, als sie an mir vorbeiging. »Mann, Mann, wie blöd kann man denn sein«, schien sie zu sagen. Es stinkt mir wirklich, dass wir früher mal beste Freundinnen waren.

Als alle draußen waren, schlurfte ich zu Mr Neelys Pult und sagte: »Hi.« Es klang genauso bescheuert, wie ich es mir vorgestellt hatte, aber was anderes fiel mir nicht ein.

Wir nehmen gerade die Zellteilung durch, und aus diesem Anlass hatte er ein Halloweenkostüm an, das die Meiose darstellte. Es bestand aus einer riesigen Warnweste, an der kleine Chromosomen befestigt waren. Während des Unterrichts hatte er sie immer wieder neu arrangiert, um die verschiedenen Phasen der Zellteilung zu demonstrieren. Aus unerfindlichen Gründen trug er dazu Marienkäferfühler.

Aufgeregt deutete er auf seinen Bauch. »He, kannst du

mir sagen, in welcher Phase der Meiose sich diese Zelle gerade befindet?«

Ich starrte auf seine Weste. Der Klettverschluss an einem Chromosom wollte nicht recht halten, es hing ein bisschen herunter. Das hatte mich schon die ganze Zeit beschäftigt.

»Hm«, sagte ich. »Ich vermute mal, dass es die … äh … Metaphase ist?« Ich glaube nicht, dass er mich ausfragen wollte, obwohl ich ganz offensichtlich nicht aufgepasst hatte.

Das dämpfte seine Begeisterung ein wenig. »Nicht schlecht für eine begründete Vermutung, aber es ist die Telophase 2«, bemerkte er, als ob das alles erklärte. »Siehst du, die Chromosomen haben sich in vier haploide Tochterzellen geteilt.«

»Ah, ja.« Ich nickte, als hätte ich den totalen Durchblick. »Haben Sie mich deshalb herkommen lassen?«, fragte ich, obwohl ich genau wusste, worüber er mit mir reden wollte.

»Nicht nur.« Er lächelte mich an, ein *Du-hast-noch-keinen-Ärger-aber-bald-kriegst-du-welchen*-Lächeln, wie es Lehrer draufhaben. »Hast du über deine wissenschaftliche Fragestellung nachgedacht?«

Ich hatte viel über Mom nachgedacht und eine halbe Million unausgegorener Fragen schwirrten mir durch den Kopf, aber darum ging es jetzt nicht. »Hm«, sagte ich.

Er nickte langsam und musterte mich. Ich hasse diesen Blick, mit dem die Erwachsenen mich ansehen, seitdem das mit der »Situation« angefangen hat.

»Weißt du, ich würde es wirklich gut finden, wenn du beim Eier-Wettbewerb mitmachen würdest«, sagte er. »Aber egal wofür, bis Freitag musst du dich entschieden haben. Sollte es Schwierigkeiten geben, dann empfehle ich, auf die wissenschaftliche Methode zurückzugreifen. Benutze dein Heft des Staunens, um die Tiefen deines Denkens auszuloten, Beobachtungen anzustellen und die Welt zu hinterfragen.« Er blinzelte mir zu – ja, er blinzelte tatsächlich –, und daran merkte ich, dass ich es mit dem guten alten Mr Neely zu tun hatte und nicht mit einem Lehrer, der seine Schüler ständig ausfragt.

»Wird gemacht«, sagte ich, aber das klang irgendwie nicht höflich genug, und deshalb fügte ich hinzu: »Danke für die Anregung.«

Er freute sich wie ein Schnitzel. »Wahnsinnig gern geschehen, Natalie!«

Was soll man darauf sagen? Ich lächelte und ging.

Alle anderen waren schon weg, sie hatten es eilig, sich Horrorfilme anzusehen oder Süßigkeiten auszuteilen oder Süßigkeiten einzufordern, oder was sie sonst für Halloween geplant hatten. Die Vorhalle war gähnend leer, bis auf Dari, der bei den Schließfächern am Boden hockte. Er war in ein Lehrbuch vertieft, irgendein »Fortgeschrittenes Sowieso«. Und er war als Riesenkartoffel verkleidet.

Er blickte auf, als er mich aus Mr Neelys Klassenzimmer kommen sah, und bewegte sich in seiner selbstgenähten Kartoffel. Es raschelte, als wäre sie mit Zeitungen ausgestopft. Das Kostüm verschluckte ihn praktisch, sein Kopf wirkte winzig im Vergleich zu der wahnwitzigen Leibesfülle. Als ich vorbeikam, stand er auf, und das schwankende Kostüm hätte ihn beinahe aus dem Gleichgewicht gebracht.

»Worüber habt ihr denn gesprochen?«, wollte er wissen und verhaspelte sich fast, weil er noch schneller sprach als sonst. Er schien beunruhigt – vielleicht auch eifersüchtig.

»Ach, du weißt schon, was Mr Neely halt so redet.« Ich überlegte, ob ich ihn auf die Kartoffel ansprechen oder lieber warten sollte, bis er selbst sie erwähnte. Oder vielleicht wäre es am besten, das Kostüm einfach zu übergehen.

Doch Dari sah mich an, als würde *ich* mich komisch verhalten, er wartete darauf, dass ich meine Erklärung beendete. »Das Übliche halt.« Dari wartete weiter, und mir wurde klar, dass ich ihn so einfach nicht loswurde. »Wir haben über die *Wonnen der Wissenschaft* gesprochen!« Ich machte meine beste Mr-Neely-Imitation, rang die Hände, riss die Augen auf und betonte *Jedes. Einzelne. Wort*. Dari musste grinsen.

»Aber er bemüht sich wirklich. Er ist clever, und er kümmert sich«, sagte Dari. Noch nie hatte ich einen Schüler so über einen Lehrer reden hören. Es klang zu freundlich. Dari war überhaupt viel zu freundlich – wir hatten uns vorher nie unterhalten, und jetzt plauderten wir, als wäre nichts, während er in einer Kartoffel steckte. Das Komische daran: Es machte mir Spaß.

»Bevor er Lehrer wurde, hatte er einen langweiligen Job. Deshalb freut er sich so, dass er jetzt hier ist.«

Ich nickte, als wäre mir das längst bekannt. Aber es leuchtete ein – für einen Berufsanfänger sah Mr Neely nicht jung genug aus, aber richtig *alt* war er auch nicht. Trotzdem war es komisch, wie Dari über Mr Neely redete, so als wären sie Freunde. Ich wechselte das Thema.

»Warum bist du noch in der Schule?«, fragte ich.

Statt einer Antwort hielt Dari sein Lehrbuch hoch: Fortgeschrittene Algebra.

»Ja, gut, aber warum bist du noch *hier*? Niemand bleibt freiwillig länger in der Schule.« Ich wollte noch hinzufügen: »Vor allem nicht an Halloween. Vor allem nicht mit einem Kartoffelkostüm«, ließ es dann aber. Vielleicht hätte ich sein Kostüm doch erwähnen sollen, aber wenn ich ihn jetzt darauf ansprach, würde er denken, ich mache mich lustig über ihn.

Dari zuckte die Achseln und zog die knochigen Schultern bis zu den Ohren hoch. Die Kartoffel wurde runzlig und hüpfte. »Meine Eltern kommen erst so spät von der Arbeit. Sie können mich nicht vor sieben abholen.«

»Oh.«

»Aber wenn sie kommen, gehen wir uns den Umzug anschauen. Das wird bestimmt lustig.« Ich mochte die Art, wie er redete, klar und melodisch. Er hatte nur die Spur eines Akzents, und die Wörter klangen aus seinem Mund, als marschierten sie durch die Landschaft, bergauf, bergab. Und dann schämte ich mich, dass mir sein Indischsein plötzlich auffiel, so als würde ich unbewusst ein Urteil über ihn fällen, was ja gar nicht stimmte.

»Aha«, sagte ich, denn jetzt war er auf Halloween zu sprechen gekommen, »daher die Kartoffel?«

»Findest du sie albern?«, fragte er, und es klang kein bisschen barsch oder verlegen. Eher wie eine wissenschaftliche Frage, die es zu erforschen galt.

»Hm«, sagte ich, denn ich wollte nett sein, ohne zu lügen. »Ich hätte eher erwartet, dass du dich als Atom oder als Gleichung oder so verkleidest.«

Da musste Dari lachen. Bei genauerem Hinsehen bemerkte ich, dass die Schnörkel auf der Kartoffelschale, die ich für Kartoffelkeime oder Dreckflecken gehalten hatte, in Wirklichkeit kleine Zeichnungen waren: Lippen, ein Ohr, und etwas, das wohl eine Nase darstellen sollte.

»Ich bin der vermurkste Mr Kartoffelkopf«, erklärte er stolz und ohne Peinlichkeit in der Stimme. »Mein älterer Bruder hat das Kostüm schon mal in der Mittelstufe benutzt. Ich habe ihm geholfen, es zu machen. Den Schnurrbart habe ich mir selber angemalt. Hier.« Er deutete auf eine zittrige Linie oberhalb seiner Lippen.

»Oh«, sagte ich.

Ich musste daran denken, wie toll Twig diese abgedrehte Verkleidung als vermurkster Mr Kartoffelkopf gefunden hätte, und nahm mir vor, ihr davon zu erzählen, sobald sie zurück war. Er plapperte weiter: »Wir hatten das Kostüm ganz vergessen und haben es erst wiedergefunden, als wir vor ein paar Jahren nach Amerika umzogen. Ich glaube, es macht meine Eltern glücklich, wenn ich es trage. Es weckt Erinnerungen an zu Hause, verstehst du?«

Ich versuchte mir vorzustellen, wie ich mich als kobaltblaue Orchidee verkleidete. Würde ein solches Kostüm etwas an Moms Zustand ändern? Würde es sie zurückbringen? »Es macht sie glücklich, dich als Kartoffel zu sehen?«

Dari zuckte die Schultern. Wieder bekam die Kartoffel Runzeln. »Ich glaube, es ist vor allem das Kostüm. Es erinnert sie daran, wie glücklich wir waren, als wir es gemacht haben.«

»Oh«, sagte ich wieder. »Tja, ich find's cool.«

Dari lächelte, und ich lächelte zurück, und dann entstand eine peinliche Stille, weil keinem von uns etwas einfiel. Ich rückte meinen Rucksack zurecht. »Ich geh jetzt besser. Du weißt ja, ich bin nicht so ein Spinner, der nach dem Unterricht als Kartoffel in der Schule rumhängt.«

Er lachte, als hätte ich einen Scherz gemacht.

Und das hatte ich ja auch.

1. November
Arbeitsauftrag 11: Entscheidungen

Heute Morgen beim Aufwachen fühlte ich mich belebt von Hoffnung und neuen Ideen. Ich rannte zu Mom, um sie zu wecken. Ich wollte, dass sie mit mir zusammen lebendig war.

Dad war unten, er packte gerade mein Pausenbrot ein und machte sich für die Arbeit fertig. Ich musste mich auf Zehenspitzen zu ihrem Schlafzimmer schleichen, damit er mich nicht erwischte und mein Vorhaben vereitelte.

»Mom«, sagte ich und kuschelte mich zu ihr aufs Bett.

Sie drehte sich zu mir und lächelte. Ihre Augen waren ganz verschlafen, aber sie wirkte glücklich oder zumindest zufrieden.

»Mom, ich hab da eine Idee«, sagte ich. Ich hatte schon meine Schulsachen an, und sie war im Schlafanzug. Irgendwie fühlte sich das verkehrt an, aber ich konzentrierte mich auf meinen Plan und ließ gar nicht erst den Gedanken aufkommen, dass etwas nicht stimmte.

»Was denn, Nats?« Sie sagte es ganz normal, aber dann veränderte sich plötzlich etwas, so als wäre sie eben noch da gewesen und mir plötzlich entglitten.

»Die kobaltblauen Orchideen, in Neumexiko«, erklärte ich. Ich war ganz aufgeregt darüber, dass die Erwähnung der Blumen sie vielleicht aufrütteln könnte. Dass sie sagen würde »Ja, natürlich!« – so als sähe sie das Feld mit den Orchideen und erinnerte sich wieder, wer sie war. Dass ich sie dadurch zurückbringen könnte.

»Wir müssen da unbedingt hin«, sagte ich. »Du hast mir versprochen, dass wir zusammen hinfahren, aber wir haben es nie gemacht. Und jetzt, wo unsere Orchidee tot ist, müssen wir uns eine neue besorgen. Du wirst die Orchideen sehen, und dann …«

»Unsere Orchidee?«, fragte sie. Moms Augen sind blau, aber im Dunkeln wirkten sie grau. »Wovon redest du?«

Und auf einmal merkte ich, dass ich einen gewaltigen Fehler gemacht hatte. Sie wusste ja nicht, dass die Orchidee tot war. Wie denn auch? Sie war ja so lange nicht mehr im Gewächshaus gewesen.

»Aber wir können eine neue besorgen«, drängte ich. »In Neumexiko.«

Sie sah so verloren aus. Ich dachte schon, sie würde gar nichts mehr sagen, aber dann sagte sie: »Okay.«

Ich biss mir fest in die Wange und versuchte, die Hoffnung zurückzudrängen, die in mir aufstieg. »Wirklich?« Es kam als Flüstern heraus, obwohl das gar nicht beabsichtigt war.

»Wenn wir das Geld haben, Natalie.« Seufzend schloss sie die Augen, und ich hätte sie schütteln und ihr sagen mögen: »Bleib wach! Nur einen Moment noch! Nimm die sterbenden Blumen zur Kenntnis. Nimm mich zur Kenntnis!«

»Zurzeit reicht das Geld nicht zum Reisen«, wiederholte sie, die Augen weiterhin geschlossen.

Ich rutschte vom Bett und verließ das Zimmer, auf meinem Weg durch die Dunkelheit rammte ich die Kommode. Ich kaute auf meiner Wange herum, bis die fleischige Innenseite ganz wund war. Und dann packte ich meinen Rucksack für die Schule, denn heute war ein Tag wie jeder andere.

Kein nagelneuer, hoffnungsfroher Tag.

Doch da passierte es: Am Boden meines Rucksacks entdeckte ich ein zerknülltes, quietschgelbes Stück Papier. Sofort flammte die Hoffnung wieder auf. Ich griff hinein, holte Mr Neelys Flyer heraus und überflog den Text bis hinunter zu dem grinsenden Ei. Dort stand in großen, fetten Buchstaben:

HAUPTPREIS: 500 $

Angesichts dieser Buchstaben, angesichts dieses satten Preisgelds fühlte ich mich, als wäre ich in ein tiefes schwarzes Loch gefallen, aber plötzlich beugte sich das Universum zu mir herab und sagte: »Noch nicht, Natalie. Gib noch nicht auf.«

Vor einer Million Jahre – ich muss etwa fünf gewesen sein – wurde ich im Winter krank. Nicht einfach eine laufende Nase, wie sie jeder bekommt, wenn die Blätter sich verfärben, sondern richtig krank.

Ich habe den ganzen Winter durchgeschlafen, als wäre ich eine Pflanze, die überwintert. Ich schlief, und im Haus wurde es dunkel und still, aber Mom lag neben mir und wich nicht von meiner Seite. Und als der Frühling kam, wachte ich zusammen mit all den frischen Knospen wieder auf. An meine Krankheit oder meine Genesung kann ich mich kaum erinnern. Ich weiß nur noch, wie ich erwachte, und Mom erwachte neben mir.

Dad und ich sprechen nie über diese Sache. Auch nicht darüber, dass wir Mom jetzt dort oben alleinlassen. Wir sprechen nicht darüber, wie wir sie wieder gesund machen könnten.

Wir reden überhaupt ziemlich wenig.

Aber ich erinnere mich und weiß, dass wir sie nicht aufgeben dürfen. Sie hat mich damals auch nicht aufgegeben.

Ich nahm den Flyer und fasste einen Entschluss: Ich werde Mom nicht alleinlassen. Ich werde das Geld gewinnen, und Mom und ich werden nach Neumexiko fliegen. Wir werden eine von den magischen blauen Blumen holen, und Mom und ich werden sie erforschen, und alles wird wieder normal sein. Alles wird gut.

2. November

Arbeitsauftrag 12: Die Eierlistenhypothese

Der Wettbewerb findet in zwei Monaten statt, gleich nach den Weihnachtsferien, ich muss also möglichst bald anfangen. Das kann doch nicht so schwer sein, dachte ich mir, ich packe das Ei einfach in ein paar Federkissen. Aber als ich mir die Ausschreibung online noch mal ansah, wurde die Sache schon komplizierter.

1. Problem: Die Website der Jungen Tüftler aus Lancaster County ist uralt, das letzte Update stammt von 2003. Das heißt, sie ist nicht gerade nutzerfreundlich, entsprechend schwierig war es, sich die Regeln zusammenzusuchen.
2. Problem: Es wird offenbar mehr erwartet, als dass man sein Ei in Kissen wickelt. Sie lassen das Ei nämlich nicht nur aus dem dritten Stock fallen, sondern haben auch ein Punktesystem, das Dinge wie den »Rückprallfaktor« oder das »aerodynamische Design« berücksichtigt. Vielleicht sollte ich dieses Projekt doch besser Mr Neelys »Superhirnen« überlassen, aber ich brauche die fünfhundert Dollar. Fünfhundert Dollar, die meine Mom zurückbringen könnten.

Ich machte eine Materialliste und zeigte sie Dad, der sich wieder in der Küche zu schaffen machte. Neuerdings hält er sich häufig dort auf. Als Mom noch Mom war, machte ihr das Kochen Spaß. Sie ließ Musik aus den Achtzigern auf voller Lautstärke laufen und flitzte zwischen Herd, Schneidebrett und Backofen hin und her. Manchmal half ich ihr, und am Ende trällerten wir in unsere Kochlöffel und tanzten zu einem Bon-Jovi-Song.

Dad hat keine Musik an, wenn er kocht.

»Ich habe eine Liste gemacht«, sagte ich.

Dad drehte sich um, das Vorderteil seines Hemds war mit Mehl bestäubt. Ich schnaubte. Dad in der Küche würde immer eine Lachnummer bleiben.

»Eine Liste?«

»Ja. Was soll das werden?«, fragte ich und deutete auf die Mehlsauerei.

Er wischte sich die Hände an der Jeans ab, mit dem Erfolg, dass nun auch die voller Mehl war. »Ich übe – Omas Cranberry-Apfelkuchen.«

Es dauerte eine Weile, bis mir klar wurde, dass er damit *Moms* Mom meinte, bei Dads Mom gibt es nämlich nur koreanisches Essen oder Chicken Nuggets.[13] Mit anderen Worten: Er will den Kuchen machen, den Mom jedes Jahr

---

[13] Offenbar hatte Dad als Kind mal eine Phase, in der er nur Chicken Nuggets gegessen hat. Diese Information ist immer dann von Nutzen, wenn er mich damit nervt, dass ich mein Gemüse aufessen soll.

an Thanksgiving macht, seit ihre Mutter gestorben ist. Den Kuchen, bei dem ich ihr immer geholfen habe.

Auf einmal wurde ich sehr traurig.

Dad musste es bemerkt haben, denn er kam herüber und nahm mir die Liste aus der Hand. »Eier? Machst du auch einen Kuchen?« Er lachte halbherzig über seinen Scherz, obwohl es überhaupt nicht lustig war. »Luftpolsterfolie? Fallschirme? Knetmasse?«

Die Knetmasse war ein Schuss ins Blaue. »Das ist für die Schule«, sagte ich.

»Aha.« Er nickte und legte plötzlich diese Begeisterung an den Tag, die Eltern entwickeln, wenn sie »auf ihre Kinder eingehen« oder sie von ihrer verschollenen Mutter ablenken wollen. »Ach ja, der Eier-Wettbewerb! Klar erinnere ich mich! Natürlich können wir die Sachen besorgen. Wie willst du vorgehen?«

»Ich habe noch keinen Plan«, erwiderte ich, plötzlich gar nicht mehr so begeistert.

Dad zögerte. »Möchtest du mir bei meinem Kuchen helfen?«

Ich hätte ihn am liebsten angeschrien, wie er sich unterstehen könne, Moms Kuchen als *seinen* zu vereinnahmen. Doch ich sagte nur: »Thanksgiving ist doch erst in einem Monat.« Es sollte beiläufig klingen, als wäre mir das ziemlich egal, als wäre es lediglich ein Hinweis, aber meine Stimme bebte, und ich spürte schon das Brennen in den Augen. Und weil ich diese Gefühle nicht entschlüpfen lassen wollte, kreuzte ich die Arme vor der Brust und wickelte mich darin ein.

Dad brauchte nicht lange, um sich in den Therapeuten-Dad zu verwandeln.[14]

»Natalie, komm setz dich.« Er deutete zum Esstisch.

Ich blieb stehen.

Aber Dad ließ nicht locker. »Ich halte es für sinnvoll, dass du Hilfe von jemandem außerhalb der Familie bekommst. Jemandem, mit dem du ungehemmt reden kannst.« Es passte nicht zu ihm, dass er mir sagte, was ich tun sollte. Herumkommandieren war immer Moms Job gewesen, und wir ließen sie gewähren, denn sie war zugegebenermaßen ziemlich gut darin.

Ich hielt die Liste hoch. »Ich muss mich auf dieses Eierding konzentrieren, Dad.«

Die Muskeln zwischen seinen Augenbrauen zuckten. »Na gut, der Kuchen kann warten. Wenn wir jetzt die Sachen auf deiner Liste besorgen, lässt du mich dann einen Termin bei jemandem ausmachen, mit dem du reden kannst?«

Ich wollte nein sagen, weil es nichts zu erzählen gibt. Er tut immer so, als ob ich alles in mich hineinschlucke, dabei ist doch alles in Ordnung. Mir fehlt nichts. »Ja, klar, Dad.«

---

[14] Therapeuten-Dad, Nomen: Hochgezogene Augenbrauen, gesenkte Stimme, viele Fragen, von allen Töchtern gefürchtet.

Also kauften wir Eier, und Dad war abgelenkt und erkundigte sich nach dem Eier-Wettbewerb und so weiter und so fort. Ich antwortete und tat so, als sei ich echt begeistert, aber hier ist meine Hypothese: Erwachsene wollen gar nicht wirklich wissen, wie es einem geht. Sie meinen, sie wüssten Bescheid, aber letztlich wollen sie nur, dass es uns gutgeht, weil ihnen das den Job erleichtert. Dad und ich redeten viel über die Liste für den Wettbewerb, aber wir redeten aneinander vorbei.

6. November

Arbeitsauftrag 13: Operation Ei

Twig hat sich bereiterklärt, mir bei dem Eierding zu helfen. Ihre einzige Bedingung: Hör auf, es »das Eierding« zu nennen.

»Das klingt so lahm«, rief sie mir über die Schulter zu, als wir nach der Schule zu ihr nach Hause radelten.

»Es *ist* lahm«, sagte ich. »Es ist für die Schule.«

»Nicht, wenn ich dir dabei helfe. Von jetzt an nennen wir es Operation Ei.«

»Na gut. Dann halt *Operation Ei.*« Das klang nicht schlecht, obwohl es ein bisschen kindisch war. *Operation Ei* gab der Sache Gewicht. Und sie war ja auch wichtig.

Mr Neely platzte schier vor Freude, als ich ihm erzählte, dass ich den Eier-Wettbewerb zu meinem Projekt des Staunens erkoren hatte, und er hat auch nichts gegen Twigs Mitarbeit, solange wir unterschiedliche Fragestellungen erforschen.[15]

»Jede von euch kann für dieses Projekt einen eigenen An-

---

[15] Twig hat ihre ursprüngliche Frage klaglos aufgegeben – irgendwas mit Lebensmittelfarbe und Placeboeffekten. »Zu langweilig«, sagte sie, denn Twig ist nicht der Typ für Langzeitprojekte. Sie hüpft lieber von einem zum nächsten.

satz wählen«, erklärte er. »Eine könnte zum Beispiel die Geschwindigkeit bestimmen …«

»Ich mach Geschwindigkeit!«, schrie Twig, und damit war die Sache entschieden. Ich hatte zwar noch immer keine Frage, aber darüber ließ sich später nachdenken.

»He, Natalie«, sagte Twig, als wir die lange Straße zu ihrem Haus entlangradelten. »Bestimme meine Geschwindigkeit!« Und dann stieß sie die Faust in die Luft, und ihr Rad schlingerte einen Moment, ehe sie sich vorbeugte, in die Pedale trat und mich weit hinter sich ließ.

Als ich schließlich bei Twigs Haus ankam, saß sie bereits am Küchentisch. Sie hob eine Augenbraue und feixte. »Ich warte hier schon seit Ewigkeiten«, sagte sie und hielt sich die Hand vor den Mund, um ein Gähnen anzudeuten – aber ihre Wangen waren gerötet, und ihre Brust hob und senkte sich. Ehrlich gesagt ist Twig keine besonders gute Schauspielerin.

»Natalie!« Als ich mich Twig gegenüber an den Tisch setzte, kam ihre Mutter in die Küche geschwebt. Das ist nicht übertrieben. Die Frau scheint überallhin zu schweben, so als wäre sie zu fein, um ganz gewöhnlich zu gehen wie wir übrigen Bauerntrampel. »Wie zauberhaft, dich zu sehen.«

Twig hat mir erzählt, dass sie in Paris einen Riesenstreit hatten. Twig hatte darauf bestanden, sich zu Halloween als Mischung aus böser Hexe und Zuckerstange zu verkleiden,[16]

---

[16] Typisch Twig.

obwohl in Frankreich niemand Halloween feiert, und Twigs Mom das total peinlich fand. Kurz gesagt: Die Reise war eine einzige Katastrophe. Doch jetzt lächelte sie, als wäre nichts gewesen. Sie ist eine wesentlich bessere Schauspielerin als Twig, ich vermute, das liegt an der jahrelangen Praxis. Erwachsene sind gut darin, so zu tun, als ob.

»Ja, schön dich zu sehen«, sagte ich, und als Twigs Mom erwartungsvoll eine Braue hochzog, schickte ich noch ein »Clarissa« hinterher.

Twigs Mom besteht darauf, dass jeder, einschließlich Twig, sie mit dem Vornamen anredet.

»Und wie geht es deiner Familie?«, erkundigte sich Clarissa. »Ich habe deine Mom schon ewig nicht mehr gesehen. Sie arbeitet so viel.«

Ich biss mir auf die Lippen und versuchte zu nicken.

»Ich sollte sie wirklich mal anrufen. Wir berufstätigen Mädels müssen doch zusammenhalten.« Sie schenkte mir ein Lächeln, während mein Magen sich verkrampfte.

»Mom«, stöhnte Twig und warf Clarissa einen *Ist-dir-überhaupt-klar-was-du-da-sagst?*-Blick zu.

In der Schule kriecht Twig ständig unter den Tischen herum und tut so, als wäre sie eine Geheimagentin oder dergleichen, aber in Gegenwart ihrer Mutter verwandelt sie sich in eine dieser dauerempörten Zwölfjährigen, wie sie in Serien vorkommen.

Sie ist dann geradezu normal. Was soll man davon halten?

»Okay, okay.« Clarissa räusperte sich, lächelte gequält und schickte noch ein schrilles, glitzerndes Lachen hinterher. »Ich muss sowieso ins Büro. Sagt Hélène Bescheid, wenn ihr Milch wollt.«

Twig starrte ihrer Mutter wütend nach, und ich winkte zum Abschied. Clarissa lachte wieder ihr Glitzerlachen und schwebte davon.

Als wir wieder allein waren, sagte Twig stirnrunzelnd: »Tut mir leid, das war daneben.«

An Twigs Stelle würde ich mich nicht für Clarissa entschuldigen. Immerhin läuft sie herum und spricht und ist lebendig – doch ich hielt den Mund. Twig weiß, dass Mom nicht mehr arbeitet, mehr aber nicht. Das ist eines unserer Tabu-Themen.

»Also, jedenfalls. Zurück zu Operation Ei«, sagte sie mit ihrer geschäftsmäßigen Stimme. »Wie gehen wir vor?«

Ich seufzte. Erst Dad, jetzt Twig – alle erwarteten einen Plan von mir. Ich holte die Liste aus dem Rucksack. »Diese Sachen haben mein Dad und ich vor ein paar Tagen besorgt.«

»Super.« Sie nahm mir die Liste aus der Hand und las. Ihre Augen bewegten sich von einem Eintrag zum nächsten, als wäre das Eierding – oder besser die Operation Ei – eines ihrer Brettspiele. Gleich würde sie mir ihre Strategie und den nächsten Spielzug erläutern und den Würfel zur Hand nehmen, um ihr Glück herauszufordern. »Knetmasse?«

Ich zuckte die Achseln. »Könnte vielleicht nützlich sein, dachte ich.«

Sie verzog das Gesicht und nickte. »Ja, gut. Aber ein *Basketball*?«

»Wäre vielleicht auch hilfreich?«

Twig lachte und knallte die Handfläche so fest auf den Tisch, dass die Gläser hüpften. Niemand kann lachen wie Twig. »Wie kommst du denn auf die Idee?«

Meine Wangen röteten sich, und die Augen brannten, auch wenn es nur Twig war, auch wenn sie es nicht so gemeint hatte. »Ich dachte, ich könnte das Ei reinstecken«, sagte ich.

Twig runzelte die Stirn. Ihre Stimme wurde sanfter. »Wie denn?«

»Hm.«

Und dann legte sie den Kopf schief und blinzelte mich an, als wäre ich ihre wissenschaftliche Fragestellung, auf die sie eine Antwort zu finden suchte. »Und dein Dad hat dir dieses Zeug einfach so gekauft? Er fand die Auswahl nicht ein wenig sonderbar?«

»Er hatte ein schlechtes Gewissen.«

Ich konnte sehen, dass Twig sich fragte, was ich ihr alles *nicht* erzählt hatte, aber sie fragte nicht nach.

In so was ist Twig gut.

Arbeitsauftrag 14: Eingehende Untersuchung, zum Zweiten

Nach der Schule ging ich in Dads Arbeitszimmer, bevor er von seinen Therapiesitzungen zurück war. Ich sank in seinen großen Schreibtischstuhl und googelte Eierpolsterungs-Ideen auf seinem Computer. Eingehende Untersuchung, Mr Neely. Ich fand Sachen, auf die ich niemals gekommen wäre – Plastiktüten und Wattebäusche, Zahnstocher und Stroh. Ich machte eine neue Liste.

Und als die Tür aufging, wusste ich, dass sie es war.

»Was machst du?«, fragte Mom.

Ich drehte Dads Stuhl, um ihr ins Gesicht sehen zu können. Ihre Augen waren rot und verschwollen, als hätte sie tausend Jahre geschlafen. Das orangefarbene Licht der sinkenden Sonne beschien ihre goldenen Locken, ungekämmt und ungewaschen. Ihre Haut war blasser als sonst, aber sie sah wie meine Mom aus. Oder eher wie Mom, der etwas fehlte. Am liebsten hätte ich losgeheult, wollte sie aber nicht verscheuchen.

In ihrem Buch hat sie geschrieben: »Wissenschaft ist Leben. Wissenschaft bedeutet, unentwegt Fragen zu stellen und Antworten zu finden und niemals damit aufzuhören.« Ich wollte ihr die eigenen Worte entgegenschreien, und ich wollte fragen: »Warum hast du damit aufgehört?« Aber ich tat es nicht.

»Das ist für die Schule«, erklärte ich. Ich wünschte, ich hätte mehr gesagt – etwas über die Orchideen und das Preisgeld –, aber ich wusste nicht, wie. Ich musste sie irgendwie aufhalten.

Sie kam herüber und spielte mit meinem Haar, das so viel dunkler ist als ihres. Ich fühlte mich, als ob ich wieder fünf wäre. »Eierpolsterung?«, las sie über meine Schulter.

»Ja, ziemlich albern.«

Ihre Berührung hatte nichts Tröstliches. Es kam mir so vor, als würde ich diese Person nicht kennen. Mein Magen verkrampfte sich, und ich stellte mir vor, wie ich abrupt aufstand und den Bürostuhl gegen die Wand krachen ließ. Ich stellte mir vor, wie ich diese Nicht-Mom schüttelte und schrie: »Gib sie zurück! Gib sie zurück!«

»Nimm Cornflakes«, sagte sie. »Pack das Ei in eine Plastiktüte voller Cornflakes. Das habe ich gemacht, als ich so alt war wie du.«

Und dann verließ sie das Zimmer. Ich stand nicht auf. Ich stieß den Stuhl nicht nach hinten. Ich ließ nichts krachen, ich schrie nicht, sagte nichts. Mein Herz brach, als die Tür klickend ins Schloss fiel, aber ich weinte nicht.

Stattdessen schrieb ich *Cornflakes* auf meine Liste.

Schritt 5: Versuchsablauf

Höchste Zeit, einen Schlachtplan zu entwickeln! Wie soll dein Experiment ablaufen? Lege dir zunächst die einzelnen Schritte zurecht. Denk daran: Wer gut plant, gewinnt!

#PerfektionDurchPlanung

22. November
Arbeitsauftrag 15: Schlachtpläne und Käfer

Heute hatten wir nur einen halben Tag Schule, weil morgen Thanksgiving ist. Twig und ich verbrachten den Nachmittag damit, unsere Notizen zu Operation Ei zu vergleichen. Twig hat einen ganzen Stapel Skizzen gezeichnet und einen Ordner angelegt, der ihre gesamten Unterlagen zu dem Projekt enthält und mit Käfer-Stickern beklebt ist.[17] Twig fliegt morgen nach New York, um ihren Dad zu besuchen, aber sie wechselt sofort das Thema, wenn ich darauf zu sprechen komme. Aber bei mir gibt es ja auch Dinge, die ich nicht diskutieren will, und so stürzten wir uns in die Wissenschaft.

»Du hast einen Basketball erwähnt«, sagte sie und schob eine ihrer Zeichnungen über den Teppich, »und ich hätte dich besser nicht auslachen sollen. Ich hab mir das überlegt, es könnte funktionieren. Wir schneiden hier ein Loch rein, siehst du? Tun das Ei rein und füllen den Rest mit Wasser. Dann kleben wir den Deckel mit Isolierband wieder drauf. Wusstest du, was für tolles Zeug Isolierband ist? Man kann praktisch alles damit machen.«

---

[17] Nur fünfzig Cent bei Paper World, sagt Twig. Hol sie dir, solange der Vorrat reicht. Vorausgesetzt, du bist einer von den Spinnern, die unbedingt eine Jumbo-Packung Käfersticker brauchen.

Ich beugte mich in meinem Sitzsack vor. Hélène hatte ihren freien Tag, und Clarissa arbeitete rund um die Uhr, damit das neue Update für ihre App noch vor Weihnachten fertig wurde. Wir waren ganz allein in dem riesigen Haus. Manchmal bin ich versucht, in Twigs Haus laut zu schreien, nur um zu sehen, ob es ein Echo gibt.

»Ich glaube, das mit dem Basketball könnte hinhauen«, sagte ich, war mir aber nicht so sicher. Es war nett von ihr, die Basketballidee aufzugreifen, aber ihre Skizze war ehrlich gesagt ziemlich lachhaft. Sie zeigte einfach nur ein Ei in einem Ball.

»Und dann hab ich noch das hier.« Twig reichte mir die Zeichnung eines Eis, das mit Wattebäuschen beflockt war. »Zuerst überziehen wir das Ei mit Knetmasse, und dann drücken wir die Wattebäusche in die Knetmasse.« Als ich noch klein war, haben Mom und ich Ostereiertiere gebastelt. Wir bliesen die Eier aus und malten kleine Gesichter drauf. Wir machten Küken und Häschen und Lämmer. Die Lämmer waren mit Wattebäuschen bedeckt.

»Könnte gehen«, sagte ich wieder, während ich den Entwurf begutachtete, aber diesmal mit mehr Überzeugung.

Sie grinste. Twig begeistert sich normalerweise nicht für Projekte, aber wenn sie es tut, ist sie Feuer und Flamme. Es machte ihr auch nichts aus, dass ich keine eigenen Skizzen dabeihatte. Twig ist immer diejenige, die anschiebt bei unseren gemeinsamen Unternehmungen. Sie ist unerschrocken und mutig und schlau, und sie gewinnt bei nahezu jedem Brettspiel, das wir miteinander spielen. Wenn es nur aufs Glück ankommt, gewinne ich auch manchmal, aber in letzter Zeit hat mich das Glück verlassen.

Noch bevor wir den ersten Test starten konnten, gingen sechs Eier drauf. Sie zerbrachen uns in den Händen, während wir die Modelle bastelten, und kleckerten auf die Zeitung, die wir vorsichtshalber ausgelegt hatten. Das mit der Knetmasse funktionierte nicht. Sie blieb nicht am Ei haften. Und wenn wir zu fest drückten, beschmierten wir uns mit Eigelb. Es dauerte nicht lange, und das Zimmer roch nach rohen Eiern und dem strengen Geruch von Knetmasse.

»Das riecht *so eklig*«, sagte Twig lachend, während ihr der Eierglibber von den Fingern tropfte. Sie langte herüber und schmierte ihn mir in die Haare.

»He!« Ich trat einen Schritt zurück, aber sie sprang mit ausgestreckten Händen vor und verfolgte mich wie ein Zombie. »Du Monster«, sagte ich, musste aber so lachen, dass ich nicht fliehen konnte, und dann lag sie auf mir und erstickte mich mit Kichern und Eierglibber.

»Ich glaube, so wird das nichts«, sagte sie, richtete sich auf und wischte die Hände an ihrer Cordhose ab.

»Wir müssen diese Methode noch einmal überdenken«, stimmte ich zu.

»Wäre wohl besser gewesen, wenn wir's draußen gemacht

hätten. Jetzt müssen wir die Sauerei wieder wegputzen«, sagte Twig und besah sich den ruinierten Teppich.

Wenigstens würde Clarissa nichts dagegen haben, ihn wegzuschmeißen.

Twig rannte nach oben, um Papiertücher und Sagrotan und vielleicht Raumspray zu holen, während ich bei unseren gefallenen Soldaten blieb. Ich weiß auch nicht, warum ich Twig nicht von Moms Idee mit den Cornflakes erzählte. Wahrscheinlich wollte ich sie noch ein bisschen für mich behalten.

23. November
Arbeitsauftrag 16: Truthahntag

Als ich heute Morgen herunterkam, war Mom in der Küche und siebte Mehl in eine Backschüssel. Ihr Haar war gewaschen, und sie trug ihr liebstes Sommerkleid, das mit den blauen Sternen.

»Guten Morgen«, sagte sie und lächelte, als wäre das ein ganz gewöhnlicher Tag und sie machte ganz gewöhnliche Sachen. Ihre Stimme war fast normal, nur ein wenig schleppend. Sie hörte sich an wie eine Schallplatte, die etwas zu langsam läuft.

Ich ignorierte es. »Frohes Thanksgiving!«, zwitscherte ich und tänzelte praktisch zu ihr hinüber. Wenn sie vorgab, glücklich zu sein, würde ich das auch tun.

»Hier.« Sie legte eine Tüte Äpfel und einen Schäler vor mich hin. »Ich backe einen Kuchen.«

Ich wollte schon fragen, was aus Dads Apfelkuchen geworden war, ließ es dann aber. Schließlich wollte ich keine Spaßbremse sein. Bei ihrem Anblick und beim Duft der frisch geschälten Äpfel wäre ich am liebsten aufgesprungen und hätte sie ganz fest umarmt. Aber wir taten ja so, als wäre alles normal, deshalb nahm ich mir einen Apfel und begann zu schälen.

Das Haus hallte wider vor Stille, aber ich wagte nicht vorzuschlagen, dass wir Musik anmachten, sondern lauschte stattdessen dem Lied meines Schälers: *schrapp, schrapp*.

»Dein Vater holt Oma vom Flughafen ab«, sagte sie. »Sie freut sich, uns zu sehen.«

Nach allem, was vorgefallen war, hatte ich meine Großmutter völlig vergessen. Sie besucht uns jedes Jahr an Thanksgiving, und Mom ist normalerweise schon Tage vorher ganz hektisch. Seit ihre eigenen Eltern gestorben sind, haben die Besuche ihrer Schwiegermutter noch mehr an Bedeutung gewonnen. Sie werkt im Haus herum, putzt und kocht, und kaut zwischendurch an den Nägeln. Doch dieses Jahr schien es ihr nichts auszumachen. Nichts scheint ihr etwas auszumachen.

Wir arbeiteten eine Weile still vor uns hin. »Wie läuft's in der Schule?«, fragte Mom schließlich. Sie ist nicht die Sorte Mutter, die sich nach der Schule erkundigt. Normalerweise erzähle ich einfach.

»Prima«, antwortete ich. Ich bin nicht die Sorte Kind, die *prima* sagt.

»Kommst du mit dem Eierprojekt voran?«

Ein Teil von mir konnte nicht glauben, dass sie sich tatsächlich erinnerte. Ich dachte an unser Gespräch in Dads Büro zurück, und mir schien, als hätte ich damals mit einer anderen Person gesprochen. »Läuft bestens!« Meine Stimme klang zu laut.

»Hast du es mit Cornflakes versucht?«

»Ja, ging wunderbar«, sagte ich, ohne zu wissen, warum ich log.

Moms Lächeln kam nicht in ihren Augen an.

REZEPT FÜR DIE FÜLLUNG VON CRANBERRY-APFELKUCHEN

ZUTATEN:

- 5 grüne Äpfel
- 1 Tasse Cranberrys
- ¾ Tasse weißer Zucker
- 2½ Teelöffel Butter
- 1 Teelöffel Zimt
- ½ Teelöffel Muskatnuss

VERSUCHSABLAUF:

1. Heize den Backofen auf 200 Grad vor.
2. Schäle die Äpfel, während Mom die Zutaten abmisst.
3. Lege nicht Bon Jovi auf.
4. Mische die Zutaten und tue so, als ob nichts wäre.

Dad kam mit meiner Oma heim, die sich in unserem überheizten Haus ein Kleidungsstück nach dem anderen auszog. Erst den Mantel, dann den Schal, dann die Lederhandschuhe – sie stapelte alles auf Dads Armen.

»Oh, mein großes Mädchen«, sagte sie mit ihrem starken Akzent, das Haar schwärzer gefärbt denn je. »Du bist ja schon eine richtige kleine Frau.« Aus ihrer Fake-Louis-Vuitton-Tasche holte sie Geschenke aus Korea: getrockneter Tintenfisch, bunte Radiergummis und Schlafanzüge mit tanzenden Hunden und Katzen.

»Danke, Oma«, sagte ich, nahm die Geschenke entgegen und tat so, als wäre, was sie da sagte, nicht das Peinlichste von der Welt.

»Ich hab dir schon so oft gesagt, nenn mich *Halmoni*«[18], sagte sie, als sie mich umarmte. Aber inzwischen meint sie das nicht mehr so, es ist zur Gewohnheit geworden, unsere Standardbegrüßung.

In meinem ganzen Leben habe ich noch kein einziges Mal Halmoni zu ihr gesagt. Als sie mich das erste Mal dazu aufforderte, lachte Dad sein leicht schräges Lachen und sagte: »Okay, *Großmutter*.« Und das war's dann. Sie hat ihn allein großgezogen, und er sagt, er sei in seiner Jugend mit so viel koreanischen Wörtern und Speisen und Sitten gefüttert worden, dass es für ein ganzes Leben reiche. Sein Bedarf an »Kultur« sei gedeckt, und er könne auf seine koreanische Hälfte gern verzichten.

Und dann redete meine Oma – sie erzählte von ihrer letzten Reise nach Korea und von ihrer verhassten Nachbarin und von ihrem zweiundvierzigjährigen Freund, den wir, da-

---

[18] *Halmoni*, Nomen: das koreanische Wort für »Großmutter«.

rauf besteht sie, Onkel Gene nennen müssen. Sie verbringt die meiste Zeit bei ihrer Familie in Korea und bei Onkel Gene in Kalifornien. Und wenn sie dann an Thanksgiving zu uns kommt, verfügt sie über einen ganzen Fundus an Abenteuergeschichten. Die Art, wie sie sprach, erinnerte mich daran, wie Mom früher war, obwohl die beiden gar nicht verwandt sind – sprudelnd vor Neuigkeiten und Lachen und mit Händen, die vor ihr tanzten.

Wir setzten uns rasch zum Essen – so wie es in meiner Familie üblich ist –, und falls meine Oma unser westliches Essen nicht mochte, ließ sie es sich nicht anmerken. Als ich noch kleiner war, kochte sie, wenn sie uns besuchte, ihre – und meine – koreanischen Lieblingsgerichte, *Bibimbap*, *Galbi*, *Mandu*, aber Dad rührte sie nicht an. Er zwinkerte mir zu und sagte: »Ich habe in meinem Leben genug von Omas Gerichten gegessen.« Früher habe ich mir nie Gedanken gemacht, wie komisch das eigentlich ist und was damit noch alles gesagt wird, aber unausgesprochen bleibt. Ich weiß nur, dass ich den Cranberry-Apfelkuchen meiner Mom immer und ewig essen werde.

Als der Kuchen aus dem Ofen kam, lächelte Mom und aß und stellte Oma alle möglichen Fragen. Fast hätte ich vergessen, dass wir eine »Situation« hatten. Ich konnte beinahe die stillen Abende und die stillen Morgen und die stille, stille Dunkelheit vergessen, die sich in den vergangenen vier Monaten über unser Haus gesenkt hatten. Ich konnte beinahe vergessen, wie Dad in der Küche mit Töpfen und Pfannen hantierte, die er sonst nicht anrührt, und wie ich mich durch meine Hausaufgaben in Naturwissenschaft, kurz NaWi, quälte, bei denen mir Mom sonst immer geholfen hat. Wenn ich sie lächeln sah – wie sie so aß und lächelte und lachte –, konnte ich das alles beinahe vergessen.

Beinahe, aber nicht ganz.

Nach dem Essen saßen wir im Wohnzimmer, Mom und Oma und ich auf dem Sofa. Und Oma strich mir übers Haar, genau wie Mom es immer tat. Schließlich brachte sie mich dazu, den neuen Schlafanzug anzuprobieren, den mit den tanzenden Katzen und Hunden, und ich tat es nur für sie, obwohl er kratzig war und zu klein.

»Ipuda«, japste Oma begeistert, als sie mich sah.[19]

Dad verkrampft sich jedes Mal, wenn er Koreanisch hört. Ich weiß auch nicht, warum.

Ich legte den Kopf in den Schoß meiner Oma und lauschte den Gesprächen meiner Familie, als wäre ich wieder ein kleines Kind. Irgendwann begann Dad, von seiner Arbeit zu erzählen, über seine Forschung, und ich schlief bei dem Klang seiner Stimme ein.

---

[19] *Ipuda*, Adjektiv: das koreanische Wort für »schön«. Als ich klein war, hat meine Großmutter es so oft zu mir gesagt, dass ich dachte, es wäre mein koreanischer Name. Ich erzählte den Leuten, dass Ipuda mein koreanischer Name sei, bis Dad es mitkriegte und es mir verbot.

Selbst im Schlaf konnte ich spüren, wie Mom sich immer mehr entfernte, und Dad redete immer weiter, und die ganze Welt war verkehrt – aber ich konnte mich nicht mehr richtig erinnern, wie unsere Familie früher war.

Am nächsten Morgen wachte ich in meinem Bett auf, verwirrt und panisch wie nach einem Albtraum. Als ich in die Küche kam, räumte Dad gerade die Spülmaschine aus und stellte die Teller an ihren Platz im Schrank – er machte Ordnung und tilgte die Spuren des gestrigen Abends. Oma übernachtete in einem Hotel in der Nähe, und für später war ein Brunch geplant – aber Mom ließ sich nicht blicken. Die Schlafzimmertür war fest geschlossen.

»Guten Morgen, Natalie«, sagte Dad mit einer Stimme, die krampfhaft versuchte fröhlich zu klingen. Er deutete auf die oberste Etage der Spülmaschine. »Hilfst du mir mit den Gläsern?«

Ich trat zu ihm und machte mich an die Gläser, und wir bewegten uns schweigend durch die Küche, nur das Klirren des Geschirrs war zu hören. Ich konnte es nicht erwarten, Oma wiederzusehen, denn sie würde unser Haus mit Lärm erfüllen – und sie würde Mom zurückbringen.

»Natalie«, sagte Dad. Seine Stimme hatte noch immer diese vorsätzliche Fröhlichkeit. »Erinnerst du dich an unsere Abmachung? Ich habe mit einer Therapeutin gesprochen, die du bestimmt mögen wirst. Eine Freundin …«

»Okay.« Schnell schnitt ich ihm das Wort ab. Ich nahm noch zwei Gläser aus der Spülmaschine, aber sie fühlten sich plötzlich so schwer an, dass ich sie auf der Arbeitsplatte abstellte. Ein bisschen zu fest. »Wo ist Mom?« Ich konnte die Frage nicht länger zurückhalten.

Dad runzelte die Stirn. »Im Schlafzimmer, aber …«

Ich wollte mich an ihm vorbeidrücken – ich musste sie sehen, um sicherzugehen, dass die fröhliche, lächelnde Mom von gestern Abend nicht bloß ein Trugbild gewesen war –, aber er hielt mich auf.

»Weck sie jetzt nicht«, sagte er. Seine Stimme hatte eine Schärfe, über die ich lieber nicht nachdenken wollte. »Sie schläft.« Das Wort »schlafen« bekam plötzlich tausend verschiedene Bedeutungen, von denen ich höchstens die Hälfte verstand, aber die eine, die wichtige, die kapierte ich.

In Moms Buch gibt es einen kurzen Abschnitt mit der Überschrift »Ein Wort über Wörter«. Darin schreibt sie über all die hübschen wissenschaftlichen Ausdrücke, die Fachbegriffe, und rechtfertigt damit die vielen Fußnoten in ihrem Buch. Sie betont, wie wichtig es ist, die Bedeutung der Wörter genau zu kennen, denn wenn man weiß, was ein Wort bedeutet, gehört es einem – man hat es sich angeeignet.

Früher habe ich manchmal ihr Buch durchgeblättert und nur die Fußnoten gelesen. Ich habe versucht, mir all diese großartigen Definitionen einzuprägen und ihre unentzifferbare Sprache zu verstehen. Aber manche Wörter waren zu groß für meinen Kopf. Und manchmal können Wörter plötzlich neue, unerwartete Bedeutungen annehmen, die man nicht im Wörterbuch findet.

Wenn Dad zum Beispiel sagt, dass Mom *schläft*, dann verschlingt mich dieses Wort bei lebendigem Leib und spuckt mich anschließend wieder aus. Ich ging in mein Zimmer und weigerte mich, mit zum Brunch zu gehen. Ich las sämtliche Fußnoten in Moms Buch, bis mein Kopf angefüllt war mit Pflanzenwörtern und die Wirklichkeit darin keinen Platz mehr fand.

Arbeitsanweisung 17: Magnete

Frage: Wie wirkt sich die Temperatur auf Magnete aus?

MATERIALIEN:

- 3 Magnete
- 1 Kochplatte
- 50 Unterlegscheiben
- 1 Krug mit Eiswasser
- 1 Zange

Hypothese: Heiße Magnete funktionieren besser als kalte.

Montage sind immer hart, aber am Montag nach dem Thanksgiving-Wochenende hat niemand wirklich Bock, wieder in der Schule zu sein – weder die Kinder noch die Lehrer, noch die Hausmeister oder die Frauen von der Essensausgabe. Alle haben Schläfrigkeit in den Augen, Langsamkeit in den Bewegungen und Traurigkeit in der Stimme.

Ich war die Einzige, die froh war, in der Schule und nicht zu Hause zu sein.

Twig kam in NaWi und jammerte: »Schule ist die schlimmste Folter auf der Welt.« Sie ließ den Kopf an meine

Schulter sinken, während die übrigen Siebtklässler der Fountain-Middle hereinschlurften.

»Schönes Wochenende gehabt?«, erkundigte ich mich.

»Ich war bei meinem Dad, also ja.«

Twig liebt ihren Dad mehr als ihre Mom – das sagt sie zumindest –, aber ich weiß nicht, warum. Sie sieht ihn nur ein paarmal im Jahr, während ihre Mom, obwohl sie viel arbeitet, immer für sie da ist und sich Mühe gibt. Manchmal kommt Twig mir wirklich verdreht vor. Seit Jahren sind wir beste Freundinnen, aber manchmal verstehe ich sie echt nicht.

»Und du?«, fragte sie.

»Meine Oma war zu Besuch.« Bei dem Gedanken, dass sie heute Morgen abgereist war und den ganzen wunderbaren Lärm mitgenommen hatte, krampfte sich mein Magen zusammen.

»Und? Hat sie dir wieder diese schrägen japanischen Geschenke mitgebracht?«

»Koreanisch, und ja.«

»Irgendwelche Brettspiele?«

»Nein, tut mir leid.«[20]

Twig seufzte. »Ich hätte mir keine Hoffnungen machen sollen, dass irgendetwas diesen Tag besser machen kann.«

---

[20] Einmal hat mir meine Großmutter ein koreanisches Videospiel mitgebracht. Es hatte mit Außerirdischen und Yoga zu tun und entwickelte erstaunliches Suchtpotential. Aber Twig weigerte sich, es zu spielen. »Klingt toll«, sagte sie und schüttelte betrübt den Kopf, »aber ich bin Puristin.«

Twig hat immer schlechte Laune, wenn sie sich wieder von ihrem Vater trennen muss. Das konnte ich immerhin nachvollziehen. Vor ein paar Monaten hätte ich noch nicht gewusst, wie es sich anfühlt, wenn ein Elternteil plötzlich aus deinem Leben verschwindet. Jetzt weiß ich es.

Mr Neely klatschte in die Hände, damit wir anfangen konnten, und wir gingen zu unseren Plätzen. Selbst er war in gedämpfter Stimmung. Ferien scheinen die Menschen nicht glücklich zu machen. Sie werden nur daran erinnert, was ihnen an den anderen Tagen des Jahres entgeht.

»Heute beginnen wir mit der Physik-Lerneinheit und beschäftigen uns mit *Magneten*!«, sagte Mr Neely und versuchte, so munter wie sonst rüberzukommen. »An euren Arbeitsplätzen findet ihr Magnete, die ihr unterschiedlichen thermischen Bedingungen aussetzen werdet. Ein Magnet soll heiß sein, einer kalt, und einer hat Raumtemperatur. Bitte arbeitet zu zweit oder zu dritt.«

»Ich vermisse Renaldo«, seufzte Twig.

»Renaldo?«, fragte ich, während wir uns auf den Laborhockern niederließen und unsere Materialien vor uns aufbauten.

»Unseren Frosch«, sagte Twig, als verstünde sich das von selbst.

Ich blinzelte sie an. »Der, den wir seziert haben.«

Twig hob die Hand und blickte zum Himmel. »Er ruhe in Frieden.«

Mr Neely wies uns an, die Materialien und unsere Hypothese im Laborbuch festzuhalten, und ich hörte mit halbem Ohr zu und tat ungefähr das, was er sagte, als Dari plötzlich einen Hocker heranzog und sich an unseren Tisch setzte. Er sagte nicht mal was – er setzte sich einfach.

Hier meine Hypothese: Twig wird es einem Neuling nicht leichtmachen.

»Umpf«, sagte ich.

Twig sah ihn aus zusammengekniffenen Augen an, was abschreckend wirken sollte, sie aber wie eine schläfrige Katze aussehen ließ. Plötzlich fiel mir ein, dass ich ihr nicht, wie geplant, von Daris Kartoffelkostüm und unserem seltsamen kurzen Gespräch erzählt hatte.

»George ist krank«, sagte Dari und meinte seinen üblichen Laborpartner. Dari wirkt älter als die anderen in unserem Jahrgang, nicht dem Aussehen nach – obwohl er auch der Größte in der Klasse ist –, es ist eher die Art, wie er sich gibt. Es scheint ihn nicht zu kümmern, wenn die anderen ihn schief ansehen, und er reagiert nicht wie Twig, die in solchen Fällen nur noch mehr aufdreht. Er zuckt bloß lächelnd die Achseln und blickt einen geradewegs an. Mir ist das unangenehm.

Die anderen starrten herüber, und Mikayla tuschelte mit Janie. Sie war offenbar erstaunt, dass Twig und ich mit einem Jungen redeten, und sagte irgendwas Gemeines über uns, und in dem Fall konnte ich es ihr nicht mal verübeln.[21] Wenn George ausfiel, hätte Dari sich mit Tom K. und Nick zusammentun sollen, denn Jungs arbeiten mit Jungs und Mädchen mit Mädchen. So lautet das ungeschriebene Gesetz der Mittelstufe.

Dari zuckte die Achseln, lächelte und blieb bei uns sitzen.

Als klar war, dass er sich nicht von der Stelle rühren würde, stieß Twig ein Grunzen aus und schob die Materialien zu ihm hinüber. »Dann mal los.«

Und Dari legte los. Wir sahen zu, wie er Notizen in sein Laborbuch kritzelte, die Materialien bereitlegte, und innerhalb von fünf Minuten hatten wir einen heißen, einen kalten und einen Magneten mit Raumtemperatur.

»Entschuldigt, Leute, ich hätte euch mehr einbeziehen sollen. Konnte mich nicht bremsen.« Seine Wangen färbten sich noch dunkler, und es schien ihm ernsthaft leid zu tun, dass er uns die Arbeit abgenommen hatte. »George macht normalerweise überhaupt nichts …«

Twig starrte die Magneten an. Ihr blieb praktisch der Mund offen stehen. Sonst brauchen wir immer die ganze Stunde für ein Experiment, weil wir zwischendurch diskutieren, welche übernatürliche Fähigkeit wir am liebsten hät-

[21] Okay, ich meine, irgendwie nehme ich es ihr schon übel. Jungs sind nämlich ein Grund, warum wir nicht mehr beste Freundinnen sind. In der vierten Klasse fuhr sie plötzlich total auf Jungs ab und tat so, als hätten wir alle einen Freund, und spekulierte, wer wohl als Erste mit jemandem gehen würde. Wen interessiert das schon?

ten,[22] und weil wir nicht aufpassten, lief am Ende das ganze Projekt schief.

»Tja.« Twig nickte, ihre Miene war ernst. »Wir *hätten* ja gern etwas beigetragen, aber wenn du mir den heißen Magneten überlässt, werde ich dich nicht verpetzen.«

Dari grinste breit und streckte Twig die Hand hin. Und dann streckte er mir die Hand hin, und wir schüttelten sie, und ich wusste, dass er uns rumgekriegt hatte.

Aber irgendwie hatten wir auch ihn rumgekriegt.

Twig nahm die Zange und griff sich den heißen Magneten von der Kochplatte. Es dauerte eine Weile, bis sie ihn erwischte, doch dann kreischte sie vor Aufregung und hielt ihn über die Unterlegscheiben. Dann zählten wir, wie viele Scheiben der heiße Magnet angezogen hatte, insgesamt dreizehn. Dari machte den mit Raumtemperatur und schaffte dreiundzwanzig. Ich machte den kalten und schaffte neunundzwanzig.

Twig wurde ganz zappelig und schrie: »Du hast gewonnen, Natalie! Du hast gewonnen!«

Ich lächelte Twig an, aber mir war nicht wohl dabei – meine Hypothese war falsch gewesen, die Welt funktionierte nicht so, wie ich es mir gedacht hatte.

Dann fing Dari an zu erklären, *warum* der kalte Magnet die größte Anziehungskraft besitzt – irgendwas mit un-

---

[22] Ich: unsichtbar sein. Twig: die Gestalt wechseln können.

geordneten Molekülbewegungen –, und Twig nickte, als würde sie tatsächlich zuhören. Es war völlig un-Twig-artig, dass sie einem wissenschaftlichen Experiment solche Aufmerksamkeit schenkte. Ich blendete die beiden aus, indem ich Schneeflocken und Blumen in mein Laborbuch zeichnete.

Es ist wirklich erstaunlich, dass kalte Magneten am besten funktionieren. Genauso erstaunlich wie mehrjährige Pflanzen, die im Winter zu sterben scheinen und doch nur auf den rechten Zeitpunkt warten. Aber vielleicht ist es gar nicht so überraschend, dass in der Kälte auch Stärke liegt. Manchmal erweist sich das Wissen, dass eines Tages alles gut wird, als die wahre Stärke, man braucht dann nur noch zu warten, bis es so weit ist und die Sonne wieder scheint.

Als Twig und ich nach der Schule zu ihr nach Hause radelten, eingemummelt wegen der Kälte, sagte sie: »Ich finde, wir sollten ihn adoptieren.«

Einen befremdlichen Moment lang dachte ich, sie meinte Renaldo, den aufgeschnittenen Frosch, aber dann sagte sie: »Dann müssen wir uns nie mehr mit Experimenten rumschlagen und kriegen eine Eins, bloß fürs Rumsitzen.«

Auf einmal gab es da eine Twig, die ich kannte, und eine, die ich nicht kannte: Da war das clevere Mädchen, das sich vor den Schulaufgaben drückte, und eine völlig Fremde, die vorschlug, wir sollten mit einem Neuling abhängen. So was hatte sie in der ganzen Zeit, die ich sie kannte, noch nicht getan.[23]

Ich zuckte die Achseln. »Gut und schön, aber Dari ist doch nur zu uns gekommen, weil George krank war.«

Twig runzelte die Stirn und radelte schneller, so dass wir nicht mehr gleichauf waren. »Heute so, morgen so!«, schrie sie in die prickelnde Herbstluft.

---

[23] Als ich mal bei Twig übernachtete, schlug ihre Mom vor, dass sie aufgeschlossener sein und außer mir noch andere Freunde haben sollte. Das war, ehrlich gesagt, etwas taktlos, aber Twig fuhr ihr sofort über den Mund. »Ich brauche niemand anderen, vielen Dank auch«, sagte sie. Clarissa kam nie wieder darauf zu sprechen – zumindest nicht in meiner Gegenwart –, und ich habe auch nie nachgefragt.

1. Dezember

Arbeitsauftrag: Zählen ~~auf Mom~~ bis hundert

Kann man auf jemanden wütend sein, weil er traurig ist?

Als ich heute Abend nach Hause kam, saß Mom auf dem Sofa und sah sich eine Kochshow im Fernsehen an. Ich setzte mich neben sie und erzählte ihr von dem Magneten-Dari-Schlamassel. Dass Twig doch tatsächlich vorgeschlagen hat, wir sollten mit ihm abhängen. Dass sie sagte, es ginge nur um gute Noten, wo sie sich doch in Wirklichkeit gut mit Dari verstand und offensichtlich gern mit ihm zusammen war. Ich war mir nicht sicher, was ich von der neuen Twig halten sollte – ich war mir nicht mal darüber im Klaren, warum mich das so beschäftigte. Jetzt hätte ich eine Mom gebraucht. Jemanden, mit dem ich das ausklamüsern konnte.

Mom lächelte und nickte, aber ich konnte sehen, dass sie nicht wirklich zuhörte. Ich weiß, dass sie sich Mühe gibt, und Dad hat mir erklärt, dass sie für ihre Abwesenheit nichts kann, aber das nützt mir auch nichts, wenn ich direkt vor ihr sitze, und sie hört mir nicht zu.

»Twig und ich haben an dem Eierprojekt gearbeitet«, sagte ich, weil ich dachte, etwas Naturwissenschaftliches könnte sie vielleicht aus ihrer Gleichgültigkeit reißen. »Aber die Eier brechen immer wieder. Ich fürchte, wir brauchen Hilfe.«

Mom starrte ins Leere, dann drehte sie sich in Zeitlupe zu mir. »Entschuldige, Liebes. Was hast du gesagt?«

Ihr in die Augen zu schauen war wie der Blick in einen bodenlosen Brunnen. Ich wollte sie schütteln, wollte aufs Sofa springen, mit den Armen wedeln und laut schreien.

Stattdessen wandte ich mich von ihren unergründlichen Augen ab. »Ach, nichts.« Damit verließ ich das Wohnzimmer und ging in mein Zimmer.

Sie versuchte nicht, mich aufzuhalten.

Ich schloss meine Tür – leise, denn ich brachte es nicht über mich, sie zuzuknallen. Dann legte ich mich aufs Bett. Als ich noch klein war und manchmal Wutanfälle kriegte, kam Dad in mein Zimmer, setzte sich auf mein Bett und sagte, ich solle bis hundert zählen. Wenn ich dort angekommen sei, wäre alles wieder in Ordnung.

Eins.

Zwei.

Drei.

Die Sache ist die: An Thanksgiving hat Mom gelacht. Das tat sie für Oma. Da hat sie sich wirklich Mühe gegeben. Aber für mich bemüht sie sich nicht. In meinem Hinterkopf tauchten Erinnerungen an meine Winter-Krankheit auf, an die vielen Tage, die sie mit mir im Bett verbrachte, mich tröstete und sich weigerte, mich alleinzulassen.

Aber ich schob sie weg und zählte. Bei zweiundfünfzig fasste ich einen Entschluss. Wenn sie sich nicht um mich kümmert, werde ich mich auch nicht um sie kümmern. Sie ist derzeit nicht mehr meine Mom. Sie ist eine Betrügerin, die in der Haut meiner Mutter steckt.

Ich hasse sie.

Ich hasse sie.

Ich hasse sie.

7. Dezember
Arbeitsauftrag 19: 2 + 1 oder die nicht so fortgeschrittene Algebra

Heute hat Twig Ärger gekriegt. Eigentlich kein Wunder angesichts des Vorfalls von neulich und der Sache mit der gestohlenen Schildkröte,[24] aber trotzdem ist es blöd. Twig weiß einfach nicht, wann sie aufhören muss. Das Wort *nein* hat für sie keine Bedeutung, und ich kann verstehen, dass Lehrer das in den Wahnsinn treibt. Manchmal möchte ich sie schütteln und sagten: TWIG, ES REICHT. Aber das würde bloß dazu führen, dass sie noch einen Zahn zulegt.

Jedenfalls hat sie sich während der Mittagspause ins Lehrerzimmer geschlichen und eine halbe Kanne mit kaltem Kaffee ausgetrunken, und zwar, weil ihr Kaffee verboten ist und sie ihn deshalb unbedingt probieren wollte. Daraufhin ist sie total ausgeflippt. Die normale Twig * 1000. Im Unterricht konnte sie nicht mehr aufhören zu reden und zappeln. Natürlich wurde sie prompt zum Direktor gerufen – schätzungsweise zum hundertsten Mal, seit sie an unserer Schule ist. Sie sagte, ich solle nicht auf sie warten, aber ich sagte, ich würde es trotzdem tun. Mir war sowieso nicht nach Heimgehen.

---

[24] Dazu sage ich besser nichts weiter.

Dari saß wieder bei den Schließfächern. Klar, was sonst. Weil Daris Nachname mit einem K beginnt, ist sein Schließfach in der Mitte der Halle, genau auf der Hälfte zwischen Twigs und meinem.

»Ich dachte, nur Loser bleiben nach der Schule noch da«, sagte er, als ich mich vor Twigs Schließfach herumdrückte.

»Kann mich nicht erinnern, dass ich *Loser* gesagt habe«, entgegnete ich.

Er lachte. »Warum bist du dann noch hier?«

Ich ging zu ihm hinüber, weil es komisch ist, sich über fünfzehn Schließfächer hinweg zu unterhalten. »Twig hat Ärger. Na ja, nichts wirklichen Ernstes – dazu spenden ihre Eltern zu viel für die Schule.« Womöglich hatte ich damit zu viel ausgeplaudert.

Er lächelte, sagte aber nichts. Dari redet nie viel – er ist ein Denker. Scheinbar muss er die Wörter immer erst alle parat haben, bevor er sie rauslässt.

»Wieder Fortgeschrittene Algebra?«, fragte ich und deutete auf das Buch in seinem Schoß.

Er schüttelte den Kopf und zeigte mir sein Laborbuch.

»Oh«, sagte ich und kam näher, um mir die Modelle anzusehen, die er gezeichnet hatte. »Das ist für den Eier-Wettbewerb.« Eigentlich hätte mich das nicht überraschen sollen. Natürlich machte er mit. Mr Neely hatte ja erwähnt, dass Dari und ein paar andere seiner Superhirne teilnehmen würden.

Er nickte. »Mr Neely hat gesagt, ich könnte es als Projekt für die wissenschaftliche Methode verwenden. Ich erforsche spitze Winkel und ihren Einfluss beim Aufprall.«

»Aha«, sagte ich, als verstünde ich sein Fachchinesisch. »Ich mache auch mit.«

Sein Grinsen wurde breiter, und ich bereute sofort, was ich gesagt hatte. Schließlich war er mein Konkurrent, das machte ihn zu einer Art Erzfeind. Ich weiß auch nicht, eigentlich bin ich nicht der Typ für Wettbewerbe. Er rutschte zur Seite, obwohl am Boden jede Menge Platz war. Ich deutete das als Aufforderung, mich hinzusetzen. Und ich setzte mich.

»Hast du dir schon eine Versuchsanordnung überlegt?«, erkundigte er sich.

»Ähm.«

»Du musst mir nicht davon erzählen, wenn du nicht magst.« Er sprach schnell und errötete wieder. »Ich wollte nicht unverschämt sein.«

Mom hätte dazu den Kopf geschüttelt: »Ein Wissenschaftler entschuldigt sich nicht dafür, dass er Fragen stellt«, würde sie sagen. »Fragen halten uns lebendig.«

»Nein, ist schon in Ordnung. Wir haben uns was überlegt, aber es hat nicht so recht geklappt.«

Er lächelte. »Wir könnten uns zusammentun, wenn du möchtest?«

Ich zögerte und dachte daran, dass das Preisgeld dann durch drei geteilt würde statt durch zwei. Und dann dachte ich an das Magnetprojekt. Und an die vielen Eier, die Twig und ich schon zerbrochen hatten. »Wieso? Du kannst das doch bestimmt auch allein.«

Er zuckte beiläufig mit den Achseln. »Ich schon.«

Ich wollte mir gerade überlegen, was ich darauf antworten sollte, als Twig im Treppenhaus auftauchte und mit ihren aufgemotzten Chucks angehüpft kam. Die Klassenzimmer der Siebtklässler sind im obersten Stockwerk der Schule, und wir alle hassen das Treppensteigen, aber Twig machen die vielen Stufen nichts aus.[25]

Ihr Blick wanderte zwischen mir und Dari hin und her, und dann sah sie mich vielsagend an. »Hi.«

Ich stand rasch auf, schuldbewusst, ohne zu wissen, warum. »Twig! Wie ist es gelaufen?«

Sie verdrehte die Augen. »Direktor Nutter-Butter[26] findet, dass ich endlich Respekt lernen und psychologische Beratung bekommen soll, das Übliche.«

Psychologische Beratung. Ich dachte an Dad, und mein Magen zog sich zusammen. »Twig«, sagte ich, »Dari hat angeboten, beim Eierprojekt mit uns zusammenzuarbeiten.«

---

[25] Die Achtklässler sind im ersten Stock, und die Sechstklässler im Erdgeschoss. Angeblich soll der zweite Stock besser sein als das Erdgeschoss, weil wir nicht so dicht bei der Café-Turn-Aula sind, aber mir kann man nichts vormachen. Ich glaube, die Lehrer wollten bloß die frischgebackenen Sechstklässler nicht gleich so schockieren, dass sie die Schule wechseln.

[26] Eigentlich heißt er Nutt-Burter – kann man uns diesen Spitznamen also verübeln?

»Mit uns?« fragte Dari und sah erst Twig, dann mich an. Er grinste, als wäre das die beste Nachricht, die er seit langem erhalten hatte. Der Typ ist wirklich seltsam.

»Mit *uns*«, Twig gestikulierte zwischen sich und mir hin und her und machte das Schläfrige-Katze-Gesicht, das eigentlich furchteinflößend wirken soll.

»Twig und ich sind ein Team«, erklärte ich, obwohl er das inzwischen wohl mitgekriegt hatte.

»Super.« Dari lächelte aufrichtig.

Twig rückte die Träger ihres Rucksacks zurecht. »Wir müssen gehen«, teilte sie ihm – und mir – mit und ging ohne ein weiteres Wort davon. Ihre Schritte hallten im Treppenhaus.

Verlegen winkte ich Dari zu, bevor ich ihr nachrannte. »Alles in Ordnung?«, fragte ich, als wir das Erdgeschoss erreichten.

»Das sollte ich besser dich fragen. Bin ich dir nicht schlau genug? Findest du mich als Partnerin nicht mehr geeignet?«, schnauzte sie mich an. Dabei stürmte sie aus der Schule, ohne ihr Tempo zu verlangsamen.

»*Er* hat sich angeboten«, sagte ich. »Ich hatte nichts damit zu tun. Und ich dachte, es könnte nicht schaden. Du hast schließlich gesagt, wir sollen mehr mit ihm zusammenarbeiten!«

»Ja, in der Schule.«

»Aber das *ist* doch letztlich für die Schule.« Ich wurde

einfach nicht schlau aus ihr, mal wollte sie mit ihm zusammenarbeiten, dann wieder nicht.

»Außer dass wir es auch zum Spaß machen. Wir beide zusammen.«

Inzwischen hatten wir unsere Räder erreicht, und Twig schwang ein Bein über den Sattel, so dass sie den Boden nur noch mit den Fußspitzen berührte. Ich schloss mein Rad auf. »Wenn er uns hilft, kriegen wir eine Eins für unser Projekt. Und wir gewinnen womöglich das Geld.«

»Wer denkt schon an Geld?«, fragte Twig.

Wie gesagt, manchmal befinden Twig und ich uns auf komplett verschiedenen Umlaufbahnen. »Ich. Aber es macht trotzdem Spaß. Garantiert.«

Twig stieß einen Seufzer aus, der einer Sturmbö gleichkam, und hielt den Blick auf ihr Rad geheftet. »Na schön. Er darf mitmachen. Aber ich muss jetzt nach Hause. Meine Mom hat ein paar Supermodel-Freundinnen eingeladen.« Sie trat in die Pedale und ließ mich zurück. Ich wusste nicht, ob das gelogen war. Aber egal, ich war jedenfalls nicht erwünscht.

Und irgendwann musste ich ja sowieso nach Hause.

Als ich heimkam, war Mom in ihrem Zimmer, und die Tür war zu. Also machte ich es genauso. Ich ging ohne ein Wort an Papa vorbei in mein Zimmer und schloss die Tür hinter mir. Moms Buch lag noch auf meinem Bett, ich schleuderte es quer durchs Zimmer. Es knallte gegen die Wand und landete kopfunter am Boden, der Buchrücken aufgeplatzt, die Seiten zerknittert. Ich sagte mir, dass ich dieses Buch sowieso nie wieder lesen würde, doch nach fünf Minuten war ich auf den Knien, strich die Seiten glatt, las die Abschnitte zum tausendsten Mal und wiederholte die lateinischen Wörter wie eine Zauberformel.

Orchidaceae *Cattleya. Fortis.*

11. Dezember
Arbeitsauftrag 20: Exakt nach Norden

Mr Neely war wieder so enthusiastisch wie sonst. Heute verkündete er, wird würden uns weiter mit Magnetismus beschäftigen – auch bekannt als »natürliche Magie!«. Mal ehrlich, ich habe keine Ahnung, wo Mr Neely diese ganze Begeisterung herholt, aber ich wünschte, ich könnte ein bisschen davon für Mom abzweigen.

Jedenfalls teilten wir uns in Arbeitsgruppen auf, und Dari kam zu Twig und mir. George, wieder gesund, schloss sich spontan Tom K. und Nick an, als wäre es das Normalste von der Welt. Niemand in der Klasse schien etwas von dem Tausch zu bemerken, außer natürlich Mikayla, die uns quer durchs Klassenzimmer stirnrunzelnd anstarrte.

Ich erwartete, dass Twig eine Szene machen würde wie neulich, aber sie holte nur tief Luft und schwieg. Dari hob eine Augenbraue in ihre Richtung, worauf sie die Achseln zuckte. Zwischen den beiden fand eine Kommunikation statt, die ich nicht verstand. Dann setzte er sich hin und schrieb los:

MATERIALIEN:

- Nadel
- Magnet
- Butterbrotpapier
- Schüssel
- Wasser

Wie erwartet stellte Dari daraus blitzschnell und präzise unseren Kompass her, Twig grinste beifällig, während sie sich Notizen machte. Sie beugte sich zu ihm hinüber, ihr langes blondes Haar bildete einen Vorhang zwischen mir und Daris Heft,[27] deshalb spielte ich mit ein paar überzähligen Magneten herum. Ich drehte sie so, dass sie einander abstießen und zu sagen schienen: »Nein danke, nicht mit mir.«

»Wir brauchen einen Plan für den Eier-Wettbewerb«, sagte Dari, als sie mit dem Arbeitsauftrag fertig waren. Ich erschrak, seine Stimme brachte mich in die Realität zurück.

»Aye, Aye, Captain«, sagte Twig, triefend vor Sarkasmus. Ich wusste, dass sie noch sauer war wegen gestern, aber Dari schien es nicht mitzukriegen.

Er runzelte die Stirn. »Ich finde nicht, dass ich hier der Captain sein sollte.«

---

[27] Eigentlich sollen wir uns in jeder Laborstunde die Haare zurückbinden, aber Twig tut das fast nie. Ich kann mich nicht entsinnen, dass sie es seit Renaldo, dem aufgeschnittenen Frosch, je wieder getan hat, und damals tat sie es auch nur, weil sie keine Froschinnereien in die Haare kriegen wollte.

Twig tippte sich mit dem Bleistift an die Lippen und sagte todernst: »Stimmt. Dazu bist du viel zu nerdig.«

Dari dachte darüber nach. »Könnte ich vielleicht der Problemanalytiker sein? Ich analysiere gern.«

Twig kniff die Augen zusammen, und ich fürchtete schon, sie würde etwas Gemeines sagen, aber sie sagte: »Du kannst Problemanalytiker sein, solange ich der Obersheriff bin. Das heißt, ich hab das Sagen, und wenn du Mist baust, fliegst du raus.«

Anstatt beleidigt oder verblüfft zu sein, wie die meisten in dieser Situation, sagte Dari bloß: »Erfreut, Ihre Bekanntschaft zu machen, Obersheriff.« Dabei lachte er und schüttelte ihr die Hand. Das tat Dari andauernd: lachen und Hände schütteln.

»Gut, okay.« Ich wollte das Thema wechseln. Mir war nicht wohl bei der Art, wie die beiden mich ansahen – so als sei das ein Test, auf den ich nicht vorbereitet war. »Konzentrieren wir uns weniger auf Titel und mehr auf unser Konzept.« Meine Stimme klang kaktusstachelig – ein scharfer Kontrast zu ihrem leichten, scherzhaften Ton –, und für einen Augenblick fürchtete ich, dass ich nie wieder Spaß haben könnte.

Twig fixierte mich mit erhobenen Brauen, dann warf sie Dari einen kurzen Blick zu. Plötzlich waren die beiden ein Team, und ich war mir nicht sicher, ob ich das gut fand. Er machte die ganze Arbeit und alberte mit ihr herum – vielleicht hatte sie ja Ersatz für mich gefunden. Doch dann lächelte sie. »Ich glaube, wir haben unseren Captain gefunden.«

Dari lachte und hob die Hand zum militärischen Gruß. Twig tat dasselbe.

Ich brach nicht gleich in Tränen aus – denn es ist megapeinlich, wenn man mitten im Labor losheult. Trotzdem war das ziemlich nett. Unsere zum Kompass umfunktionierte Nadel schwamm im Wasser auf ihrem kleinen Floß aus Butterbrotpapier und zeigte nach Norden, genau auf mich.

»Ich glaube, ich weiß nicht, wie Captain geht«, sagte ich und wünschte, meine Stimme klänge weniger ernst. Sie hatten ein Spiel, und ich verdarb es.

Aber Dari grinste, und Twig lachte. »Klar weißt du das«, sagte sie, dann stieß sie die Kompassnadel an und ließ sie herumwirbeln.

13. Dezember
Arbeitsauftrag 21: Doris-Tag

Ich nehme an, Dad hat es endgültig aufgegeben, mir »Raum zu geben«, und folgt stattdessen einer Art Aktionsplan. Heute holte er mich von der Schule ab, ein erstes Anzeichen dafür, dass etwas NICHT IN ORDNUNG war.

»Ich radle mit Twig«, sagte ich. Ich schaltete auf stur, obwohl ich die Heimfahrt mit dem Rad den ganzen Tag gefürchtet hatte. Das Wetter war umgeschlagen, und die Temperaturen sanken unter den Gefrierpunkt. Alle hatten ihre Daunenjacken an, ein Eingeständnis, dass der Winter schließlich doch gekommen war.

»Du kannst dein Rad in den Kofferraum tun«, sagte er.

Es mag komisch klingen, aber Dad draußen in der realen Welt zu sehen war befremdlich. Jetzt erst merkte ich, wie sehr uns Moms Traurigkeit vereinnahmte. Wir beide waren Kompassnadeln, die geradewegs auf Mom zeigten. Seit Monaten hatten wir nichts mehr gemeinsam unternommen. Dad war das offenbar auch aufgefallen, denn als ich mich auf den Beifahrersitz setzte, legte er den Arm um mich und zog mich in eine unbeholfene Umarmung.

»Das wird bestimmt gut«, sagte er. »Du wirst sehen, Doris ist nett.« Hier war Anzeichen Nummer zwei: Wenn jemand namens Doris im Spiel ist, dann ist etwas ernsthaft NICHT IN ORDNUNG.[28] Ich fragte nicht, wer Doris war, ein Teil von mir wollte es nicht wissen, ein anderer wusste es bereits.

Meine Handflächen wurden feucht.

Die ganze Fahrt über versuchte Dad, Smalltalk zu betreiben, auch wenn er darin nicht besonders gut ist. Wir fuhren in Richtung Lancaster University, wo Mom früher gearbeitet hat. Dazu mussten wir durch den üblen Teil der Stadt, und als wir an den verwahrlosten Häusern vorbeikamen, wickelte ich meine Jacke fester um mich, obwohl die Heizung auf vollen Touren lief. Bei der Vorstellung, in Moms Labor zurückzukehren, wurde mir schlecht, schon der Gedanke daran war Verrat.

Doch als wir die üble Gegend hinter uns hatten, hielten wir uns links statt rechts und fuhren immer weiter. Bis zu einem Parkplatz vor einem abweisenden Bürogebäude aus Beton. Da war ich bereits so verzweifelt, dass ich am liebsten mein Rad aus dem Kofferraum geholt hätte und den ganzen Weg zurückgeradelt wäre. Nur, dass ich mir den Weg nicht gemerkt hatte und es echt weit war, und Dad dann total sauer gewesen wäre. Also folgte ich ihm in das Gebäude und zu Dr. Doris McKennas Vorzimmer.

---

[28] Geht es nur mir so, oder denkt jeder bei dem Namen Doris an eine Dame von der Essensausgabe? Oder an eine alte Frau, die Pullover strickt? Tut mir leid, wenn du Doris heißt – aber so ist es.

Mich ohne Vorwarnung in die Praxis einer Therapeutin zu entführen grenzte an Guerillataktik[29], und ich schwor mir, meine eigenen Kinder niemals in einen solchen Hinterhalt zu locken. Ich werde nie so tun, als wüsste ich, was am besten für sie ist, als wären sie nicht in der Lage, selbst Entscheidungen zu treffen.

Ich war mir ziemlich sicher, dass Comic-Dampf aus meinen Ohren paffte, und weil Dad mich vor Wut schäumen sah, bemühte er sich gar nicht erst um Smalltalk. Im Wartezimmer schnappte er sich eine *National Geographic*, wie sie immer in Arztpraxen rumliegen, legte einen Knöchel übers Knie des anderen Beins und las, als wäre alles paletti.

Ich verschränkte die Arme vor der Brust, Dad blickte auf, die Stirn in Falten gelegt. Er hatte sogar den Nerv, verwirrt auszusehen. »Natalie?«

Ich starrte ihn an.

Er fuhr sich mit der Hand seitlich am Gesicht entlang und schaute sorgenvoll drein, als hätte er eben erst bemerkt, dass ihm da leider ein Fehler unterlaufen war. »Natalie, wir haben doch darüber gesprochen. Dein Termin – erinnerst du dich?«

---

[29] Guerillataktik, Nomen: Wir haben den Guerillakrieg und seine hinterhältigen Taktiken letztes Jahr in der Schule durchgenommen, und natürlich machte daraufhin jeder seine Witze über *Gorillataktik*. Die Jungs verbrachten die Mittagspause damit, herumzuspringen, sich am Kopf und unter den Achseln zu kratzen und zu grunzen wie Gorillas. Mitschüler sind einfach das Peinlichste, was auf diesem Planeten rumläuft.

Natürlich hatte er den Besuch bei der Therapeutin irgendwann mal erwähnt, aber ich hatte nicht geglaubt, dass er ernst machen würde. Es war einfach unfair. Er hatte die Entscheidung über meinen Kopf hinweg getroffen – ich jedenfalls wollte nicht hier sein.

Ich sah mich um. Das Wartezimmer war zu klein und total überheizt. Ich machte mich fluchtbereit für den Moment, wenn die Therapeutin die Tür öffnen würde.

Und dann kam Dr. Doris aus dem Sprechzimmer und rief mich auf. Sie war jung und hübsch, mit großen, schwarzgerahmten Brillengläsern und roten Haaren, und sie setzte ein riesiges Lächeln auf, als sie meinen Namen sagte, aber ich starrte sie bloß an. Ich fühlte mich schlecht, denn schließlich machte die Frau nur ihren Job, nicht *sie* hatte mich gezwungen herzukommen, sie hatte mein mürrisches Gesicht nicht verdient.

Aber dann zeigte Dad mir die erhobenen Daumen und sagte »Viel Glück, Nats«, und mein Schmollen war völlig gerechtfertigt.

Das Sprechzimmer von Dr. Doris ist anders als das von Dad. Bei Dad sind die Wände cremefarben gestrichen und alle Möbel weiß, ihr Zimmer dagegen ist bunt. Alles leuchtet: die Wände in Hellorange, die Möbel in Hellblau, und die Sonne strahlt durch große, helle Fenster. Kleines, buntes Spielzeug liegt auf dem Couchtisch – Zauberwürfel und Treppenspiralen –, und auf dem Fensterbrett stehen etwa zwanzig Pflanzen mit verschiedenfarbigen Blüten. Ich muss zugeben, dass mich der Wohlfühlfaktor dieses Zimmers tatsächlich dazu brachte, mich wohler zu fühlen. Aber dann begriff ich, dass es sich um eine Art Therapeuten-Trick handeln musste, *damit* ich mich wohl fühlte, und augenblicklich wusste ich nicht mehr, wie ich mich fühlen sollte.

»Es freut mich so, dich kennenzulernen, Natalie. Ich habe schon viel von dir gehört«, sagte Dr. Doris. Woraus ich schloss, dass Dad bereits mit ihr über mich gesprochen hatte. Was absolut nicht in Ordnung war. Aber egal. »Ich bin Dr. Doris McKenna, aber du kannst mich Doris nennen.«

Ihr Lächeln war freundlich und einladend, doch mir kann man mit diesen Therapeuten-Tricks nichts vormachen. Ich würde sie mit Sicherheit nicht Doris nennen, so als wären wir befreundet – das sollte den Anschein erwecken, dass ich tatsächlich mit ihr reden *wollte*, obwohl ich gegen meinen Willen dazu gezwungen worden war.

Meine Antwort war ein halbherziges Schulterzucken.

»Wie fühlst du dich in letzter Zeit?«, fragte sie.

Eigentlich wollte ich nicht antworten, aber ich war schon unfreundlich genug gewesen, und so sagte ich »prima«, das war besser als nichts.

Dr. Doris lächelte und nickte, sie wartete darauf, dass ich fortfuhr, deshalb sagte ich: »Ich möchte nicht über meine Mom reden.«

Der Blick, mit dem sie mich bedachte, war so mitfühlend

und verständnisvoll, dass ich fast in Tränen ausgebrochen wäre. Ich war umgeben von Schachteln mit Papiertaschentüchern, die einen geradezu einluden: »Weine! Weine nur!« Aber ich tat es nicht.

»Worüber *möchtest* du denn reden, Natalie?«

Ich hasste die Art, wie sie meinen Namen aussprach, es klang so vertraut, als wären wir beste Freundinnen.[30]

»Ich arbeite an einem Schulprojekt«, sagte ich, denn Erwachsene lieben es, wenn man über die Schule redet.

Dr. Doris' extrabreites Lächeln bestätigte mir, dass ich recht hatte. Als Therapeutin mag sie eine bestimmte Technik haben, mit Kindern zu reden, aber sie ist trotzdem eine Erwachsene. Prompt ging sie der *Schau-her-ich-engagiere-mich-für-die-Schule*-Masche auf den Leim. »Und was für ein Projekt ist das?«

Ich erzählte ihr von Operation Ei und von der wissenschaftlichen Methode und von Dari und Twig und dem ganzen Zeug. Ich erzählte ihr *nicht*s von den fünfhundert Dollar und was ich mit dem Geld vorhatte.

»Twig und Dari haben gesagt, ich soll der Team-Captain sein«, fügte ich noch hinzu und bereute es augenblicklich. Damit hatte ich ihr etwas geliefert, wo sie einhaken konnte. Ich versenkte die Spitze meines Sneakers in den dunkeltür-

---

30 Twig, meine *wirklich* beste Freundin, benutzt meinen Namen kaum. Sie sagt nur *He, du*, und weiß, dass ich mich angesprochen fühle, denn wen sollte sie sonst meinen?

kisfarbenen Teppich, als wollte ich ein Loch in den Fußboden bohren.

Dr. Doris legte den Kopf schief. »Und wie fühlst du dich als Team-Captain?«

Diese Frage – urgh – hätte auch von Dad stammen können. Ich zuckte die Achseln. »Nicht schlecht.«

Dr. Doris legte ihr Notizbuch auf den Tisch und beugte sich vor. »Mir scheint, du bist ein bisschen nervös, aber das ist völlig verständlich.«

Weil sie nicht mit mir über Moms Probleme reden konnte, stocherte sie nach einem anderen Problem, dabei war doch alles bestens. Ich meine, natürlich war ich ein bisschen nervös. Immer wenn ich an den Wettbewerb dachte, hatte ich ein flaues Gefühl im Magen. Und Captain zu sein machte die Sache nicht besser – nur *einsamer.*

Das würde ich ihr natürlich nicht erzählen.

Ich sah auf meine Schuhe hinunter und zuckte die Achseln.

Als Dr. Doris wieder sprach, war ihre Stimme sanfter. »Hast du mit deinen Eltern über das Eierprojekt gesprochen?«

»Operation Ei«, verbesserte ich.

»Genau.«

»Ja, habe ich.«

Den Rest überspringe ich mal, denn es ging die ganze Stunde so weiter. Dr. Doris lenkte das Gespräch auf meine Eltern, und ich lenkte es wieder von ihnen weg. Auf diese Weise redeten wir eine geschlagene Stunde lang über gar nichts.

Die ganze Zeit sah ich auf die Uhr und zählte rückwärts – fünfzig Minuten, vierzig Minuten, zwanzig, zehn –, und in der Zielgeraden, fünf Minuten vor Schluss, sagte sie: »Ich wusste, dass du heute noch nicht bereit sein würdest, über deine Mom zu reden, und das respektiere ich, aber nächste Woche würde ich die Situation gern ein bisschen eingehender besprechen.«

Was konnte ich dazu anderes sagen als »okay«?

Als ich rauskam, fragte Dad nicht, wie es gelaufen war. Stattdessen umarmte er mich, und das war mir echt peinlich. Er strahlte vor Glück und Erleichterung. Und obwohl ich meinen Dad gernhabe und weiß, dass er sich wirklich Mühe gibt, hatte ich in dem Moment das Bedürfnis, ihn zu bestrafen. Wortlos stieß ich ihn weg und schwieg während der gesamten Heimfahrt. Zu Hause angekommen, stieg ich aus und knallte die Wagentür zu. Ich spürte förmlich, wie sein Glück zerschellte.

Nicht mal ich selbst konnte mir helfen. Ohne dass ich es wollte, war ich zu dieser schrecklichen Person geworden, die ihrem Dad absichtlich weh tut und nicht mal weiß, weshalb.

Vielleicht sollte ich darüber nächste Woche mit Dr. Doris sprechen.

Vielleicht auch nicht.

Schritt 6: Experiment

Und jetzt kommt der Moment, auf den ihr alle gewartet habt! Es ist an der Zeit, eure Hypothesen zu überprüfen! Werden eure begründeten Vermutungen der Großen Wissenschaftlichen Methode standhalten?

#AugenblickDerWahrheit #LegtLos

16. Dezember

Arbeitsauftrag 22: Der erste Test

Die meisten von Twigs Skizzen waren nicht umsetzbar. Das war nicht weiter verwunderlich, aber sie dachte sich ständig neue aus und bestand darauf, sie zu testen. Dari, Twig und ich sind gestern nach dem Unterricht extra noch in der Schule geblieben. Wir klebten und probierten und zerbrachen jede Menge Eier. Schließlich hatten wir sechs Varianten – ein ziemlich beeindruckendes Ergebnis, wie ich fand.

»Ich bin nicht sicher, ob sie funktionieren werden«, sagte Dari, während wir letzte Hand an S'Meggs legten und willkürlich Äste in XXL-Marshmallows steckten. Ein S'Meggs besteht aus einem Ei, das durch Äste mit riesigen Marshmallows und sogar Schokoladentafeln verbunden ist. Es ist einem S'More nachempfunden, dem Lagerfeuersnack, und Twig muss ziemlich hungrig gewesen sein, als sie sich das ausdachte.

»Die Äste brechen zu leicht«, sagte Dari, als einer der Äste abknickte.

Twig funkelte ihn mit ihrem Schläfrige-Katze-Gesicht an, als wäre das eine persönliche Beleidigung, und er enthielt sich weiterer Kommentare.

Wir verbrachten Stunden damit, unsere Modelle zu basteln und kamen erst spät abends heim, aber ich bestand darauf, dass wir am nächsten Morgen in aller Frühe weitermachten, obwohl Samstag war. Wir entwickelten einen Plan, und ich muss sagen, ich war ziemlich begeistert.

Schritt 1: Beobachtung
Wir haben nur noch einen Monat Zeit bis zum Wettbewerb – noch weniger, wenn man die Ferien abzieht –, also müssen wir mit unseren Tests in die Gänge kommen.
Schritt 2: Frage
Wann und wo können wir unsere Modelle testen, indem wir sie aus einem Fenster im zweiten Stock fallen lassen?
Schritt 3: Eingehende Untersuchung
Mikayla und die übrigen Mädchen vom Jugendliga-Schulteam hatten kürzlich ihre dämliche Motivationswoche, das heißt, dass an der Fountain-Middle am Samstag mit Sicherheit ein Volleyballspiel stattfinden wird. Ich habe das im Terminkalender online noch mal überprüft. Die Schule wird also offen sein, so dass wir uns unbemerkt reinschleichen und in die Klassenzimmer im zweiten Stock gelangen können.[31]

---

[31] Ursprünglich hatten wir geplant, Mr Neely zu fragen, ob wir am Montag nach dem Unterricht sein Fenster benutzen dürfen, doch Twig schüttelte den Kopf und sagte weise: »Man bittet besser um Vergebung als um Erlaubnis.« Dari räusperte sich und fühlte sich sichtlich unwohl, aber wir einigten uns auf den Samstags-Plan.

Schritt 4: Hypothese

Natürlich »zügle ich meine Erwartungen«, gehe aber trotzdem davon aus, dass zumindest bei einigen unserer sechs Modelle die Eier den Fall überleben. Dann müssen wir uns entscheiden, welche Variante die beste ist.

Schritt 5: Versuchsablauf

1. Am Freitag wird Twig bei mir übernachten, und Dad wird uns morgens in die Schule bringen, damit wir »dem Spiel beiwohnen und Teamgeist beweisen« usw. usf.
2. Wir treffen Dari in der Schule und warten, bis das Spiel beginnt und alle abgelenkt sind. Dann tun wir so, als müssten wir aufs Klo und verlassen die Café-Turn-Aula.[32]
3. Wir schleichen uns in den zweiten Stock in Mr Neelys Klassenzimmer.
4. Wir lassen die Eier aus dem Fenster fallen.
5. Wir schleichen wieder nach unten, prüfen die Eier und stellen fest, welche heil geblieben sind.
6. Wir putzen alles weg und machen uns noch vor Ende des Spiels unbemerkt aus dem Staub.

Hätte mir jemand vor ein paar Monaten gesagt, dass ich jemals an einem Samstag um 8 Uhr morgens in der Schule sein wollte, hätte ich ihn ausgelacht und zu einem zweiten

---

[32] Cafeteria. Turnhalle. Aula. Nur dass bei uns alles eins ist.

Mr Neely erklärt. Andererseits scheint dieses Jahr vieles nicht so zu laufen, wie ich dachte.

Familien in den Schulfarben Rot-Blau drängten sich in die Turnhalle im Erdgeschoss, und Twig und ich mischten uns unter die Menge. Auch wir hatten rot-blaue Pullover angezogen, um uns anzupassen, aber wie üblich hatte Twig das »Anpassen« zu weit getrieben und fiel umso mehr auf. Sie trug zusätzlich noch je einen roten und einen blauen Handschuh und hatte »Go!« auf eine Wange und »Red Pandas!« auf die andere geschrieben.[33] Red Pandas war natürlich viel zu lang, so dass sie sich *d-a-s* seitwärts auf den Unterkiefer schreiben musste.

Unsere Team-Verkleidung war also nicht gerade der Hit.

Während wir der Menge ins Schulgebäude folgten, trödelte ich absichtlich, damit uns niemand bemerkte. Mein Herzschlag dröhnte in den Ohren, doch ich redete mir ein, dass unser Plan gelingen könnte. Alles würde gutgehen. Vorsichtig rückte ich meinen Rucksack zurecht und spürte das Gewicht der Eier in ihren Rüstungen.

Plötzlich blitzten direkt vor uns dunkle Locken auf. Ich wusste sofort, zu wem sie gehörten – Mikaylas Mom. Einen Moment lang verschwamm alles vor meinen Augen. Wenn

---

[33] Genau genommen sind wir die Fountain-Middle-Foxes, aber unser Maskottchen-Kostüm sieht eher aus wie ein roter Panda. Die meisten von uns zucken darüber bloß die Achseln, aber Twig muss natürlich den Finger in die Wunde legen.

sie mich sähe, würde sie herkommen und mit mir reden wollen. Sie würde Freundlichkeit heucheln und uns womöglich auf die Plätze neben sich lotsen. Dann würde ich in diesem Volleyballspiel festsitzen, neben der Frau, die meine Mom gefeuert hat, und unser ganzer Plan wäre im Eimer.

»Da lang«, flüsterte ich, und deutete zum Mädchenklo.

»Aber –«, setzte Twig an, doch ich war schon aus der Menge ausgeschert, gerade noch rechtzeitig vor dem Eingang zur Café-Turn-Aula.

Ich rannte um die nächste Ecke und zerrte sie hinter mir her, bis wir außer Sichtweite waren. Ich konnte nur hoffen, dass niemand auf uns aufmerksam geworden war.

»Was soll das denn?«, wollte Twig wissen.

»Ich musste nur …« Ich unterbrach mich. Wie konnte ich ihr meine Panik erklären, ohne ihr alles zu erklären?

Twig bedrängte mich nicht weiter. »Da drüben ist Dari«, flüsterte sie und spähte um die Ecke.

Ich machte den Hals lang, und da war er. Er stand mitten in der Halle, wippte auf den Ballen und sah sich suchend um, während der Menschenstrom an ihm vorbeizog. Er zupfte am Saum seines T-Shirts, das weder blau noch rot war, und wirkte so nervös, dass er genauso gut ein Schild mit der Aufschrift »Ich werde gleich was anstellen!« hätte tragen können.

»Soll ich ihn holen?«, fragte Twig.

»Warte besser, bis das Spiel losgeht«, gab ich zu bedenken, doch Twig war losgerannt, bevor ich den Satz beendet hatte.

Sie packte ihn am Handgelenk und zerrte ihn zurück zu mir. Ein paar Leute sahen sich verwundert nach ihnen um, gingen aber weiter in Richtung Turnhalle.

»Meinst du, jemand hat uns bemerkt?«, flüsterte Twig mit voller Lautstärke. Ihr Haar war statisch aufgeladen von der Anspannung, die durch ihren Körper lief. »Bestimmt nicht, oder? Wir waren so unauffällig wie Geheimagenten.«

»Klar, Twig«, sagte ich.

Dari war so nervös und Twig so selbstsicher, dass ich unwillkürlich lachen musste über dieses ungleiche Paar.

Twig grinste zurück.

In der Turnhalle ertönte ein Klingeln, die Leute wurden still, dann verkündete das Quietschen von Turnschuhen, dass das Spiel begonnen hatte.

»Seid ihr bereit?«, sagte ich.

Sie nickten, und ich führte sie ins Treppenhaus. Auf Zehenspitzen schlichen wir die Stufen hinauf, das Herz schlug uns bis zum Hals, und im ersten Stock angekommen, spähten wir in die Halle hinunter, um nach Lehrern oder Trupps von Wachleuten Ausschau zu halten, aber natürlich gab es keine, schließlich war das bloß ein Jugendliga-Volleyballspiel.

Als wir den zweiten Stock erreichten, blieben Dari und ich zurück, während Twig, unsere Vorhut, vorausrannte. Sie schlug Haken und flitzte hin und her, als müsste sie tödlichen Laserstrahlen ausweichen. Für Twig war das ein Spiel, ein ins reale Leben erweitertes strategisches Brettspiel, und ich wusste nicht, ob ich sie zur Ordnung rufen oder mitmachen sollte.

Twig rief zu uns herüber: »Meint ihr, jemand hat uns gesehen?« Ihre Stimme hallte durch den Flur.

Dari hob den Zeigefinger an die Lippen, musste sich dabei aber ein Lachen verkneifen. Ich sah, dass er genauso hin- und hergerissen war wie ich.

Dari und ich gingen zur Tür von Mr Neelys Klassenzimmer, und als Dari sich vorbeugte, um am Türknauf zu drehen, warf Twig einen Arm dazwischen.

»Fingerabdrücke«, zischte sie, bevor sie den Knauf mit ihrer behandschuhten Hand packte.

Die Tür rührte sich nicht.

Twig warf mir einen Blick zu und biss sich auf die Lippen. Ohne Rücksicht auf die Fingerabdrücke schob ich sie beiseite. Doch der Türknauf ließ sich nicht drehen. Die Tür war abgeschlossen. Das bedeutete, dass ab jetzt nichts mehr nach Plan lief.

»Wir könnten die Tür eintreten«, schlug Twig vor.

Dari legte ihr eine Hand auf die Schulter. Augenblicklich wurde er knallrot und zog die Hand wieder zurück. »Ähm, nein. Besser nicht.« Er schüttelte den Kopf. »Ich hätte mir denken können, dass die Klassenzimmer abgeschlossen sind. Ich habe das nicht bedacht.« So als hätte er den ganzen Coup geplant, allein und ohne unsere Hilfe.

»Wir müssen bis Montag warten«, sagte er und nickte kurz, als wäre das beschlossene Sache.

Der logische, wissenschaftliche Teil meines Gehirns stimmte Dari zu. Natürlich konnten wir bis Montag warten. Natürlich würde Mr Neely uns erlauben, die verpackten Eier am Montag nach dem Unterricht von seinem Fenster aus zu testen.

Aber hier waren die Eier, und hier waren wir, und nichts lief nach Plan. Womöglich würde man uns *nicht* erlauben, die Eier am Montag fallen zu lassen. Womöglich würden wir sie überhaupt nicht testen können.

Und dann würden wir den Wettbewerb nicht gewinnen. Und …

Nach einem Blick zu mir schüttelte Twig den Kopf. »Nein«, sagte sie. »Ich habe eine Idee. Es gibt eine andere Möglichkeit.«

Sie führte uns über den Flur geradewegs ins Mädchenklo. »Kommt schon«, sagte sie und streckte den Kopf heraus, als wir ihr nicht folgten.

Ich sah zu Dari hinüber.

»Ähm«, machte er.

Twig verdrehte die Augen. »Na los, komm schon. Hier ist niemand.«

»Aber …«

»Da, schau doch«, sagte Twig, drehte sich um und rief in die Toilette hinein: »Hallo? Hallo, ist da wer?«

»Twig«, zischte ich. »Leise.«

Dari zögerte immer noch, und Twig warf verzweifelt die Arme in die Luft. »Sei nicht so ein Schisser.«

Also folgten wir ihr ins Mädchenklo, und Daris Gesicht färbte sich dunkelrot. Er hielt die Augen fest auf den Boden gerichtet.

»Gut«, sagte Twig. Sie ging zum Fenster bei den Waschbecken. Sie musste sich auf die Zehenspitzen stellen, um es zu öffnen. Es lag höher als die Klassenzimmerfenster und war viel kleiner, aber immerhin würden wir unsere Eier hinauswerfen können.

Ich stellte mich auch auf die Zehenspitzen und sah hinaus. »Ja, das könnte klappen.« Erleichterung breitete sich in mir aus.

»Aber, Leute«, sagte Dari. »Das ist ja bloß eine Toilette.«

Twig starrte ihn an, als ob etwas mit ihm nicht stimmte. Ich meine, ernsthaft. Wo er doch sonst so ein Schlaumeier ist. »Ja, Dari«, sagte sie langsam. »Genau das ist es.«

»Nein, aber, ich meine …« Er räusperte sich, blickte sich um, dann auf den Boden, dann sah er sich wieder um, so als suchte er etwas. »Aber hier sind gar keine Sofas.«

Ich blinzelte ungläubig. »Haben *eure* Toiletten denn Sofas?«

»Nein, nein, die Jungenklos haben keine. Aber die anderen behaupten immer …«

Wir schauten ihn stumm an.

»Vergesst es«, sagte er.

»Also«, sagte ich nach ein paar Sekunden peinlicher Stille. Ich streifte den Rucksack ab und nahm vorsichtig unsere Modelle heraus. Zum Glück waren alle noch heil. »Wir werden die sechs Eier fallen lassen. Natürlich wäre es von Mr Neelys Klassenzimmerfenstern besser, weil wir sie breiter streuen könnten, aber dann lassen wir sie eben aufeinanderfallen. Das wird wohl auch gehen.«

Dari räusperte sich, und Twig seufzte, teils genervt, teils amüsiert. »Was ist, Dari?«

Ich hatte ihn noch nie so neben der Spur gesehen. Er fing wieder an, am Saum seines T-Shirts zu zupfen, als würde er am liebsten im Erdboden verschwinden. Da dämmerte mir, dass er im Fall einer Entdeckung derjenige wäre, der den meisten Ärger kriegte.

»Dari«, sagte ich. »Du kannst unten an der Aufschlagstelle warten, wenn du möchtest.«

Sein Körper entspannte sich. »Echt?«

»Klar. Das ist sogar besser. Dann kannst du die alten Eier wegräumen und Platz für neue machen.«

Er schob sich zentimeterweise in Richtung Tür, während er darüber nachdachte. »Ja, das wäre sinnvoll. Aber ich will euch beide nicht im Stich lassen.«

Jetzt griff Twig ein. Sie zog einen Stapel Toilettenpapier und eine Plastiktüte aus ihrem Rucksack und drückte sie ihm in die Hand. »Schon in Ordnung, Dari. Du kannst die

Reinigungskraft sein. Außerdem ist das vermutlich der gefährlichste Job – wenn jemand dich erwischt, stehst du mit einem Haufen Eiern da.«

Das hatte ich nicht bedacht und fürchtete schon, sie könnte recht haben, doch Dari nickte, nahm das Putzzeug und rannte ohne ein weiteres Wort aus der Toilette.

Während wir warteten, bis er unten war, wickelten Twig und ich die Eier aus ihren Schutzschichten und legten sie nebeneinander aufs Fensterbrett. In Reih und Glied erwarteten sie ihr Schicksal.

Ehrlich gesagt sahen sie ziemlich lächerlich aus, und ich fragte mich, ob sie ihren Fenstersturz wohl überstehen würden. Doch daran durfte ich jetzt nicht denken. Ich vertrieb jeglichen Zweifel aus meinem Kopf, und sobald Dari bereit war, wählte ich S'Meggs, die Eierkreation im Stil von S'More. Schokolade und Marshmallows waren schon ein bisschen geschmolzen und klebten an meinen Händen.

Twig zog die Augenbrauen hoch. »Das erste Ei ist fällig. Brauchen wir eine Rede?«

Ich lachte, drückte mich aber um eine Antwort. Ich wollte die Sache nicht so hoch hängen, wollte nicht daran denken, was alles davon abhing. Ich wollte einfach die Eier fallen lassen und sehen, welche heil blieben, und mich wieder gut fühlen.

»Sei stark, kleines S'Meggs«, sagte Twig. »Guten Flug.«

Ich hielt es aus dem Fenster. »Bereit?«

Twig grinste. »Bereit.«

Unten trat Dari einen Schritt zurück und gab mit erhobenem Daumen das Okay. Ich ließ S'Meggs fallen.

Wir konnten nicht sehen, ob es überlebt hatte oder nicht. Wir beobachteten, wie Dari es wegräumte, um Platz für das nächste Ei zu machen. Es war komisch, das Ei von hier oben als kleinen Punkt zu sehen, ohne den Ausgang des Experiments zu kennen. Plötzlich hatte ich das Gefühl, alles sei möglich.

»Das war der Wahnsinn!« Twig klatschte mir auf den Rücken.

Meine Hände zitterten, ich steckte sie in die Taschen und überließ Twig das nächste Ei, das mit den Wattebäuschen: der Wattewolkentraum.

»Dari benimmt sich so komisch«, sagte sie, als sie das Ei aus dem Fenster hielt, fertig zum Abflug.

Ich lehnte mich neben ihr aus dem Fenster und sah, wie Dari verzweifelt mit den Armen in der Luft ruderte.

Seufzend schüttelte sie den Kopf, als wäre das nur wieder so eine Dari-Spinnerei. »Fertig?«, fragte sie mich.

»Twig, warte.« Ich blickte zu Dari hinunter, der jetzt panisch hin- und herrannte. »Ich glaube, das stimmt was n-«

Von unten ertönte ein Klingeln, gefolgt vom Geräusch sich öffnender Türen und Elterngeplapper.

Entsetzt wandte ich mich Twig zu. »Das Spiel! Es ist zu Ende. Sie gehen.«

»Jetzt schon?!« Twig starrte zurück, ihr Arm hing reglos aus dem Fenster, die Finger umklammerten den Wattewolkentraum.

»Kein Problem«, sagte ich mehr zu mir selbst als zu ihr. »Kein Problem. Sie gehen alle vorne raus, es gibt keinen Grund, auf die Rückseite der Schule zu kommen. Wir müssen bloß runterrennen, saubermachen und verschwinden, bevor uns jemand entdeckt.«

Twig nickte. »Gut, okay, gehen wir.«

Und dann, ohne Vorwarnung, fegte sie mit dem Arm alle Eier vom Fensterbrett.

Ich starrte meine tollkühne, unvernünftige beste Freundin entgeistert an. Twig hat sich über die Jahre ein paar ziemlich unerklärliche Dinge geleistet, aber das hier hatte eine neue Qualität. »Twig … Warum hast du das *gemacht*?«

Mit weit aufgerissenen Augen schüttelte sie den Kopf. »Ich musste Spuren vernichten.«

»Du hast keine Spuren *vernichtet*. Du hast sie überall hingekleckert.«

»Ich wollte … Ich weiß nicht! Hab nicht nachgedacht!«

Jetzt war nicht die Zeit für Diskussionen. Ich packte Twig am Handgelenk, und wir rannten aus der Toilette.

»Mission abbrechen! Sofort abbrechen!«, grölte Twig, während wir die Treppen hinunterhasteten und ich vergeblich versuchte, sie zum Schweigen zu bringen. Durch die Hintertür rannten wir hinaus zu Dari.

»Oh, *nein*«, sagte Twig, als wir ihn erreicht hatten.

Der Wattewolkentraum klebte in seinen Haaren, Eierglibber rann ihm übers Gesicht. Auf der Stirn, kurz unter dem Haaransatz, begann eine rote Beule zu wachsen.

»Alle Eier sind kaputt«, meldete er und streckte uns die Überreste hin. Er hatte die Trümmer unserer Modelle wahllos in die Plastiktüte gekehrt, Eigelb tropfte aus einem Loch in der Tüte.

Weder Twig noch ich wussten etwas zu sagen, ein paar Sekunden lang standen wir nur da und starrten auf die Eier und die Watte in seinen Haaren.

Eigentlich hätten wir uns so schnell wie möglich vom Tatort entfernen sollen, aber es kam mir nicht richtig vor, einfach wegzurennen, ohne etwas zu sagen. »Alles in Ordnung?«, fragte ich und nahm ihm die tropfende Plastiktüte ab.

Twig klaubte Eierschalen aus seinem Haar. »Ich hab dich am Kopf getroffen. Mit einem *Ei*!«

Unter Twigs Berührung wurde der Rest von Daris Gesicht so rot wie die Beule, er räusperte sich. »Na, ja«, sagte er mit brüchiger Stimme. Er räusperte sich noch einmal. »Die gute Nachricht ist, dass manche Eier sich eigentlich ganz wacker geschlagen haben. *Viel* besser als erwartet. Wenn ihr mich ein paar Verbesserungen vornehmen lasst, könnten diese Konstruktionen tatsächlich funktionieren.«

Er wagte es, Twig, die noch immer an seinem Haar herumfummelte, anzuschauen. »Nichts für ungut.«

Twig trat einen Schritt zurück und zuckte bloß mit den Achseln. Es schien ihr völlig entgangen zu sein, dass sie soeben eine total peinliche Situation produziert und gleich darauf in die Schranken gewiesen worden war. »Okay, Problemanalyst. Versuchen wir's auf deine Weise.«

Obwohl unsere Mission auf der ganzen Linie fehlgeschlagen war, stimmten ihre Worte mich hoffnungsfroh. Ich entspannte mich und fühlte mich ein wenig besser, ein wenig sicherer – bis die rückwärtige Tür sich öffnete und das Jugendliga-Team herausströmte.

Mikayla und ich sahen einander in genau demselben Moment an. Rasch wandte ich den Blick ab, bemerkte aber gerade noch, wie sie Janie etwas zuflüsterte.

»Ähm, wir sollten wohl besser gehen«, sagte ich zu Twig und Dari, die jetzt *beide* mit Eigelb beschmiert waren.

Sie blickten auf und sahen, dass Mikayla auf uns zukam. Twig schob das Kinn vor, wie sie es immer tut, wenn sie sauer ist. Dari hatte wieder seinen Panikblick, offenbar befürchtete er, Mikayla würde uns verpetzen.

Sie konnte unmöglich wissen, dass wir auf dem Mädchenklo im zweiten Stock gewesen waren, zumindest konnte sie es nicht *beweisen*. Aber trotzdem, einen Moment lang sah ich uns durch ihre Augen: ein fehlgeschlagenes Experiment. Eine Riesensauerei. Totale Versager.

Mikayla blieb vor uns stehen und verschränkte die Arme. »Was macht ihr da?«

Sie ist das größte Mädchen in der Klasse und sah auf uns herab wie eine Prinzessin auf ihre rebellischen Untertanen.

»Geht dich nichts an«, sagte Twig.

Es ist schon seltsam, dass Mikayla und ich jemals befreundet waren, aber noch seltsamer ist, dass *Twig* und Mikayla es waren. Wo sie doch das genaue Gegenteil voneinander sind, Magnete, die sich abstoßen.[34]

»Wir machen nur Hausaufgaben. Alles für die Schule«, erklärte ich. Strenggenommen war das nicht gelogen, doch mein Herzschlag pochte in den Ohren. Ich weiß nicht, warum sie mich so nervös macht, es stinkt mir, dass sie es immer wieder schafft.

Sie sah mich an, als wollte sie etwas erwidern – etwas Gemeines vermutlich –, doch dann kam Janie angerannt.

»Was ist los?«, fragte sie, es klang verwirrt. Mir fiel auf, dass ich gar nichts über Janie weiß, außer dass sie die Freundin von Mikayla ist. Und dass sie Volleyball spielt.

»Nichts«, sagte Mikayla und fügte mit einem Seitenblick auf mich hinzu: »Rein gar nichts.« Dann machte sie auf dem Absatz kehrt und stolzierte mit Janie davon.

»Hat die ein *Problem*, oder was?«, schnaubte Twig.

Dari hob die Hand, wie um sie zu trösten, vergrub sie dann aber in seiner Tasche. »Tut mir leid«, murmelte er.

---

[34] Das ist der Beweis! Manchmal passe ich im Unterricht doch auf.

Die Konfrontation mit Mikayla hatte uns alle ein wenig mitgenommen, aber Dari musste ganz schön von der Rolle sein, wenn er sich auch noch dafür entschuldigte, dass er eins an den Kopf gekriegt hatte. »Ist doch nicht deine Schuld«, sagte ich, weil es irgendwie naheliegend war.

»Nicht wegen der Eier«, erwiderte er. »Es tut mir leid, ich hätte oben bei euch bleiben sollen. Ich habe zu viel Zeit mit meiner Unentschlossenheit und dem Weg nach unten vergeudet. Ich hätte Teil des Teams sein sollen.«

Mir war nicht klar, warum er so ein Theater machte, zumal seine Aufgabe als Bodenpersonal ja wirklich wichtig war. Doch Twig legte ihm einfach den Arm um die Schulter wie ein Fernsehdaddy. »Entspann dich, Dari.«

Dari senkte Kopf, um sein Gesicht zu verbergen, trotzdem sah ich gerade noch sein idiotisches Grinsen. Selbst mit Ei garniert brachte sie ihn zum Lächeln.

Twig kriegte nichts mit. »Wenn wir nächstes Mal in ein Mädchenklo einbrechen, bist du an unserer Seite«, sagte sie.

Ich hoffte, dass sie das im übertragenen Sinn und nicht wörtlich meinte, aber bei Twig weiß man nie.

Dari lachte gezwungen, er klang wie stranguliert.

»Danke, Leute«, platzte ich heraus. Mikayla oder unsere gescheiterte Mission, mich konnte nichts mehr erschüttern. Ich hatte Freunde, die nicht vor Eiermatsch zurückschreckten und nicht aufgaben. »Ich wollte nur … Danke, dass wir so ein großartiges Eierteam sind.«

Dari wischte sich Eigelb von der Stirn und lächelte. »Das Eierteam«, wiederholte er und streckte die Hand mit der Handfläche nach unten aus.

Ich starrte ihn an und wusste nicht gleich, worauf er hinauswollte, aber Twig kapierte sofort. Sie legte ihre Hand auf seine und sah mich auffordernd an »Komm schon, Natalie.«

Ich legte meine Hand obendrauf. Unsere Hände waren voll Ei, aber Twigs Hand war außerdem noch voll Glitzerstaub, obwohl der in unseren Konstruktionen gar nicht vorkam.[35]

Dari zählte von drei rückwärts, dann sagten wir alle gemeinsam: »Eierteam!«

Und das war so bescheuert und irgendwie auch peinlich, dass ich insgeheim hoffte, Mikayla wäre bereits außer Hörweite. Aber im Grunde war es egal. Wir waren Freunde, und das war mein Team. In diesem Moment wusste ich, dass wir eine Chance hatten.

---

[35] Twig macht so was ständig – unseren Projekten etwas »Glamour« geben. Sie findet das lustig, aber jeder, der jemals in einem Zweitklässlerzimmer war, weiß, dass Glitzerstaub überhaupt nicht komisch ist. Er lässt sich nämlich nicht mehr wegwaschen.

18. Dezember
Arbeitsauftrag 23: #MrNeelysSchneetag

Twig, Dari und ich besprachen fast jeden Tag nach der Schule unsere Pläne für den Wettbewerb, außer am Mittwoch – der ist jetzt offiziell der Doris-Tag, leider.

Dari hatte, ausgehend von Twigs Ideen, neue Konstruktionspläne ausgearbeitet, und wir nahmen uns vor, die zwei vielversprechendsten Entwürfe am Wochenende zu testen.

Ich hatte gehofft, die letzte Naturwissenschaftsstunde damit verbringen zu können, neue Varianten zu zeichnen und Reisepläne für Mom und mich zu schmieden. Aber dann hat Mr Neely uns alle überrascht.

Weil es nur noch eine Woche bis zu den Weihnachtsferien ist und weil es heute zum ersten Mal geschneit hat, beschloss er, der *coolste* Lehrer überhaupt zu sein und uns draußen spielen zu lassen.[36]

Eigentlich mussten wir noch die Lerneinheit zu Magnetismus und Elektrizität abschließen, aber was gibt es noch zu lernen, wenn man fast einen Monat lang darüber geredet hat? Damit die Sache einen pädagogischen Anstrich be-

---

[36] Natürlich kündigte er das Ganze als #MrNeelysSchneetag an, aber trotzdem.

kam, hielt er uns einen zwanzigminütigen Vortrag über das Thema Schnee, bevor er uns für den Rest der Stunde entließ. (Tiefe Temperaturen, gefrorenes Wasser, Eis, Hagel, Schnee, ja, ja, bla, bla.)

Es war eiskalt, versteht sich, und wir zogen unsere Mäntel und Schals an und mummelten uns in mehrere Schichten ein. Und Mikayla beklagte sich ohne Ende, dass sie *buchstäblich* Frostbeulen bekäme, wenn sie jetzt rausginge. Also sah sich Mr Neely gezwungen, denjenigen, die nicht nach draußen wollten, ein extra Spaß-Arbeitsblatt auszuteilen. Das war keineswegs als Bestrafung gedacht, er meint allen Ernstes, dass so was Spaß macht.

Und so kam es, dass die gesamte Siebte am späten Montagnachmittag auf dem Pausenhof hinter der Schule herumstand. Erst wussten wir nicht recht, was wir machen sollten, denn schließlich sind nicht alle miteinander befreundet, außerdem sind wir keine Zweitklässler mehr, die sofort losrennen und Fangen spielen. Und dass Mr Neely dastand und uns beobachtete, machte die Sache nicht besser.

Dann warf Tom K. einen Schneeball, typisch.[37] Der Schneeball war schnell und traf Nick Henner genau ins Gesicht. Wir hielten alle die Luft an, denn Nick war früher eine

[37] Er hat letztes Jahr auch die Sache mit der »Gorillataktik« angezettelt, das nur nebenbei.

berüchtigte Heulsuse, und wer weiß schon, ob sich das inzwischen ausgewachsen hat.

Aber Nick fing an zu lachen und warf selbst einen Schneeball. Der traf George, und gleich darauf war eine richtige Schneeballschlacht im Gange. Sogar Mikayla und Janie warfen ein paar, zogen sich dann aber auf die Bank zurück und schauten zu, denn sie verstehen einfach keinen Spaß.

Twig warf mich in den Schnee, und bevor ich mich aufrappeln konnte, ließ sie sich auf mich fallen. Erst als ich schrie: »Gnade! Gnade!«, rollte Twig von mir herunter auf den Rücken und fing an, inmitten der tobenden Schlacht einen Schnee-Engel zu machen. Natürlich machte ich auch einen. Dieser Tag war ein richtig guter Tag inmitten von lauter schlechten Tagen, und ich spürte, wenn ich jetzt nicht lachte, würden mir die Tränen kommen. Ich weiß auch nicht, was mit mir los war, aber ich lachte und lachte und konnte nicht mehr aufhören.

Dari kam angerannt und hielt drohend eine Ladung Schnee über uns.

»Nein!«, kreischte ich und versuchte hochzukommen, aber er kippte den Schnee auf Twig und mich, bevor wir wegrollen konnten.

»Dari. Du Ober-Nerd!«, brüllte Twig, aber, ob ihr's glaubt oder nicht, es klang irgendwie nett. Daris Wangen waren schon von der Kälte gerötet, aber er grinste übers ganze

Gesicht. Es ist gut, dass auch er mal Spaß hat und nicht immer vor Klassenzimmern herumhockt und Hausaufgaben macht.

Twig griff sich Fäuste voll Schnee und warf sie auf Dari, sie machte sich gar nicht erst die Mühe, sie zu Schneebällen zu formen. Und George warf einen Schneeball, der Dari am Hinterkopf traf, doch er ignorierte es. Er war viel zu beschäftigt mit seinem glücklich-unbeholfen-nervösen Lachen und wandte den Blick nicht von Twig. Dann rannte er los, und Twig hinterher, stolpernd und nach Schnee grapschend jagte sie ihm nach.

Plötzlich war mir komisch zumute, und ich fühlte mich ausgeschlossen. Ich wusste nicht mehr, wohin mit meinen Händen oder meinen Beinen oder mit meinem ganzen Körper. Und weil mir sonst nichts einfiel, stellte ich mich neben Mr Neely.

»Na, amüsierst du dich, Natalie?«, fragte er.

Ich wollte ihm sagen, dass er wie ein Schneemann aussah mit dem weißem Daunenmantel und der schwarzen Mütze, tat es aber nicht, denn er ist schließlich mein Lehrer. Stattdessen nickte ich. »Und Sie?«

Lachend sah er mich an, als hätte ich etwas Überraschendes gesagt. »Ja, das tue ich. Wirklich.« Die Jungs hatten ihn angegriffen, aber er warf keinen Schneeball zurück – vermutlich weil Erwachsene so was nicht machen oder weil er nicht verklagt werden wollte.

»Danke, Mr Neely«, sagte ich. Und diesmal sagte ich es nicht, weil es sich gehörte oder weil mir sonst nichts einfiel. Diesmal meinte ich es wirklich so.

19. Dezember
Arbeitsauftrag 24: Dads Mission

Heute hat Dad mich früh geweckt. »Zieh dich an«, sagte er und grinste, als hätte er den Verstand verloren. »In fünfzehn Minuten fahren wir.«

Ich rieb mir die Schlafkrümel aus den Augen und brachte ein genuscheltes »Okay« heraus.

»Ach, und übrigens«, fügte Dad hinzu, »du gehst heute nicht in die Schule.«

Auf einmal war ich hellwach und setzte mich im Bett auf. »Wie meinst du das?« Dad und ich hatten seit meinem Wutanfall wegen Dr. Doris nicht mehr richtig geredet, und jetzt servierte er mir die Möglichkeit zur Wiedergutmachung praktisch auf dem Silbertablett.

Doch Dad sagte nur: »Mach schon, zieh dich an. Wir haben was Lustiges vor.«

Ein Blick auf mein Telefon erklärte alles.[38] Nach #MrNeelysSchneetag hatten wir nun einen richtigen Schneetag bekommen, einen schulfreien Tag der besten Sorte, denn der angekündigte Riesenschneesturm stellte sich als harmlos heraus, so dass man trotzdem was unternehmen konnte.

---

[38] Text von Twig: SCHNEEEETAG!, garniert mit Schneeflocken-Emojis.

Dad wartete schon im Auto, die Scheiben waren beschlagen, weil die Heizung auf Hochtouren lief. Aber Mom saß nicht auf dem Beifahrersitz. Ihre Abwesenheit hätte mich eigentlich nicht mehr wundern sollen, dennoch war ich enttäuscht – jedes Mal wieder. Also nahm ich ihren Platz ein, strich aber vorher über das Leder, als wollte ich ihren Geist wegwischen.

Dad fuhr los und erzählte vom Schneetag, und ich tat überrascht. Eine Schrecksekunde lang dachte ich, Dad würde mich zu einer Therapiestunde bringen. Bisher war es mir weitgehend gelungen, Dr. Doris' Therapeuten-Tricks auszuweichen, aber sie war mir dicht auf den Fersen, ich wusste nicht, wie lange ich das Thema Mom noch umgehen konnte.

Doch nein, das war nicht der Weg zu Dr. Doris. Und außerdem sollte es ja lustig werden. Ein Abenteuer.

»Wohin fahren wir?«

Dad setzte sein Große-Überraschung-Grinsen auf. Unwillkürlich formte sich in meinem Kopf eine Liste all der wunderbaren Orte, zu denen wir unterwegs sein konnten.[39]

»Wir machen Weihnachtseinkäufe!«

»Oh.« Ich versuchte, nicht enttäuscht zu klingen, aber es misslang.

---

[39] Und zwar aufsteigend von wenig aufregend bis super aufregend: Kino, Aquarium, Botanischer Garten, Six-Flags-Freizeitpark, Disneyland.

Dad bemerkte es, und jetzt war *er* enttäuscht. Plötzlich entpuppte sich die ganze Fahrt als großer Reinfall, obwohl keiner von uns das beabsichtigt hatte.

»Ach, komm«, sagte Dad. »Es wird dir Spaß machen. Wir haben schon lange nichts Lustiges mehr zusammen unternommen.« Falls Dad tatsächlich etwas dergleichen plante, hätte ich ihm eine ganze Liste guter Ideen liefern können.[40] Unser Leben musste schon ziemlich öde sein, wenn Dads Vorstellung von Spaß sich aufs Einkaufen beschränkte.

Aber er schaute so hoffnungsvoll, so traurig und hoffnungsvoll, und er gab sich solche Mühe, dass ich zu ihm sagte: »Klingt nach Spaß.«

Und ich nahm mir fest vor, dass es das auch werden sollte, denn wenn man etwas wirklich will, tritt es manchmal ein.

Eine Woche vor Weihnachten war das Einkaufszentrum natürlich so ziemlich der unspaßigste Ort, zumal auch andere die Idee gehabt hatten, den Schneetag für Weihnachtseinkäufe zu nutzen. Aber wir machten ein Spiel daraus und stellten uns vor, wir seien Krieger, die in die Schlacht ziehen.

»Reich mir die Hand«, sagte Dad, nachdem wir ausgestiegen waren, und streckte mir mit gespieltem Ernst die Hand entgegen. Ich nahm sie, auch wenn es mir peinlich war, insgeheim fürchtete ich, jemanden von der Schule zu treffen.

---

[40] Siehe Fußnote 39.

Aber ehrlich gesagt tat es auch irgendwie gut. Ich konnte mich nicht erinnern, wann ich das letzte Mal an der Hand meiner Eltern gegangen war, und obwohl wir bloß herumalberten, fand ich es schön.

Im Inneren des Einkaufszentrums wurde es immer dichter. Eine Herde Kinderwagen teilte die Massen, und wir wurden getrennt. »Geh deinen Weg allein weiter, Dad. Bring dich in Sicherheit!«, rief ich dramatisch und wies ihm mit der einen Hand den Weg, die andere schlug ich mir vor die Brust.

Dad musste lachen, er kam herüber und schloss mich in die Arme. Es war mir egal, dass die Leute uns anstarrten, ich war einfach nur glücklich. Dann kamen wir wieder zur Sache und brauchten eine geschlagene Stunde, um hübsche Teller für Oma zu besorgen.

Als wir das Haushaltswarengeschäft verließen, fragte Dad: »Und was möchtest du deiner Mutter zu Weihnachten kaufen?« Es sollte beiläufig klingen, aber die Worte kamen falsch heraus. Ich konnte es ihm nicht verübeln. Früher war es schwer gewesen, ein Geschenk für Mom auszusuchen, weil sie alles mochte. Jetzt war es schwer, weil sie überhaupt nichts mochte.

»Ich will nichts für sie kaufen.« Der Satz rutschte einfach so heraus.

Dads Stirn legte sich in Falten, und ich sah, wie er – fünf, vier, drei – in den Therapeutenmodus schaltete.

»Oder«, begann ich, und in Dads Augen blühte wieder Hoffnung. »Oder, wir könnten ihr eine neue Pflanze kaufen.«

Kaum war die eine Krise umschifft, war die nächste schon im Anzug, denn Dad setzte jetzt wieder sein wildes Glück-lich-um-jeden-Preis-Lächeln auf. »Großartige Idee«, sagte er, als ob Mom sich darum scheren würde. Als ob sie nicht alle anderen Pflanzen hatte sterben lassen.

Ich nickte und sah mich verlegen um. Mussten wir dieses Gespräch ausgerechnet vor dem Küchenladen inmitten der Einkaufspassage haben?

»Gut, gehen wir ins Gartencenter«, sagte ich.

Ich schob mich durch die Menschenmassen in Richtung Gartencenter. Ich war so oft mit Mom zusammen dort gewesen, dass mir der Weg zu den Pflanzen fest ins Herz geschrieben war. Und trotz der vielen Leute und dem Gedränge blickte ich mich nicht um, ob Dad noch hinter mir war. Ich hatte mich innerlich eingerollt wie ein Mimosenblatt, als plötzlich jemand meinen Namen rief. Ich brauchte einen Moment, bis ich die Stimme erkannte, und dann – *und dann*.

»John! Natalie!«, wiederholte die Stimme, und im Umdrehen erblickte ich Mikaylas Mom, die sich durch die Menge schob, den Blick auf mich geheftet. Sie trug wie üblich Jeans und eine schwarze Bluse. Das lockige schwarze Haar schwang frei um die Schultern. Unwillkürlich öffnete sich mein Herz bei diesem vertrauten Anblick. Doch dann fiel mir ein, was sie meiner Familie angetan hatte, und es knallte wieder zu.

Doch schon dieser eine Moment, dieser Sekundenbruchteil des Glücks, fühlte sich an wie Verrat. Ich ballte die Hände zu Fäusten und bohrte meine Fingernägel in die Handflächen.

Mikayla, die hinter ihrer Mutter hertrödelte, hatte ich nicht gleich bemerkt. Denn natürlich, klar, ein Unglück kommt selten allein. Warum konnte ich nicht von ihr loskommen und sie einfach vergessen?

»Dana! Mikayla!«, sagte Dad, seine Stimme rutschte ein paar Töne tiefer in die Tonlage, die für Nicht-Familie reserviert ist.

»Wie geht es dir, John?«, sagte Mikayla in ihrer Möchtegern-Erwachsenenstimme. Mich beachtete sie überhaupt nicht. Ich beachtete sie auch nicht. Es war, als hätte die Konfrontation von letzter Woche nicht stattgefunden, als hätte sie uns nicht blöd angequatscht.

Die drei plauderten über Weihnachten und die Menschenmassen und das Wetter und die Schule – Worte wie winzige Regentropfen, ein Nieseln, das zu sagen schien: »Vorsicht. Gleich schüttet es.«

Schließlich beugte Mikaylas Mom sich vor, zog die Brauen zusammen und sagte: »Wie geht es Alice?« Sie klang tatsächlich interessiert, so als wäre das alles nicht ihre Schuld. »Wir vermissen sie.« Nie habe ich jemanden mehr gehasst als Mikaylas Mom in diesem Moment, ich wünschte, die Menge würde sie verschlucken und uns von ihrem Anblick erlösen.

Dad zögerte, und ich wusste, dass ich es nicht ertragen würde, wenn er jetzt darüber sprach, nicht hier, nicht vor Mikayla und ihrer Mom.

»Wir sehen uns im Gartencenter«, sagte ich in die winzige Stille hinein, ohne einen von ihnen anzusehen. Ich war weg, bevor Dad reagieren konnte.

Wie ein Geist bahnte ich mir den Weg zu den Pflanzen, so als gäbe es mich überhaupt nicht. Offenbar kauft kaum jemand an Weihnachten Pflanzen, denn im Gartencenter war es still und fast leer. Ich las die Beschreibungen aller ausgestellten Pflanzen. Immer noch besser als nachdenken. Doch es war diese falsche Art von Lesen, bei der die Augen wandern und das Gehirn die Wörter zwar schluckt, sie aber nicht verarbeitet.

Bis ich auf Camellia Japonica »Koreanisches Feuer« stieß. Beinahe hätte ich es überlesen, doch dann merkte ich auf: *Blüht auch den Winter über, sogar im Schnee.* Und weiter hieß es: *Diese widerstandsfähige Pflanze überlebt unter nahezu allen Bedingungen.*

Das Koreanische Feuer. Das schien zu passen, auch wenn die kleinen roten Blüten eher bescheiden waren, bei weitem nicht so spektakulär wie die Kobaltblaue Orchidee. Es war vielleicht nicht unsere Wunderpflanze – noch nicht –, aber immerhin würde sie den Winter überstehen. Eine Pflanze mit Durchhaltevermögen.

Als Dad kam, kauften wir sie. Er las das Namensschild, dann öffnete und schloss er den Mund, aber es kam nichts heraus. Und dann, nach einer Weile: »Natalie, vielleicht sollten wir reden …«

Aber ich schnitt ihm das Wort ab. »Können wir's nicht einfach gut sein lassen?«

Dad presste die Lippen zu einer geraden Linie zusammen, aber er nickte. Wenn er so still wird wie jetzt, kann das auch einer seiner Therapeuten-Tricks sein. Er wartet dann, bis ich etwas sage, die Leere mit Wahrheit fülle. Aber diesmal blieb es einfach nur still, weil es nichts mehr zu sagen gab.

Wir redeten nicht. Wir hielten uns nicht an den Händen. Wir gingen einfach nur heim.

20. Dezember
Arbeitsauftrag 25: Beobachtungen, zweite Runde

Der Schneesturm hat heute erst losgelegt, und wir bekamen noch einen Schneetag. Aber zu Dr. Doris musste ich trotzdem. Denn wenn es um geistige Gesundheit geht, ist Dad nicht aufzuhalten. Nicht mal von einem Blizzard.

Aber offenbar hat Mr Neely mich mit seinen Hashtags und Experimenten schon so konditioniert, dass ich während der Therapiestunde dauernd an die wissenschaftliche Methode denken musste. Dr. Doris redete, und ich versuchte zuzuhören, ehrlich, aber in meinem Kopf verwandelte ich sie in ein Experiment.

Dr. Doris sagte: »Ich möchte, dass wir uns heute über deine Mutter unterhalten.«

Und mein Hirn funkte: Beobachtungen!

+ Dr. Doris trägt knallroten Lippenstift.

+ Heute schneit es so heftig, dass Dads Scheibenwischer auf der Herfahrt extraschnell arbeiten mussten und Dr. Doris' Fenster eine Wand aus Weiß ist.

+ Was, wenn die Straßen unpassierbar werden und wir hier festsitzen?

+ Dr. Doris fragt: »Worüber denkst du nach, Natalie?«

+ Ich nehme eine Treppenspirale vom Couchtisch. Ich

starre auf meine Hände, zwischen denen sie hin- und herwandert, als gehörten auch sie nicht zu mir.

- Die Pflanzen im Sprechzimmer sollten mal gegossen werden.
- Dr. Doris stellt ihre Frage noch einmal, dabei betont sie jedes Wort, denn – ups – die Antwort ist mir plötzlich entfallen.
- Ich sage: »Nichts.«
- Draußen weint der Wind.

Dr. Doris machte sich Sorgen, weil ich während der Stunde so abwesend war, aber in Wirklichkeit konzentrierte ich mich auf meine eigene wissenschaftliche Frage: Wie viele Fragen kann ich aus Dr. Doris herauskitzeln?[41] Schließlich kann ich nicht selber reden, wenn das Ziel des Experiments darin besteht, *sie* zum Reden zu bringen. Mr Neely wäre sicher stolz auf mich. Dad weniger.

»Na gut«, sagte Dr. Doris nach der Hälfte der Stunde. Wahrscheinlich war sie frustriert. Wahrscheinlich versuchte sie, es zu verbergen. »Wir müssen nicht über deine Mutter reden, wenn du noch nicht bereit dazu bist. Wir können reden, worüber du willst. Was beschäftigt dich, Natalie?«

---

[41] Dreiundzwanzig bislang. Diese Frau scheint ihr eigenes wissenschaftliches Forschungsprojekt zu haben.

Das war Frage vierundzwanzig. Ich registrierte sie auf meiner mentalen Anzeigentafel. Das war es, was mich beschäftigte.

Aber insgeheim musste ich daran denken, dass Dad mit Mikayla und ihrer Mom über »die Situation« gesprochen hat, und ich nicht weiß, was er gesagt hat. Ich möchte nicht, dass jemand anderer von Mom erfährt. Das würde sie womöglich schlecht dastehen lassen, und ich will nicht, dass sie schlecht dasteht, schon gar nicht vor den Menzers. Vielleicht ist sie mir ja ein bisschen peinlich, wenn auch unbeabsichtigt.

Ich wollte aufhören, mir über Mikayla Gedanken zu machen, sie endgültig aus meinem Leben streichen. Aber dann musste ich daran denken, wie es war, als wir klein waren und im Labor oder im Botanischen Garten spielten, während unsere Mütter arbeiteten. Wir sammelten Farne und Stöckchen, um unsere eigenen »wissenschaftlichen Experimente« durchzuführen, bei denen es immer um Wundermittel ging: Mittel gegen Schluckauf! Mittel gegen Hausaufgaben! Mittel gegen Ins-Bett-Gehen!

Heilmittel gegen Traurigkeit.

Und natürlich wirkten diese Mittel. Wie konnte es auch anders sein? Wir besaßen schließlich Zauberkräfte. Wir waren nicht zu bremsen. Wir waren Wissenschaftler.

Aber jetzt ist Mikayla total cool, und ich bin es überhaupt nicht. Sie scheint sich nicht mal mehr daran zu erinnern, wie es früher zwischen uns war. Irgendwann hat sie sich verändert. Sie ist fies geworden. Und Mrs Menzer offenbar auch, wie hätte sie Mom sonst einfach feuern können?

Das Verrückte ist, dass ich meine erste kobaltblaue Orchidee von Mikaylas Mom bekommen habe. Sie und Mom haben die Orchidee im Labor erforscht und wollten herausfinden, wie sie in all dem Kobalt und Aluminium überleben konnte. Ihre Ergebnisse wollten sie an anderen Pflanzen erproben und ihre Forschung vielleicht sogar über die Pflanzenwelt hinaus ausweiten.

Das war in der vierten Klasse, genau zu dem Zeitpunkt, als Mikayla aufhörte, meine Freundin zu sein, und ich Mom überallhin folgte, ganz die ernsthafte Wissenschaftlerin, die ihre Haare zurückbindet und Notizen in ihr Heft kritzelt.

»Die ist aber schön«, hatte ich damals gesagt und die Orchidee unter ihrem Glasschutz bewundert. Ich beschrieb ihre papierartigen Blätter und dass sie zunächst wie eine normale Orchidee aussah, bis das Licht sie voll traf und in einem Blau erstrahlen ließ, das den Augen weh tat. Ich stand da und beobachtete und schrieb und wünschte mir auch so eine Blume, ganz für mich. Als könnte sie Gedanken lesen, ging Mikaylas Mom an einen der Schränke und holte ein Samenkorn heraus, nur für mich.

Ich erwartete, dass Mom protestieren würde – ständig redete sie davon, wie empfindlich diese Orchidee war, wie selten und kostbar –, aber sie tat es nicht. Stattdessen lächelte sie Mikaylas Mom zu, und zwischen den beiden lief etwas ab, das ich nicht verstand. Seither hatten Mom und ich diese schöne, magische Pflanze in unserem Gewächshaus.

»Eine Wunderpflanze, die dir ganz allein gehört, Natalie«, hatte Mrs Menzer gesagt. »Beobachte sie. Sieh ihr beim Wachsen zu.«

Wir hatten diese Orchidee lange – bis wir sie plötzlich nicht mehr hatten, bis Mom sie sterben ließ.

Dr. Doris stellte noch eine Frage, und ich nickte, ohne zu wissen, was sie gesagt hatte. Im Kopf registrierte ich: *Fünfundzwanzig Fragen.* Und ich wiederholte *fünf-und-zwanzig, fünf-und-zwanzig, fünf-und-zwanzig*, weil ich an nichts anderes denken wollte. Man muss seine wissenschaftlichen Daten bewahren. Wenn man die Antworten nicht ständig wiederholt, sie nicht immer wieder im Kopf hin- und herwendet, wird man sie eines Tages vergessen, und dann sind sie für immer verloren.

»Gut.« Dr. Doris legte die Stirn in Falten – doch ihre Augen schwankten zwischen traurig und hoffnungsvoll und etwas Drittem. »Damit sind wir für heute am Ende. Wirst du über das nachdenken, was ich dir gerade gesagt habe?«

Ich nickte und dachte, *sechs-und-zwanzig*.

Auf der Heimfahrt drehte Dad das Radio leiser und fragte: »Wie lief das Gespräch mit Dr. Doris?«

Seine Stimme klang etwa zehn Stufen zu harmlos, also erwiderte ich im selben unschuldigen Ton: »Bestens.« Meine

Stimme klang wie funkelnder Sonnenschein inmitten eines Schneesturms.

Doch er ließ sich nicht täuschen. »Natalie, ich weiß, dass du nicht erfreut bist über die Sitzungen, aber ich möchte, dass du dich ein wenig öffnest.«

Als er *öffnen* sagte, sah ich ihn vor mir, wie er meine Brust aufriss und sämtliche Organe freilegte, wie bei einem Frosch auf dem Labortisch. Unwillkürlich wich ich zurück.

Er warf mir einen besorgten Blick zu, obwohl die Welt um uns herum ganz weiß war und er besser geradeaus geschaut hätte. »Ich weiß, dass es wirklich hart ist für dich – für uns alle«, sagte er und richtete den Blick wieder auf die Straße. »Aber ich glaube, es ist wichtig, dass du dich aussprechen kannst.«

Beinahe hätte ich gesagt, dass lieber Mom sich öffnen und aussprechen sollte, aber ich kenne Dads Den-Tränen-nahe-Gesicht und das brauchte ich nicht schon wieder. Stattdessen sagte ich: »Ich werd's versuchen. Versprochen.« Und es klang fast wie ein richtiges Versprechen, denn obgleich ich die Stunden bei Dr. Doris hasste, wusste ein Teil von mir doch, dass er recht hatte. Ein Teil von mir *wollte* sich tatsächlich »öffnen«.

Und obwohl ich das nicht »aussprach«, sah Dad zu mir herüber, und er lächelte.

23. Dezember
Arbeitsauftrag 26: Eier in Aktion

Mr Neely war der einzige Lehrer, der uns etwas über die Winterferien aufgab, und seine »Hausaufgabe« bestand darin, dass wir uns Gedanken über unsere wissenschaftlichen Experimente machen sollten. Normalerweise wäre das gleichbedeutend mit *Tue absolut gar nichts*, aber weil am 13. Januar der Eier-Wettbewerb stattfindet, haben Dari, Twig und ich jede Menge zu tun. Unser Problemanalyst (alias Dari) hat einige von Twigs Ideen noch einmal überarbeitet, und für heute haben wir uns vorgenommen, zwei Konstruktionen zu testen, weil Dari für den Rest der Ferien nach Indien fährt.

Die Schule ist in den Weihnachtsferien natürlich geschlossen, und wir müssen uns bei jemandem zu Hause treffen. Und weil Daris Eltern seine neuen Freunde kennenlernen und wissen wollten, an welchem Projekt er arbeitete, trafen wir uns bei ihm. Das leuchtet ein, ist aber trotzdem irgendwie komisch, denn Dad kümmert sich nie darum, was ich mache, solange es für die Schule ist, und Twigs Eltern kümmern sich sowieso nicht, deshalb hatte ich völlig aus dem Auge verloren, dass es so was wie »engagierte« Eltern gibt.

Es war zu kalt, um mit dem Rad zu Dari zu fahren, deshalb brachte Dad Twig und mich mit dem Auto hin. Ganz der verantwortungsvolle Vater, wollte er gleich auch Mr und Mrs Kapoor kennenlernen. Die beiden standen schon an der Tür, als wir ankamen, und Dari drückte sich irgendwo hinter ihnen herum. Sie sind eines von diesen Turtel-Paaren, Mr Kapoors Hand lag, während sie redeten, auf Mrs Kapoors Rücken – so selbstverständlich, als merkten sie es gar nicht. Und obwohl es mir immer peinlich war, wenn Mom und Dad so was machten, vermisste ich es doch irgendwie.

Da war sie wieder, diese flattrige Ängstlichkeit, ich vertrieb den Gedanken und konzentrierte mich auf die Konversation unserer Eltern. Aber natürlich redeten sie über total langweilige Sachen wie die Schule und das Wetter, weshalb Twig und ich sie umrundeten, um Dari zu begrüßen.

»Okay, dann auf Wiedersehen Yeong-jin und Mr und Mrs Kapoor«, sagte Twig, als wir uns an ihnen vorbeidrängten. »Leider kenne ich Ihre Vornamen noch nicht, aber ich werde sie sicher bald erfahren.«

Daris Eltern blickten sich mit synchronem Stirnrunzeln nach ihr um, doch Dad seufzte nur, während wir im Haus verschwanden.

Auf der Schwelle zum Wohnzimmer blieb Twig stehen. »Das ist ja der Wahnsinn!«, stammelte sie, nachdem sie sich umgesehen hatte.

Und sie hatte recht. Nahezu jeder Zentimeter der Wand

war mit Familienfotos und farbenfrohen Bildern von Leuten, Landschaften, Tieren und allem Möglichen vollgehängt.

Dari räusperte sich. »Ja, meine Eltern malen.« Er sagte es mit einer Mischung aus Stolz und Unbehagen. »In meiner Familie wimmelt es nur so von Künstlern. Ständig haben sie mich in irgendwelche Malkurse gesteckt … Aber das ist einfach nicht mein Ding.«

Er zuckte die Schultern. Ich sah, dass ihm sein Versagen zu schaffen machte. Zugleich wurde mir klar, wie wenig ich eigentlich über Dari wusste. Ohne es zu wollen, hatte ich ihm eine Art Lehrerrolle zugewiesen – so als existierte er nur im Zusammenhang mit der Schule und dem Eier-Wettbewerb.

Seit Twig hatte ich keine neue Freundschaft mehr geschlossen und vielleicht hatte ich es ja verlernt.

Wir verließen das Wohnzimmer, und als Dari uns die Treppe hinaufführte, sagte er zu mir: »Ich wusste nicht, dass dein Dad Asiate ist.« Vermutlich gab es da ebenfalls so manches, was Dari nicht über mich wusste.

»Er ist Halbkoreaner«, sagte ich. »Mein Großvater war Italiener, aber ich habe ihn nicht kennengelernt.«

»Du redest nie darüber, dass du koreanisch bist«, sagte Dari, und plötzlich fühlte ich mich, als hätte ich etwas falsch gemacht.

Bei Dari zu Hause sah man sofort, dass die Familie stolz darauf ist, indisch zu sein. Das hätte mich eigentlich nicht überraschen sollen, tat es aber trotzdem. Ich meine, Dari scheint sich deswegen nicht zu schämen. In der Schule redet er oft darüber, dass er aus Indien kommt. Seine Mom trägt einen Sari, seine Küche riecht nach Speisen, die ich nie probiert habe, und überall im Haus hängen Fotos von den Verwandten in Indien – Tanten und Onkels und Cousins und seine beiden Brüder, die schon erwachsen sind.

Das gab mir das Gefühl, dass unsere Familie nicht besonders gut ist im Koreanischsein. Beziehungsweise *ich* bin nicht gut darin. Ehrlich gesagt vergesse ich die meiste Zeit, dass dieser Teil von mir überhaupt existiert, außer wenn meine Oma zu Besuch kommt oder jemand es erwähnt. Ich bin bloß zu einem Viertel koreanisch, und die meisten Leute sehen es mir nicht an. Nur gelegentlich fragt mich jemand nach meinen ethnischen Wurzeln, aber ich übergehe das dann meistens. Bisher hatte sich das nie falsch angefühlt.

Die letzte Station unserer Tour war Daris Zimmer, wo Indisches und Amerikanisches sich mischten, Bollywood-Poster und Baseball-Poster. Und ich beschloss, dass künftig auch mein Zimmer mein ganzes Ich sichtbar machen sollte, so wie hier bei Dari. Ich nahm mir vor, meine Oma über Korea auszufragen, wenn sie das nächste Mal kommt.

»Wir können die Eier von hier aus fallen lassen«, erklärte Dari, während Twig und ich ans Fenster traten und die Lage peilten. Direkt unter uns, im Garten, hatte er eine riesige

Plane ausgebreitet und eine Videokamera installiert, damit wir jeden Sturz anschließend analysieren konnten.

»Wow, Dari«, sagte ich. »Das ist, ähm, echt stark.« Und weil das noch nicht zu reichen schien, fügte ich hinzu: »Ehrlich.«

Lächelnd führte er uns nach unten und durch die Hintertür in den Garten, um uns zu zeigen, was er noch vorbereitet hatte. Auf einem Picknicktisch lagen sämtliche Materialien ausgebreitet, dazu detaillierte, realistische Konstruktionszeichnungen von Twigs beiden Favoriten.

Lachend hielt Twig die Zeichnungen hoch. »Aber Dari, wo sind ihre Gesichter? Woher sollen wir wissen, wie die Eier sich fühlen?«

Dari sah mich an, als müsste ich ihm sagen, ob das ein Scherz war oder nicht. Die Vorstellung, Twig zu verärgern, schien für ihn der Horror zu sein. »Ähm, na ja, deine Entwürfe haben jede Menge Charakter, aber …«

»Wir finden deine Zeichnungen super, Dari«, warf ich ein, bevor die Sache peinlich wurde. »Echte Kunstwerke, also, auf naturwissenschaftliche Weise.«

Dari zog grinsend den Kopf ein, griff sich einen Wattebausch und riss ihn auseinander. Twig und ich halfen ihm, fluffige weiße Wölkchen für den Wattewolkentraum zu zupfen. Als wir die Zweige und Marshmallows für S'Meggs zurechtschnitten, brachte uns Mrs Kapoor Tassen mit heißer Schokolade.

»Seid ihr sicher, dass ihr nicht lieber reinkommen wollt? Es ist wunderbar, Dhairyashs Freunde zu treffen«, sagte sie und stand noch ein Weilchen herum, bevor sie wieder hineinging.

Ich glaube, sie fand es nicht so gut, dass wir draußen arbeiteten, aber wir hatten schließlich eine Mission.[42] Wir machten auch keine Pause, nicht mal, um drinnen unsere Schokolade zu trinken. Lieber saßen wir um Daris Picknicktisch und wärmten uns die Hände an den heißen Tassen. Twig stöberte zwischen den Materialien herum und stopfte einen XXL-Marshmallow in ihre Tasse. Dari und ich taten es ihr nach. Mrs Kapoor sah uns vom Küchenfenster aus zu, Dari lächelte in seine Schokolade.

»Sie ist so froh, dass ich endlich Freunde habe«, sagte er.

Von Twig kam ein gequältes Lachen, denn wer gibt schon zu, dass er keine Freunde hat?

»Als wir vor ein paar Jahren hergezogen sind, haben meine Eltern mit allen Lehrern an der Lancaster-Elementary gesprochen, damit sie mir helfen, Freunde zu finden«, erzählte Dari, für ihn schien das nur eine verrückte Geschichte und keineswegs peinlich zu sein.

---

[42] Dass wir die Handschuhe ausziehen mussten, um die Vorrichtung zu bauen, machte die Sache nicht besser, und Twig schrie immer wieder: »MEINE FINGER FALLEN GLEICH AB!«, von Dari und mir kamen keine Klagen. Es war ein eher warmer Wintertag – sieben Grad über 0 –, und der ganze Schnee war bereits geschmolzen.

»Das war«, fuhr er fort, obwohl ich mir wünschte, er täte es nicht, »der eigentliche Grund, warum ich beim Eier-Wettbewerb mitgemacht habe. Mr Neely hat gesagt, ich könnte andere Kinder fragen, ob sie mit mir ein Team bilden wollen. Natürlich war ich zu schüchtern, um jemanden anzusprechen – bis ihr mich in euer Team eingeladen habt.«

Das war vermutlich nicht der richtige Moment, ihn darauf hinzuweisen, dass er sich selbst eingeladen hatte.

Sein Lächeln war voller Hoffnung, und ich sah zu Twig hinüber. Normalerweise ist sie es, die in peinlichen Situationen das Wort ergreift, aber sie war rot geworden und zerrupfte ein Marschmallow.

Ich räusperte mich. »Wir sind froh, dass du zu uns gestoßen bist. Ohne dich hätten wir das nicht geschafft.«

Ich ließ den Blick über seine sorgfältige, peinlich genaue Vorarbeit gleiten. Es klang ziemlich schräg, aber es stimmte.

Dann schlürften wir ein paar Minuten lang einfach nur unsere Schokolade, räusperten uns und vermieden es, einander anzusehen.

Als meine Tasse leer war, stellte ich sie beiseite. »Sollen wir S'Meggs den letzten Schliff geben?«

Beide waren sichtlich erleichtert, das Thema wechseln zu können. Twig hob die Hand zu einem albernen militärischen Salut.

Als S'Meggs fertig war, schritten wir zur Tat.

Wattewolkentraum flog als Erstes.

Und hier kommt die traurige Wahrheit: Das Ei zerbrach.

Es ging ganz schnell: Sturz, platsch. Sturzplatsch.

Nach dem ersten gescheiterten Versuch standen wir um die Videokamera herum, auf der Dari das Geschehen noch einmal ablaufen ließ. Zum ersten Mal spürte ich die Kälte und wickelte die Arme um mich.

Wir betrachteten den Fall unseres Eis in Zeitlupe. *Stuuuuuurz, plaaaatsch* – es war noch viel schlimmer, weil man wusste, was kommen würde, und trotzdem sah man hin, ein Warten ohne Hoffnung.

»Die Watteschicht war nicht dick genug, um den Aufprall abzufedern.« Dari hielt die Kamera an und deutete auf das Display, während er uns genau erklärte, was wir alles falsch gemacht hatten. »Theoretisch könnten wir mehr Watte verwenden und die Schicht an den entscheidenden Stellen verdichten, aber lasst uns erst mal sehen, ob S'Meggs funktioniert.«

Twig nickte, *ja, ja, erklär mir mehr*, aber ich hörte gar nicht hin. Ich starrte nur auf das Ei im Display, unmittelbar vor dem Crash. Zerbrechlich, aber noch nicht zerbrochen.

Bisher war der Wettbewerb zwar wichtig, aber er war noch weit weg gewesen. Es machte nichts, wenn die Eier zerschellten, denn wir hatten ja noch Zeit, um weitere Varianten zu testen.

Doch das heutige Treffen schien unsere letzte Chance zu sein, und wenn beide Eier brachen …

»Lasst uns S'Meggs jetzt gleich testen«, unterbrach ich meine eigenen Gedanken.

Dari blickte von der Kamera auf, überrascht von der Panik in meiner Stimme, während Twig wie immer die Initiative ergriff.

»Los geht's«, sagte sie und schnappte sich S'Meggs vom Picknicktisch.

Wir trugen unsere letzte Hoffnung hinauf in Daris Zimmer, und Twig hielt das Ei aus dem Fenster, so weit sie konnte.

»Ich möchte mich bei allen bedanken, die an uns und unsere Eier geglaubt haben«, sagte sie, als spräche sie vor großem Publikum und bekäme gleich einen wichtigen Preis überreicht. Dabei verfiel sie in einen affektierten britischen Akzent. »Wir werden unsere kleinen Helfer nicht vergessen, wenn wir dereinst zu Stars der Eiersturz-Szene geworden sind.«

Dari lächelte, doch ich ärgerte mich über Twig – dass sie immer noch herumalberte und nicht kapierte, dass jetzt Schluss war mit lustig. Die Sache war todernst.

Ich streckte die Hand aus, um sie aufzuhalten. »Kann ich es diesmal fallen lassen?«, fragte ich, meine Stimme klang schärfer als beabsichtigt.

Twigs Brauen zogen sich zusammen, als sie meinen Stimmungsumschwung endlich bemerkte. Sie trat einen Schritt zurück und gab mir das Ei. »Na klar, Captain«, sagte sie ein wenig verunsichert.

Ich hielt den Atem an und ließ S'Meggs los …

Sturz

Sturz

Sturz

Sturz

Und dann das Geräusch des Aufpralls in der Einfahrt. Kein Platsch.

Wir sahen einander minutenlang an. »Können wir es wagen?«, schienen unsere Blicke zu sagen.

Dari raste hinunter, um das gefallene Ei zu inspizieren – unser ruhiger, gefasster, fleißiger Dari hastete zu unserem Ei wie ein Arzt ans Krankenbett seines Patienten.

Twig und ich rannten hinterher und erwarteten atemlos seine Analyse, dann schrien wir alle: »Es lebt!«

Twig hüpfte kreischend herum, als hätten wir die Eier-Olympiade gewonnen. »Wir haben's geschafft! Hier ist unser Sieger!«

Dari lachte über Twigs Begeisterung und starrte sie mit so glückseligem Erstaunen an, als hätte er noch nie gesehen, wie jemand sich freut.

Ich lachte und jubelte auch, schließlich war mein Wunsch in Erfüllung gegangen. Ich hätte die Glücklichste von allen sein sollen, doch die Freude in mir wurde pappig. Vielleicht würden wir ja tatsächlich gewinnen. Mom und ich konnten nach Neumexiko fahren und in das Wunder blauer Blumen eintauchen –

Und dann wäre alles wieder in Ordnung. Oder? Aber wenn nicht – was dann?

25. Dezember
Arbeitsauftrag 27: Weihnachten, zerschellt

Heute Morgen wachte ich früh auf und rannte ins Schlafzimmer meiner Eltern. Ich rüttelte sie wach wie jede Weihnachten.

Sie wirkten verschlafen, aber in meiner Aufregung merkte ich nicht, dass es mehr war als das – vor lauter Weihnachtsvorfreude kapierte ich nicht, dass es für Mom kein guter, sondern ein schlimmer Tag war. »Na gut, gib ihnen zehn Minuten, dann werden sie schon runterkommen«, dachte ich. Aber zwanzig Minuten später kam Dad allein. Da wusste ich: Mom würde nicht erscheinen.

»Schau dir all diese Geschenke an«, sagte Dad und zeigte zum Baum. »Sollen wir sie aufmachen? Mom können wir sie später zeigen.« Dad hat – *immer* schon – eine melodiöse und rhythmische Sprechweise, er klingt wie einer dieser altmodischen Walzer, doch als er das sagte, konnte ich Ärger in seiner Stimme stacheln hören.

Das ängstigte mich ehrlich gesagt mehr als alles andere, denn in der ganzen Zeit ist Dad nicht ein einziges Mal wütend auf Mom gewesen. Er war vielleicht ein bisschen traurig und müde und vermutlich auch ein bisschen wütend auf mich, aber niemals auf Mom.

»Komm schon, Nats.« Er kam herüber und setzte sich neben mich. »Bist du denn gar nicht aufgeregt? Heute ist Weihnachten!« Der Ärger in seiner Stimme war verschwunden, aber ich wusste, was ich gehört hatte.

Ich schüttelte den Kopf und wandte mich ab. »Bin nicht aufgeregt«, sagte ich und gab mir keine Mühe, den Ärger in *meiner* Stimme zu verbergen.

Dad seufzte und plötzlich klang er so *alt*. Ich habe meine Eltern nie als alt empfunden – alt, wie Eltern eben sind, das schon, aber nicht richtig alt. Und dann war ich plötzlich auch auf meinen Dad wütend. Schließlich ist er Therapeut, er verdient sein Geld damit, Leuten zu helfen, also ist es *sein* Job, Mom zu helfen. Aber wenn er nicht mal das fertigbringt, wozu ist er dann gut?

Ich weiß nicht, was in mich gefahren war, jedenfalls rannte ich in die Küche und schnappte mir einen Karton Eier. Bevor Dad mich zurückhalten konnte, sprintete ich zum Gewächshaus, nahm die Eier aus dem Karton und schleuderte sie, eins nach dem anderen, auf die toten Pflanzen. Ich sah zu, wie die Eier explodierten, wie zähflüssiges Eigelb in die Erde sickerte. Mein kleines Koreanisches Feuer stand in der Ecke, verziert mit einer großen Weihnachtsschleife. Auch dorthin schleuderte ich ein Ei, aber es ging daneben.

Plötzlich hatte ich nicht mehr die Kraft zu stehen. Ich ließ das Ei fallen, das ich in der Hand hielt. Es zerschellte zu meinen Füßen, und jegliche Energie sickerte aus meinen

Beinen in die Erde. Und dann saß ich im Dreck, und scherte mich nicht um das Eigelb, und plötzlich war Dad neben mir, und auch er scherte sich nicht um das Eigelb. Der Boden des Gewächshauses war aufgeheizt von den Wärmelampen, und wir saßen da und blieben sitzen.

Ich wartete darauf, dass Dad mich therapeuterisierte, und als er es nicht tat, reichte ich ihm das letzte Ei aus dem Karton. Er nahm es, hielt es gegen das Licht und starrte es an wie ein unbekanntes Objekt. Dabei sah er so ratlos aus. Und ich dachte: »Wenn er es jetzt schmeißt, weiß ich nicht mehr, was ich tun soll.« Da saßen wir, mitten in der Sauerei, und wer würde saubermachen?

Dad hielt das Ei lange Zeit, bevor er es zurück in den Karton legte.

Und vielleicht, dachte ich mir, war zurücklegen sogar schlimmer als schmeißen.

25. Dezember
Arbeitsauftrag 28: Twigs Lachen

Als ich Dad unten am Telefon jemanden bitten hörte, er möge herkommen, dachte ich sofort an Dr. Doris. Vielleicht macht sie ja therapeutische Notarztbesuche über Weihnachten? Oma konnte es nicht sein, denn die verbringt Weihnachten dieses Jahr bei ihrem Freund, Onkel Gene, in Kalifornien.

Ich hatte bereits den Entschluss gefasst, mein Zimmer nicht zu verlassen, obwohl ich eigentlich dringend aufs Klo musste. Auf keinen Fall wollte ich Dr. Doris begegnen. Ich wollte nicht therapeuterisiert werden. Doch als es dann an meiner Tür klopfte, war es nicht Dr. Doris.

Irgendwie – *o Weihnachtswunder!* – war es Twig.

»Lass mich rein!« Sie donnerte in ihrer zu lauten Twig-Manier mit der Faust gegen die Tür. Ich sprang vom Bett und riss die Tür auf, plötzlich war die ganze Eigelb-Power wieder da. Und wie ich sie da stehen sah, in einem Elch-Pullover und mit winzigen aufgemalten Weihnachtsbäumen an der Jeans, fiel ich ihr um den Hals und begann zu heulen. Ziemlich peinlich, rückblickend betrachtet, aber in dem Moment war mir alles egal. Alles, was zählte, war, dass meine beste Freundin an Weihnachten in der Tür stand.

»Was machst du hier? Solltest du nicht bei deiner Familie sein?«, fragte ich, als ich mich wieder einigermaßen im Griff hatte.

Twig sah meine Tränen, öffnete den Mund und schloss ihn wieder. Nie zuvor hatte ich sie sprachlos gesehen. Aber andererseits hatte sie mich auch noch nie weinen sehen.

Sie atmete tief ein, trat an mein Bett und warf sich darauf. »Meine Mom hat den Vormittag mit mir verbracht, aber heute Nachmittag muss sie arbeiten«, erklärte sie. Ihren Dad erwähnte sie nicht.

Früher waren wir Freundinnen, die einander *alles* erzählten, auch wenn *alles* in Wirklichkeit *nichts* war. Aber das hat sich geändert. Ich weiß nicht, wer von uns beiden sich als Erste verschlossen hat.

Twig fühlte sich sichtlich unwohl – sie tippte mit dem Fuß an die Bettkante, und ihre Finger trommelten auf mein Kissen, ihr ganzer Körper schien angefüllt mit nervöser Energie.

Doch ich verpatzte unser Ritual. Eigentlich hätte ich jetzt etwas völlig Unzusammenhängendes sagen sollen, damit die Frage nach ihrem Dad nicht weiter unausgesprochen und bedrückend zwischen uns hing. Stattdessen setzte ich mich neben sie aufs Bett und fragte: »Hast du heute mit deinem Dad gesprochen?«

Twig schüttelten den Kopf und biss sich auf die Lippe, dann schwiegen wir lange Zeit. »Er hat geschrieben, dass er am Abend noch anruft.«

»Das macht er bestimmt«, log ich. Ich weiß nicht viel von Twigs Dad, aber ich weiß, dass sie oft enttäuscht ist.

Twig zuckte die Achseln. Twigs Achselzucken bedeutet, dass etwas wichtig ist, sie aber so tut, als wäre es ihr gleichgültig.

Sie wechselte das Thema. »Ich bin hier, um mein Geschenk abzuliefern. Ich dachte, dein Dad hasst mich, aber als ich anrief, um zu fragen, ob ich vorbeikommen kann, klang es, als würde er vor Freude gleich losheulen.« Sie sah mich fragend an, aber als ich keine Erklärung abgab, seufzte sie bloß und zog eine kleine Schachtel aus der Tasche. »Mach's gleich auf.«

Ich nahm das Geschenk. Es war schlampig in Zeitungspapier eingeschlagen – das hieß, Twig hatte es selbst eingewickelt, anstatt es von Hélène in die Glitzerfolie ihrer Mutter verpacken zu lassen. Ich wusste, was es war – sie schenkt mir jedes Jahr dasselbe –, und tatsächlich zog ich eine winzige Glasfigur aus der Schachtel. Jedes Mal, wenn Twig und ihre Mom nach Paris fahren, bringt Twig diese kleinen Glasfigürchen mit. Sie ist irgendwie verrückt nach ihnen, obwohl so etwas Zerbrechliches gar nicht zu Twig passt.

Dieses Jahr war es ein winziger grüner Frosch.

»Zum Andenken an Renaldo«, erklärte sie.

Ich lächelte, meine Brust tat immer noch weh, aber ich fühlte mich schon ein wenig besser.

»Danke«, sagte ich und setzte den Frosch auf meinen Schreibtisch. Dann gab ich ihr mein Geschenk. Ein altes

Brettspiel, das ich in einem Secondhandshop gefunden hatte – natürlich.

Ich hatte erwartet, dass sie es auch gleich auspacken würde, denn normalerweise reißt Twig jedes Geschenk sofort auf – aber sie legte es neben sich und wandte sich ganz mir zu, so dass sie mir im Schneidersitz auf dem Bett gegenübersaß.

»Natalie, ich wollte nur … ich wollte nur sagen …« Sie holte tief Luft. »Ich weiß, dass etwas los ist, aber ich weiß nicht, ob ich was falschgemacht habe oder ob du mich einfach satthast, oder ob du keine Lust mehr hast, dauernd Brettspiele zu spielen. Wir müssen *überhaupt* keine Brettspiele spielen, wenn du nicht magst. Ich kann sie auch allein spielen oder vielleicht mit Hélène, aber …«

»Twig.« Ich wollte sie bremsen, denn wenn sie mal loslegt, ist sie nicht aufzuhalten.

»Falls ich dich verärgert habe, dann tut es mir echt sehr leid. Ich weiß, dass ich bei Dari zu Hause nervig war, aber immerhin hat S'Meggs überlebt, oder? Also ist vielleicht alles wieder gut, ja? Ich meine, ich weiß, dass was nicht in Ordnung ist, und die Leute denken, ich merke so was nicht, aber ich merke es schon, und ich wollte nur …« Sie starrte mich aus großen Augen an, ihr Mund öffnete und schloss sich auf der Suche nach Wörtern, mit denen sie die Stille füllen konnte.

»Twig«, sagte ich noch einmal. »Es ist nicht wegen dir.«

Ich verstand nicht, wie sie gleichzeitig so recht haben und doch so falschliegen konnte, denn natürlich hatte ich sie nicht satt. Sie ist schließlich meine beste Freundin. Aber zugleich hatte ich angenommen, dass sie eben *Twig* ist, an der der Rest der Welt völlig vorbeigeht.

»Meine Mom ist heute nicht aus ihrem Zimmer gekommen.« Die Wahrheit war heraus, bevor ich drum herum reden konnte.

Twigs Brauen schossen nach oben, ihre Augen füllten sich mit Mitgefühl, und sie sagte: *»Oh.«*

»Es ist Weihnachten, und sie ist nicht runtergekommen«, sagte ich noch einmal, ohne zu wissen, ob ich es für sie oder für mich wiederholte.

»Natalie«, hauchte Twig, und da wurde mir klar, wie ungerecht ich gewesen war, denn Twig kapierte sofort, was das bedeutete.

Und ich wusste, wenn ich sie jetzt weiter ansah, würde ich losheulen. Deshalb streckte ich mich auf dem Bett aus und legte den Kopf in ihren Schoß. Sie sagte nichts, aber ihre Finger krabbelten wie eine Spinne meinen Rücken hinauf, schabten und kratzten an meiner Wirbelsäule, und als sie dazu ansetzte, ein unsichtbares Ei an meinem Kopf aufzuschlagen, mussten wir beide lachen, wurden aber gleich wieder ernst.

»Und ich habe alle Eier kaputtgeschmissen, die wir im Haus hatten.«

»Hmm«, murmelte Twig. »Die hätten wir noch brauchen können.«

Ich überraschte mich selbst mit einem Lachen, und als Twig nichts erwiderte, nahm ich ihr Schweigen als Aufforderung. Ich zwang mich zu sprechen, bevor mir die Wörter im Hals steckenblieben.

»Meine Mom hat Depressionen«, erklärte ich Twig. Aus meinem Mund hörte sich das Wort seltsam an. Ich hatte es nie zuvor benutzt. Es auszusprechen schien das ganze Problem unangemessen zu vereinfachen.

Ich spürte, wie Twig sich für einen Moment versteifte, sie überlegte, was sie sagen sollte, und ich fürchtete, zu viel gesagt zu haben – womöglich hatte ich sie mit der Wahrheit erschreckt. Doch dann entspannte sie sich. »Deshalb warst du so traurig.«

Da erst merkte ich, *wie* traurig ich gewesen war. Sie das sagen zu hören öffnete etwas in mir, und ich begann zu weinen.

»Tut mir leid«, sagte ich, auch wenn ich nicht wusste, wofür ich mich entschuldigte. Twig sagte nichts, sondern ließ weiter unsichtbare Eier auf meinem Kopf platzen und das Fingerspitzeneigelb in meine Haare sickern.

Es fühlte sich komisch an, von Twig getröstet zu werden, denn schließlich handelte es sich um *Twig*. Ich setzte mich auf und schubste sie, so dass auch sie aufs Bett fiel. »He!«, protestierte sie, stand aber nicht auf. Ich rollte mich neben sie, und es fühlte sich gut an, so nebeneinanderzuliegen. Wir waren wieder Natalie und Twig.

»Ich dachte, wenn wir gewinnen«, sagte ich, »könnte ich das Preisgeld dazu verwenden, mit Mom nach Neumexiko zu fliegen. Wenn sie dort wäre, und die Blumen sehen könnte …« Ich beendete den Satz nicht, teils, weil ich fürchtete, wieder in Tränen auszubrechen, teils, weil es mir peinlich war.

»Welche Blumen?«, wollte Twig wissen.

Ich erzählte ihr von der kobaltblauen Orchidee, von der Wissenschaft und ihrer Magie. Ich erzählte ihr von Mikaylas Mom und dem Labor, und wie Mom und ich unsere eigene Orchidee großgezogen hatten, die Mom dann sterben ließ. Ich erzählte ihr die geheimste Hoffnung meines Herzens – der Traum, Mom zu den Wunderblumen zu bringen und sie damit zu heilen.

»Das schaffen wir«, sagte Twig und verkündete dann lauter: »Wir werden das Ding gewinnen.«

Der Seufzer, den ich ausstieß, war so laut, dass er nicht von mir zu kommen schien.

Voll neuer Energie und Tatkraft setzte Twig sich auf. »Nicht dieses Geseufze, Natalie. Wir werden den Wettbewerb gewinnen. Wir gewinnen ihn, und du gehst nach Neumexiko und holst dir so eine blaue Blume – ach was, *zwanzig* solche blauen Blumen. Damit kannst du ein ganzes Gewächshaus füllen.«

»Twig.« Langsam richtete ich mich auf. Sich Twig zu nähern, wenn eine Idee von ihr Besitz ergriffen hat, ist wie die Begegnung mit einem wilden Bären. Man muss sich langsam bewegen und leise und beruhigend auf sie einreden.[43] »Nur die Ruhe. Vielleicht gewinnen wir, vielleicht auch nicht.« Das ist etwas, wovon mein Dad immer spricht: Zügle deine Erwartungen. »Selbst wenn wir es schaffen, heißt das noch lange nicht, dass Mom überhaupt dorthin reisen will. Im Moment scheint sie gar nichts zu wollen.«

Ich wünschte, ich hätte das nicht gesagt. Es kam einem Verrat gleich, und indem ich es aussprach, ließ ich es wahr werden.

»Klar doch.« Twig rutschte hin und her, als hätte sie Hummeln im Hintern, der Plan elektrisierte sie. »Wenn sie sieht, dass du diesen ganzen Wettbewerb nur für sie gemacht hast, wird sie bestimmt wollen. Manchmal muss man einen einzigen kühnen Zug machen, um das Spiel zu gewinnen. Manchmal muss man den Leuten zeigen, wie sehr man sie liebt, damit sie einen zurücklieben. Wir können gewinnen, Natalie!«

Twig war jetzt richtig aufgedreht. »Und, und … wenn sie tatsächlich nicht will, dann könnten ja wir fahren. Wir

[43] Zumindest denke ich mir, dass das der richtige Umgang mit einem wilden Bären ist, ich war nämlich nie campen oder so. In der fünften Klasse traten Twig und ich den Pfadfindern bei, aber wir hielten nur knapp einen Monat durch. Ich langweilte mich zu Tode, und Twig schaffte ihre Leistungsabzeichen nicht.

könnten nach Neumexiko fliegen und diese Orchedie holen!«

»Orchidee«, verbesserte ich.

»Orchidee.«

»Twig«, sagte ich langsam, Warnung in der Stimme. »Das können wir natürlich nicht.«

»Ja, ja. Natürlich nicht.« Twig zwinkerte mir zu.

»Nein, Twig.«

»Ich weiß.« Twig zwinkerte wieder.

Ich lachte. »Twig, ich mein's ernst!« Aber ich klang nicht besonders ernst, nicht mit all dem Lachen und Zwinkern.

»Operation Ei ist also *eigentlich* eine geheime Mission!«, rief Twig erregt und sprang vom Bett. Mit ihren hervorquellenden Augen und wirren Haaren sah sie richtig wild aus. »Operation Ei ist in Wahrheit *Operation Orchedie*!«

»Nein, Twig!« Ich musste so lachen, dass mir der Bauch weh tat. Wenn man etwas Bestimmtes lange nicht gegessen hat und dann wieder davon isst, krampft sich einem der Magen zusammen. So war das mit mir und dem Lachen.

»Du siehst echt lustig aus, wenn du so lachst«, bemerkte Twig, und dann lachte sie auch. »Du siehst aus wie eine kleine Schnecke.« Sie rollte sich zusammen, um mich nachzumachen, sah dabei aber kein bisschen wie eine Schnecke aus.

Twig streckte mir den kleinen Finger hin. »Ich verspreche dir, dass wir gewinnen werden.«

Ich hakte meinen kleinen Finger in ihren und sagte okay, denn dieser Moment war zu schön, als dass ich ihn verderben wollte, indem ich mich blöd benahm und ihr das Kleine-Finger-Versprechen verweigerte.

Aber dann benahm ich mich noch viel *blöder*, weil mir ein Gedanke in den Kopf kam, der sich augenblicklich dort festsetzte. »Twig«, sagte ich. »Ich glaube Dari ist in dich verknallt.«

Twig färbte sich rosa und rollte auf den Bauch und verbarg das Gesicht im Kissen. »Meinst du?« Ihre Stimme klang erstickt.

So hatte ich Twig noch nie gesehen, aber es machte Spaß zur Abwechslung mal über was Lustiges zu reden. »Ist doch ziemlich offensichtlich«, sagte ich.

Sie spähte von ihrem Kissen zu mir herauf. »Ich habe auch für ihn ein Weihnachtsgeschenk, aber ich weiß nicht, ob ich es ihm geben soll.«

Ich versuchte, nicht überrascht auszusehen, aber die Idee, Dari etwas zu schenken, wäre mir nicht gekommen.

»Ein Flamingo«, fügte Twig hinzu.

Ich vermute, dass ich vor lauter Ehrlichkeit vergessen hatte, meinen Filter wieder anzuschalten, jedenfalls sagte ich, ohne zu überlegen: »Weil er so dünne Beine hat?«

Einen Augenblick lang starrte Twig mich mit offenem Mund an, dann rollte sie auf den Rücken und gab ein dröhnendes Lachen von sich.

Auch ich musste lachen, schon wieder, denn Lachen ist ansteckend.

Später musste Twig gehen, weil ihr Dad tatsächlich anrief, und sie heimwollte, um in Ruhe mit ihm zu reden. An der Art, wie sie ihr Telefon ansah, merkte man, dass sie soeben das beste Weihnachtsgeschenk überhaupt bekommen hatte. Ich wusste, dass sie in Eile war.

Ich gab ihr mein Geschenk, und sie umarmte mich fest. »Denk an unser Versprechen«, flüsterte sie in mein Ohr.

Als sie weg war, kam Dad in mein Zimmer, zögerlich aber voller Hoffnung, und ich rannte zu ihm und fiel ihm um den Hals. »Danke, Dad«, murmelte ich in seine Brust.

Wir umarmten uns eine Weile, und er drückte mich so fest, dass ich kaum noch Luft bekam. Aber das machte nichts. Ich drückte genauso fest.

1. Januar

Arbeitsauftrag: Oduk-Glück

An Silvester wachte ich früh auf – nicht so früh wie an Weihnachten, aber früh.

Dad stand am Herd und machte Rühreier, neben sich einen offenen Karton mit Eiern, alle frisch und neu gekauft. Heil. Unzerbrochen.

»Einen schönen Silvestertag«, sagte er.

Ich setzte mich an den Tisch, und er verteilte die Eier auf zwei Teller, die er vor uns hinstellte, dann setzte er sich neben mich.

»Sollen mir diese Eier irgendetwas sagen?«, fragte ich. Seit Weihnachten gab es zum ersten Mal Eier. »Ist das ein Therapeuten-Trick?« So nach dem Motto: »Schau her, Natalie! Schau, was aus zerbrochenen Eiern Gutes entstehen kann!«

Doch Dad sagte: »Das ist bloß Frühstück«, und ich beschloss, ihm zu glauben. Ich nahm einen Bissen von meinem Bloß-Frühstück und tat so, als wären die Eier bloß Eier.

»Die Weihnachtsblume für deine Mutter ist immer noch im Gewächshaus.« Dads Stimme klang aufgesetzt fröhlich. »Du solltest sie ihr heute geben – als Neujahrsgeschenk.«

Plötzlich wurde mir *echt* übel, die Eier in meinem Magen mussten schlecht geworden sein. Dad schien es zu bemerken, denn er sah mich besorgt an.

»Vielleicht später«, erwiderte ich, und als er den Mund öffnete, um weiterzureden, unterbrach ich ihn rasch und sagte das, was mir als Erstes in den Kopf kam. »Ich möchte dieses Jahr Omas *Dduk* machen.«

Das bremste ihn aus. Er legte die Gabel hin und räusperte sich, antwortete aber nicht gleich.

Mom macht nämlich jedes Jahr Omas *Dduk*. Unsere traditionelle Silvesterspeise – sie steht für Glück, langes Leben und so weiter –, aber Dad hat sie nie gemacht.

Vor fünf Jahren hat Mom die japanische Tradition von Mochi an Neujahr entdeckt. Sie zeigte Dad eine Seite in ihrem Kochbuch *Fremdländische Küche!* »Stell dir vor, wie viel Glück wir verpasst haben«, sagte sie. »Glück kann jeder brauchen. Lass uns das mit deiner Mom zusammen machen!«

»Meine Mutter ist Koreanerin.« Dad amüsierte sich über Moms Begeisterung. »Falsches Land.« Er liebt diese Rolle. Er ist der Vernünftige. Er bringt Ordnung in ihr Chaos.

Doch als Mom Oma anrief und es ihr vorschlug, war sie sofort dabei: »Glück ist Glück«, sagte sie. »Wir können koreanische Mochi machen. *Dduk*.«

Oma schickte Mom ein Rezept, und Mom passte es an amerikanische Verhältnisse an. Aber sie telefonierte jedes

Jahr mit Oma, und sie unterhielten sich über Zutaten und Mengen und über das Leben.

Wenn unsere Familie Glück nötig hatte, dann jetzt. S'Meggs brauchte im Wettbewerb jede Unterstützung, die es kriegen konnte. *Ich* brauchte jede Unterstützung, die ich kriegen konnte.

Und wenn Mom dieses Jahr kein Interesse hatte, Glück zu produzieren, dann würde ich das eben übernehmen.

Dad schob den Teller mit dem Rührei weg und zwang sich zu einem Lächeln. »Du könntest Oma nach dem Rezept fragen. Willst du das wirklich machen?«

Ich wusste, wenn ich jetzt ja sagte, würde Dad zustimmen, wenn auch widerwillig. Ich sagte trotzdem ja, weil ich es wirklich wollte. Wir fuhren den weiten Weg zum asiatischen Supermarkt, um Adzuki-Bohnen und Sesamöl zu kaufen, und noch bevor wir loslegten, war in der Küche alles mit Mochiko-Mehl bestäubt. Dad hatte die Idee, wir sollten Oma auf FaceTime zuschalten, und sie fragte ständig »Was muss ich denn tun, dass die Kamera mich sieht?«, weil …, na ja, Großeltern und Technik.

Während die beiden an ihren Telefonen herumfummelten, rührte ich den Teig für das *Dduk*. Meine Muskeln schlugen Mehl und Zuckerwasser zu einer süßen, zähen Glücksmasse. Und als Oma ihr Telefon endlich zum Laufen gebracht hatte, richtete Dad die Kamera auf mich und ließ sie zusehen.

»Zählst du auch mit?«, fragte sie, ihre Stimme verzerrt von sphärischem Rauschen. »Du musst hundertmal rühren. Hundert ist am besten.«

Also rührte ich hundertmal, obwohl Dad anbot weiterzumachen, obwohl meine Arme vor lauter Glück brannten.

»*Ipuda*, meine Schöne«, sagte Oma, und da fiel mir wieder ein, was ich mir neulich bei Dari vorgenommen hatte.

»Oma«, sagte ich, stellte die Rührschüssel weg und massierte meinen schmerzenden Arm. Dad hielt das Telefon, und es war, als spräche ich gleichzeitig auch mit ihm, aber nicht ganz. »Hast du schon mal von einer Pflanze namens Koreanisches Feuer gehört?«

Sie antwortete nicht gleich, und ich dachte schon, sie hätte mich vielleicht nicht gehört, aber es war nur die Verzögerung in der Leitung. »Blume? Feuer in Korea?«

»Nein, es ist der Name einer Blume«, sagte ich. Ich blickte zu Dad auf, dem das Unbehagen ins Gesicht geschrieben war, aber ich beschloss, weiter zu fragen, denn schließlich war das ein Teil von mir. Und ich wollte ganz sein. »Sie blüht im Schnee«, erklärte ich ihr. »Selbst wenn nichts anderes mehr wachsen kann.«

Oma nickte. »So sind Koreaner. Wir überleben auch unter schwierigen Bedingungen. Wie damals, als ich deinen Dad nach Amerika brachte. Nur wir zwei. Aber wir wachsen.«

Einen Moment lang fühlte ich mich wie eine Wissenschaftlerin, ich sammelte winzige Informationsschnipsel über mich und analysierte sie. Ich sah meine pixelige Handy-Oma an und sagte: »Danke, Halmoni.«

Dann blickte ich zu Dad auf und fürchtete schon, Befremden in seinen Augen zu lesen, doch alles schien in Ordnung. Er sah nur ein bisschen verwirrt aus, so als hätte er das Wort *halmoni* zum ersten Mal gehört.

Eltern können seltsam sein.

Ich verabschiedete mich von Oma und widmete mich wieder dem *Dduk*. Dad und ich rollten kleine *Dduk*-Bällchen. Als wir fertig waren, hatten wir ein ganzes Blech voll verbeulter, matschiger Klumpen, lange nicht so schön wie die von Mom, aber Glücksbringer waren es trotzdem.

Dann ging uns die Bohnenfüllung aus, aber wir hatten noch von dem klebrigen Außenteig übrig, und ich rollte das restliche *Dduk* zu langen, dünnen Würsten. Eine drückte ich gegen Dads Oberlippe, und sie sah aus wie ein lächerlicher rosa Schnauzbart. Ich lachte, und Dad schaute halb amüsiert, halb beunruhigt, als wollte er sagen, »Stimmt was nicht mit meiner Tochter?«

Das Beste war, dass mittendrin Mom herunterkam. Sie lächelte über seinen *Dduk*-Schnauzbart, und auch er lächelte, diesmal aber richtig, wobei ihm das *Dduk* aus dem Gesicht fiel.

»Ihr macht Glück«, sagte Mom und trat zu uns. An den Tisch gelehnt verschränkte sie die Arme vor der Brust.

»Das war Natalies Idee«, sagte Dad, glücklich und stolz,

obwohl ich doch nur vorgeschlagen hatte, das zu tun, was wir jedes Jahr tun.

»Sie sind nicht besonders gelungen.« Ich machte mir Sorgen, dass sie vielleicht ein bisschen enttäuscht sein würde von Dad und mir.

Mom nahm ein Bällchen vom Blech und biss hinein.

Ich presste meine Fingernägel in die Handflächen. Nervös und erwartungsvoll, ob sie wohl schmeckten – damit unser Glück auch wirkte.

Aber sie lächelte ihr abwesendes Lächeln und sagte: »Sehr gut.«

Ich versuchte, mir Moms altes Lächeln vorzustellen, dieses breite Ich-kann-nicht-anders-Lächeln, wobei die Oberlippe sich ein wenig kräuselt, so dass man das Zahnfleisch sieht – doch ich sah es nicht mehr richtig vor mir.

Immerhin lächelte Mom, und das war schon mal was. Ziemlich viel sogar. Der vernünftige Teil meines Gehirns warnte mich, mein *Dduk*-Glück nicht herauszufordern, aber ich konnte nicht anders und erzählte die ganze Geschichte, vom Rühren, vom Teigrollen und von FaceTime mit Oma. Mom hörte zu und lachte an den richtigen Stellen (auch wenn das Lachen von weit her zu kommen schien), und wir drei aßen noch am selben Tag das ganze *Dduk* auf, weil wir Glück so dringend nötig hatten.

Und es schien tatsächlich zu wirken. Denn Mom war da, und wir waren glücklich. So viel Glück im Magen fühlte sich prall und voll und gut an. Und mit so viel Gutem im Bauch wusste ich plötzlich, dass ich den Wettbewerb gewinnen würde. Ich würde es schaffen, weil ich Twig und Dari hatte, und ich hatte *Dduk*, und ich hatte Glück.

3. Januar
Arbeitsauftrag 30: Öffne dich

Heute habe ich einen Termin bei Dr. Doris, und auch wenn die Schule erst am Montag wieder beginnt, markiert er das offizielle Ende der Ferien. Schluss mit lustig – Zeit für Therapie!

Nur dass die Therapie heute wirklich gut war, auch wenn ich es ungern zugebe.

Es begann damit, dass ich Dr. Doris von dem *Dduk*-Unternehmen erzählte, in allen Einzelheiten, und ich »öffnete mich« und »sprach mich aus«, wie Dad es mir aufgetragen hatte. Das war nicht schwer, denn es machte mich glücklich, die Geschichte zu erzählen. Ich hätte sie wieder und wieder erzählt, wenn Dr. Doris mich gelassen hätte.

Aber Dr. Doris wollte auch über Weihnachten reden. Ich zögerte zunächst, weil ich doch gerade in Glückliche-Familie-Stimmung war, aber sie sagte immer wieder: »Das ist in Ordnung, Natalie, das hier ist ein geschützter Bereich.«

Bisher waren meine Sitzungen eine einzige Verweigerung gewesen: »Sei still, Natalie. Behalt es für dich, Natalie.« Ich hatte die Luft angehalten und die Blütenblätter an den welkenden Pflanzen gezählt und zugesehen, wie draußen der Schnee fiel, aber geredet hatte ich nicht.

Ich redete nicht – nicht über wirklich wichtige Sachen –, aber die Stille lastete auf mir, und die Ereignisse von Weihnachten pochten in meinem Kopf, und obwohl ich wusste, dass das ein Therapeuten-Trick war, hielt ich es einfach nicht mehr aus.

Ich erzählte Dr. Doris, dass Mom nicht heruntergekommen war, und ich erzählte von den Eiern und allem. »Mein Geschenk war nicht so gut, deshalb habe ich es ihr nicht gegeben«, sagte ich am Ende.

»Wie meinst du das?«, fragte sie.

Ich biss mir auf die Lippe, denn womöglich hatte ich etwas Falsches gesagt. »Ich hätte ihr keine Pflanze kaufen sollen. Mom ist die Pflanzenexpertin«, erklärte ich, »nicht ich.« Keine Ahnung, warum ich das sagte.

Dr. Doris wartete auf mehr, aber es kam nichts. »Was deine Mom gerade durchmacht, ist nicht deine Schuld«, sagte sie und klang dabei gar nicht therapeutisch. Sie klang wie eine nette Frau, die etwas Wahres sagt.

»Warum kann nicht einfach alles wieder in Ordnung sein?« Die Frage entschlüpfte meinen Lippen ohne Erlaubnis. Selbst mit der wissenschaftlichen Methode wäre sie schwer zu analysieren gewesen.

»Das wird schon wieder, Natalie«, sagte sie in ihrer netten, aufrichtigen Art, und eine schreckliche Sekunde lang wünschte ich, sie wäre meine Mutter. Augenblicklich fühlte ich mich schuldig. Vielleicht hatte Mom deshalb aufgehört, mich zu lieben und sich um mich zu kümmern – weil ich sie nicht genug liebte. Weil *ich* ihr nicht genug war.

Kurz vor Schluss der Sitzung forderte Doris mich auf, ihr meine liebste Mom-Geschichte zu erzählen, und ich merkte, dass es da mehr gab als nur eine – weil ich nämlich eine gute Mutter habe und weil ich sie liebe und mir niemals ernsthaft jemand anderen gewünscht habe.

Schließlich erzählte ich von dem Tag in der vierten Klasse, als Mom mich mitten am Tag von der Schule abholte. Twig war in Paris, und Mikayla hatte mich in der Mittagspause einfach stehenlassen, so dass ich allein essen musste. Und am Ende der Woche, nachdem ich zu Hause geweint und Mom erzählt hatte, wie einsam ich mich fühlte, hatte Mom einfach im Büro angerufen und gesagt, wir hätten einen Notfall in der Familie.

Zunächst begriff ich nicht, was sie da tat. Ich wurde in der Mittagspause ins Rektorat gerufen, wo ich zwanzig Minuten herumsaß und mir Sorgen über diesen familiären Notfall machte.

Als Mom endlich kam, war ich völlig aufgelöst, bis sie mich ins Auto bugsierte und sagte: »Wir gehen in den Botanischen Garten.«

Ich dachte, sie hätte den Verstand verloren. »Und was ist der Notfall?«, fragte ich, denn womöglich hatte sie vergessen, dass jemand in der Familie in Not war.

Aber sie lachte und wischte meine Frage weg. »Es gibt keinen Notfall. Ich dachte nur, du hättest einen freien Tag verdient, und ich hatte Sehnsucht nach meiner Lieblingstochter.« In meiner Erinnerung schien sie nur aus Sonnenlicht und frischer Luft zu bestehen.

Wir fuhren zum Botanischen Garten, und sie erzählte mir etwas über jede einzelne Pflanze, die wir sahen, und es war überhaupt nicht langweilig, weil sie es so interessant machte. »Das ist eine Weide«, sagte sie und fuhr mit der Hand über den dicken, hohen Stamm, »die Baumgöttin. Seit vielen, vielen Jahren wird ihre Rinde zu Heilzwecken benutzt. Heute macht man Aspirin daraus.«

Und als wir bei den Kräutern vorbeikamen, kniete sie sich neben den Salbei und berührte die silbrig grünen Blätter. »Das weiseste unter den Kräutern«, sagte sie mit einem Zwinkern. »Ist gut fürs Gehirn.«

Während wir durch die Blätter und Bäume und Blumen streiften, suchte ich mir meine Lieblingspflanzen aus,[44] und nach jedem Namen, den ich hinzufügte, sagte sie »gute Wahl«. Und als wir uns am Ende des Weges auf einen riesigen Baumstamm inmitten des Waldes setzten, zog sie mich an sich und erzählte mir von der kobaltblauen Orchidee.

Sie erzählte es wie eine Legende oder ein Märchen. »Diese Blume hat das Unmögliche geschafft«, erklärte sie mir. »Trotz all dieser Chemikalien und Giftstoffe hat sie überlebt

[44] Lavendel und Frauenfarn und Veilchen.

und den Tod in Schönheit verwandelt. Dieses Feld ist ein Wunder, Natalie. Der glücklichste Ort auf der Welt.«

Als Mom von dieser Orchidee sprach, wurde sie lebendig, lebendiger, als ich sie je gesehen hatte. Das war auch das erste Mal, dass sie mir von ihrer Forschung berichtete, und obwohl ich in ihrem Buch darüber gelesen hatte, verstand ich erst jetzt wirklich die Bedeutung ihrer Worte – den Zauber ihrer Leidenschaft.

»Stell dir vor, was man mit dieser Orchidee machen kann«, sagte sie. »Wir haben eine Pflanze, die in toxischer Umgebung wachsen kann. Wenn wir ihre heilenden Fähigkeiten auf menschliche Zellen übertragen könnten – das wäre ein noch viel größeres Wunder.«

Je länger sie sprach, desto wunderbarer erschien mir diese Pflanze, und ich interessierte mich nicht mehr für Lavendel oder Frauenfarn. Die kobaltblaue Orchidee wurde zu meiner liebsten Pflanze auf der ganzen Welt. Und dieser Tag war mein liebster Tag.

Als Mikaylas Mom mir zwei Wochen später mein eigenes Samenkorn schenkte, pflanzten Mom und ich es gemeinsam, sehr vorsichtig, in idealer Umgebung ein, damit es nur für uns beide blühte. Es würde alles Gift in unserem Leben aufsaugen und uns retten.

Als ich mit meiner Geschichte zu Ende war, sagte Doris lächelnd: »Was für eine wunderbare Erinnerung.« Und ich lächelte zurück, denn sie hatte recht. Ich versuchte, nicht zu zeigen, wie sehr mich diese Erinnerung begeisterte. Ich wollte keine Warnzeichen erkennen lassen,[45] aber in mir blubberte es vor lauter Hoffnung.

Ich »zügelte meine Erwartungen«. Aber jetzt war ich voller Glück, und Mom lachte wieder, und wir waren beinahe eine perfekte glückliche Familie.

Ich konnte diesen Wettbewerb gewinnen. Ich *würde* ihn gewinnen. Und schließlich, nach langen Monaten der Dunkelheit, würden Mom und ich wieder eine Blume haben. Wir würden das Wunder nachwachsen lassen.

---

[45] Warnzeichen, Nomen: Lieblingsausdruck von Therapeuten. Sie sehen sie überall. Wirklich, ich weiß, wovon ich rede.

8. Januar

Arbeitsauftrag 31: Objekte in Bewegung

MATERIALIEN:

- 3 Unterlegscheiben
- 3 Schnüre
- Schere
- Klebeband

VERSUCHSABLAUF:

1. Schneide die Schnur in unterschiedlich lange Stücke, kurz, mittel, lang.
2. Binde eine Unterlegscheibe an einem Ende der Schnur fest, klebe das andere an die Tischkante.
3. Hebe die Unterlegscheibe auf Tischhöhe und lasse sie fallen.
4. Notiere die Anzahl der Schwingungen.

ERGEBNISSE:

Daris Schnur, lang: 16 Schwingungen

Twigs Schnur, mittel: 23 Schwingungen

Natalies Schnur, kurz:

Heute war der erste Schultag nach den Ferien, und Mr Neely schien entschlossen, uns mit Energie aufzuladen.[46] Wer dachte, Mr Neely liebe tote Frösche und Magneten, durfte heute ein ganz neues Stadium seiner Begeisterungsfähigkeit kennenlernen. Als wir ins Klassenzimmer kamen, stand schon in riesigen Buchstaben #NewtonInMotion am Whiteboard.[47] Ein ätzender YouTube-Song mit dem Titel »Objects in Motion« plärrte aus dem Lautsprecher. Das brachte selbst die Schleimerin Mikayla zum Schweigen.

Auf der anderen Seite des Zimmers begann Twig Luftgitarre zu spielen und abzurocken. Dari stieg sofort mit ein und spielte Luftklavier, weil Klavier vermutlich das coolste Instrument ist, das er sich vorstellen kann. Alle starrten – besonders auf Dari, weil er im Unterricht normalerweise so ernst ist –, und ich war halb verlegen, halb stolz, weil ich die verrücktesten Freunde in der ganzen Siebten habe.

Mr Neely klatschte und grinste zu ihrer Jam-Session, und als die Musik vorbei war, stellte er das Experiment des Tages vor: Pendel aus Unterlegscheiben.[48] Dari, Twig und ich besetzten wieder den Tisch ganz hinten, und während wir arbeiteten, erzählte Dari uns von seinem Urlaub in In-

---

[46] Genauer gesagt mit *kinetischer* Energie.
[47] Glaubt ihr, Isaac Newton wäre stolz, dass sein berühmtes Gesetz in einen Hashtag verwandelt wurde?
[48] Unterlegscheibe, Nomen: offenbar das Lieblingsobjekt sämtlicher NaWi-Lehrer auf der ganzen Welt.

dien. Jemand wie Dari kann locker gleichzeitig ein Pendel fabrizieren und Geschichten erzählen, doch Twig und ich stellten nach einer Weile die Arbeit ein und hörten uns an, wie sein Bruder versucht hatte, ihm das Skaten beizubringen.[49]

Während Dari redete, begann ich über meine eigene Familie nachzudenken, also auch über Mom. Und dann dachte ich an den Wettbewerb, der in ein paar Tagen stattfinden wird, und wie wichtig er ist, und mir wurde ganz schummerig.

»Ach, übrigens, Leute«, sagte Dari mit Blick auf mich, als könnte er Gedanken lesen – vielleicht war ihm auch nur aufgefallen, dass ich geistig abwesend war. »Ich habe noch ein wenig an dem S'Meggs-Konzept herumgetüftelt und ein paar kleine Verbesserungen vorgenommen. Die Höhe beim Test ist nicht dieselbe wie die beim Wettbewerb, deshalb habe ich die Winkel angepasst.«

»Großartig, Dari«, sagte Twig, dann räusperte sie sich und sah zu mir herüber. Seit dem Gespräch an Weihnachten ist sie nahezu normal, wirkt aber immer ein wenig nervös, wenn der Wettbewerb zur Sprache kommt.

»Verbesserungen?«, fragte ich. Das schummerige Gefühl verstärkte sich.

---

[49] Skaten klingt erst mal cool – bis einem wieder einfällt, dass es sich ja um Dari handelt. Denn natürlich klang es bei ihm total nerdig, weil er es wissenschaftlich erklärte und von Dynamik und Bewegungsimpuls faselte.

»Keine große Sache«, beruhigte mich Dari. »Du wirst es gar nicht bemerken. Sie sollen dem Ei helfen, den Aufprall besser abzufedern.«

»Wir werden dieses Ding gewinnen«, sagte Twig ein wenig zu aufgekratzt. »Dari weiß, was er tut.«

Dari blickte zwischen uns beiden hin und her und versuchte herauszufinden, was wir nicht sagten. Doch Mr Neely rettete mich, indem er in die Hände klatschte und verkündete: »Noch fünf Minuten, Kinder!«

Dari machte vor Schreck einen kleinen Satz und sah auf das halbfertige Pendel hinab. Er ist es einfach nicht gewöhnt, im Unterricht abzuschweifen. Sofort machte er sich an die Arbeit, und am Ende der Stunde waren alle drei Pendel fertig.

»Das haben wir gut gemacht«, stellte Twig fest, nahm ihre Unterlegscheibe und ließ sie fallen. Wir beobachteten alle, wie sie hin- und herschwang, hin und her, als wollte sie uns hypnotisieren. »Dreiundzwanzig Schwingungen«, verkündete Twig, als das Pendel zum Stillstand kam und wir alle innehielten, um das Ergebnis zu notieren. Dann war Dari an der Reihe und erzielte sechzehn Schwingungen.

Und hier, nur um zu beweisen, dass ich heute etwas gelernt habe, folgt das wissenschaftliche Konzept des Pendels: Ist ein Objekt erst einmal in Bewegung, wird es sich bis in alle Ewigkeit weiterbewegen. Gemäß den Gesetzen der Physik würde unser Pendel, wenn es sich in einem Vakuum befände, niemals aufhören zu schwingen, hin und her, hin und her.

Auf der Erde gibt es allerdings Schwerkraft und eine Atmosphäre und lauter andere erdenschwere, knifflige Dinge, die das Pendel verlangsamen. Kurz gesagt, in der Wirklichkeit funktioniert nicht alles so gut wie in der Theorie.

Die Stunde war um, bevor wir mein Pendel testen konnten. Dari schnappte panisch nach Luft und sagte: »Ich werde das Experiment zu Hause nachmachen.« Twig sagte: »Denken wir uns doch einfach was aus.«

»Tut mir leid, Leute«, sagte ich, obwohl es mir überhaupt nicht leid tat. Und dann, während Twig und Dari aufräumten und zu ihren Plätzen zurückgingen, startete ich heimlich mein Pendel. Es schwang rasch an seiner kurzen Schnur, so wild und hektisch, als wüsste es nicht, für welche Richtung es sich entscheiden sollte, vor und zurück, vor und zurück, und bevor es verlangsamen konnte, schloss ich die Hand um die Unterlegscheibe. Dass ich kein Ergebnis notieren konnte, war mir egal, ich wollte auf keinen Fall mit ansehen, wie es stehen blieb.

Schritt 7: Ergebnisse

Eure harte Arbeit hat sich gelohnt! Erntet jetzt die Früchte eurer Mühen! Zeichnet die Ergebnisse eurer Experimente auf. Und denkt daran: Es gibt keine Verlierer in der #Welt der #Wissenschaft.

13. Januar

Arbeitsauftrag 32: Flieg, kleines S'Meggs!

Am Morgen des Eier-Wettbewerbs stand ich vor Moms Schlafzimmer, während Dad sich auf seine Nachmittagssitzungen vorbereitete.

Beinahe wäre ich hineingegangen, tat es dann aber doch nicht. Und Mom kam nicht heraus.

Mehr denn je spürte ich, wie wichtig dieser Wettbewerb war und dass wir ihn unbedingt gewinnen mussten. Am liebsten wäre ich hineingegangen und hätte ihr erzählt, was für ein großer Tag heute war – sie sollte es verstehen, sie sollte es fühlen. Aber meine Hand schaffte es nicht, den Türknauf zu drehen.

Dad kam aus seinem Arbeitszimmer und sah mich vor der Schlafzimmertür stehen. »Natalie«, sagte er und wollte gerade in den Therapeutenmodus schalten.

Aber ich deutete auf die Uhr und unterbrach ihn: »Wir müssen los.« Dann setzte ich mich ins Auto und wartete auf ihn.

Unterwegs holten wir Twig ab, die sich auf den Rücksitz plumpsen ließ und zur Begrüßung rief: »Den anderen wird der Arsch ganz schön auf Grundeis gehen.«

Dad warf ihr im Rückspiegel einen Blick zu, er schien

zu überlegen, ob er sie wegen ihrer Ausdrucksweise rügen sollte, doch dann lehnte sie sich vor zum Beifahrersitz, ihr Atem kitzelte mich am Ohr.

»Ich verspreche dir«, flüsterte sie deutlich hörbar, »dass wir gewinnen. Ich hab das im Urin.«

Bei ihren Worten krampften sich meine Eingeweide vor Aufregung zusammen – entgegen allen Versuchen, »meine Erwartungen zu zügeln«. Wir *würden* gewinnen. Auch ich konnte es spüren, Sieg lag in der Luft.

Endlich erreichten wir den Veranstaltungsort. Ich weiß auch nicht, ob ich einen Ballsaal erwartet hatte oder was, jedenfalls fand der Wettbewerb im Erdgeschoss eines alten, zweistöckigen Gebäudes statt. Oben waren verschiedene Firmen untergebracht, aber das ganze Erdgeschoss war früher mal eine Bücherei gewesen. Jetzt werden dort wissenschaftliche Veranstaltungen abgehalten.[50]

Dad parkte, und Twig und ich blickten hinauf zum Dach, wo S'Meggs sich würde bewähren müssen. »Ich bin so stolz auf euch beide«, sagte Dad, und zum ersten Mal bekam ich Schuldgefühle, weil ich ihm nicht gesagt hatte, warum ich das überhaupt machte.

Ich versuchte, den Gedanken zu verdrängen, während wir zu dritt das Gebäude betraten.

---

[50] Ob das Methode hat? Vielleicht will man uns sagen: »Fort mit euch, ihr Bücher, WISSENSCHAFT IST UNSERE ZUKUNFT.«

»Hier stinkt's«, bemerkte Twig. »Es riecht nach alten Leuten und nassem Teppich, nur stärker – nach 50 alten Leuten und einem ganzen Stapel nasser Teppiche.«

»Igitt.«

»Ganz genau.« Twig grinste, sichtlich zufrieden mit ihrer Beschreibung.

Dad legte uns je eine Hand auf die Schulter und sagte: »So schlimm ist's nun auch wieder nicht«, aber er tat es mit einem Stirnrunzeln.

»Okay, Yeong-jin«, entgegnete Twig, und die Furchen auf Dads Stirn vertieften sich.

Das ganze Erdgeschoss war noch eingerichtet wie eine Bücherei, mit endlosen Regalmetern, nur dass jetzt alles leer war. Wenn wir redeten, hallte das Echo auf dem Zementfußboden wider und ließ die Geister der alten Bücher erzittern.

Es waren bereits massenhaft Kinder mit ihren Eltern da, und mir fiel auf, dass ich mir bisher nie Gedanken über die anderen Teams gemacht hatte. Ich dachte, mit einem guten Ei hätten wir das Preisgeld schon in der Tasche. Doch jetzt kribbelte mein Magen vor Nervosität, und ich stopfte die Hände in die Jackentaschen, damit die Unruhe drinblieb.

In einer Ecke stand einsam ein Mikrophon, aber niemand gab Anweisungen, hier schien keiner zuständig zu sein. In der verlassenen Bücherei war es laut und stickig.

Dari hätte längst da sein sollen, die Minuten verrannen, und in meiner Brust machte sich panisches Flattern breit.

Ich hätte ihm S'Meggs nicht überlassen sollen, er hatte es bei sich behalten wollen, und ich konnte ihm das schlecht abschlagen. Aber wenn er nicht bald aufkreuzte, würden wir nicht teilnehmen können, und ich würde das Geld nicht gewinnen und …

Da ging die Tür auf, und Dari marschierte, gefolgt von seinen Eltern, herein.

»Hier riecht's aber komisch«, sagte Dari, als er bei uns war.

Und natürlich musste Twig wortgetreu dieselbe Erklärung abgeben wie bei mir. Das entzündete eine Diskussion darüber, warum der Raum nach alten Leuten und nassen Teppichen roch, wo es doch gar keinen Teppich gab, doch ich fiel ihnen ins Wort.

»Hast du S'Meggs dabei?«

Natürlich hatte er – Dari ist schließlich clever, und beim Eier-Wettbewerb das Ei zu vergessen ist kein besonders schlauer Schachzug –, aber meine Frage brachte sie wieder auf Kurs. »Ich habe gestern Abend noch ein paar Optimierungen vorgenommen«, erklärte Dari. »Ich dachte mir, spitzere Winkel im Inneren der Konstruktion würden die Aufpralltoleranz erhöhen.«

Ich wünschte, Dari würde endlich mit seinen »Optimierungen« aufhören. Doch dann atmete ich tief durch. Twig hatte recht: Er war der Klügste in unserer Klasse. Er würde schon wissen, was er tat.

Innerhalb der letzten fünfzehn Minuten waren so viele Leute erschienen, dass es jetzt wirklich heiß und stickig war, was den Geruch natürlich nicht verbesserte. Auch Mr Neely traf ein, er winkte uns mit beiden Armen und drängte sich durch die anderen Teams zu uns durch.

»Was für ein aufregender Tag!«, sagte er, nachdem er uns die Hand geschüttelt und sich Dad und den Kapoors vorgestellt hatte.

»Wir werden gewinnen«, informierte ihn Twig.

»Aber sicher doch – ihr seid hervorragende wissenschaftliche Ermittler!«, sagte er, und mir war nicht klar, ob er es ernst meinte.

»Ich bin der Obersheriff, und Dari ist der Problemanalyst«, fuhr Twig todernst fort. Ich wünschte, sie würde das lassen, diese Titel waren doch bloß Spaß gewesen.

Mr Neely grinste. »Sehr gut, jedes Team braucht einen Obersheriff und einen Problemanalysten.«

»Natalie ist der Team-Captain«, ergänzte Twig.

Mr Neely strahlte mich an, und Dad drückte meine Schulter. Am liebsten wäre ich im Erdboden versunken.

»Es freut mich, dass du das Kommando übernimmst, Natalie«, sagte Mr Neely. Und dann an unsere Eltern gewandt: »Das hier sind meine Spitzenschüler.«

Das stimmte nun mit Sicherheit nicht, war aber nett gemeint.

Dann unterhielt er sich noch eine Weile mit unseren Eltern und erzählte, dass er einen Job in der Pharmazie aufgegeben habe, um Lehrer zu werden. Als er zu den anderen NaWi-Lehrern ging und mit ihnen sprach, beobachtete ich ihn. Er war seltsam. Gar nicht so, wie wir ihn kannten. Es war echt komisch, und plötzlich war ich sauer auf ihn. Er sollte unser Lehrer sein und damit Schluss, und nun entpuppte er sich als *Person*, mit Freunden und einem früheren Leben in der Pharma-Dings-Irgendwas. Er führte ein Doppelleben. Womöglich war der Mr Neely, wie wir ihn kannten, gar nicht ganz der echte.

Doch dann merkte ich, wie albern das war. Ich atmete noch ein paarmal tief durch, um mich zu beruhigen.

Eine große Frau mit Brille trat ans Mikrophon. Endlich ergriff jemand die Initiative und sagte, wo es langging. »Wir heißen die jungen Tüftler aus Lancaster County herzlich willkommen! Mein Name ist Charlaine.« Charlaine sah aus wie Doris, nur zehn Jahre älter und einen Tick südlicher. Keine Ahnung, warum, aber der Vergleich verursachte mir Gänsehaut.

»Ich weiß, wie hart ihr auf diesen Tag hingearbeitet habt«, fuhr sie fort, »und zuallererst möchte ich euch sagen, dass ihr alle Gewinner seid!«

Dari nickte zustimmend, aber Twig sah mich an und verdrehte die Augen. Diese Charlaine war vom gleichen Schlag wie Mr Neely. Twig deutete auf ihre Brust, dann auf meine und formte mit den Lippen das Wort »Gewinner«.

Charlaine stellte die anderen fünf Juroren vor, aber ich war zu sehr mit der Konkurrenz beschäftigt, um sie zu beachten. Die meisten Modelle waren einfallslose umgedrehte Eierkartons, unseres zählte eindeutig zu den besseren.

Das beruhigte mich. Und als Charlaine und die Juroren den Wettbewerb eröffneten, verließen Twig, Dari und ich unsere Eltern und liefen herum, um die Konkurrenz näher zu begutachten.

»Deine Optimierungen haben wirklich was gebracht, Dari«, sagte Twig und betrachtete bewundernd die Konstruktion in Daris Händen.

Dari errötete. »Danke, aber die ursprüngliche Idee für S'Meggs stammt von dir.«

Ich stöhnte – ich konnte nicht anders –, und da liefen beide rot an. Für ein paar Sekunden hätten wir drei uns am liebsten in Luft aufgelöst. Bei unserer Runde durch die Bücherei wurden wir von rothaarigen Zwillingen aufgehalten. »Was für ein *kreatives* Design«, sagte der eine. Sie trugen identische Pullover mit dem Schulwappen der Valley-Hope, und ich brauchte einen Moment, um zu kapieren, dass sie mit uns redeten.

»Auf Marshmallows wäre ich nie gekommen«, fuhr der Zweite fort. »Wie *süß*.«

Sie sprachen überdeutlich, betonten alle Vokale und verschluckten keine Konsonanten, und es war schwer zu sagen, ob sie es ehrlich oder ironisch meinten.

»Danke«, sagte Dari, bei dem Höflichkeit wohl ein Reflex ist. »Euers ist auch nicht schlecht.«

Ich warf einen Blick auf das Modell in den Händen des ersten Jungen, und mein Herz schlug bis in den Hals hinauf. Sie hatten ihr Ei in Wattebäusche gepackt und es in eine Tüte Cornflakes gesteckt.

Twig sah Dari missbilligend an, trat einen Schritt vor und sagte: »Cornflakes sind eine blöde Idee. S'Meggs wird euer lahmes Ei um Längen schlagen.«

Der erste Zwilling sagte: »S'Meggs?« Der Gesichtsausdruck des Zweiten verhärtete sich. »Möge das beste Ei gewinnen«, sagte er, dann zogen sie mit ihren Cornflakes ab.

Twig wandte sich Dari zu. »Hast du das gesehen? Hast du das gesehen?« So als hätte er den ganzen Schlagabtausch womöglich gar nicht mitgekriegt.

Dari murmelte etwas, aber ich fasste ihre Hand. »Lass gut sein, Twig«, sagte ich und zog sie von den Zwillingen fort.

Sie runzelte die Stirn, tat aber ausnahmsweise, was ich sagte.

Offen gestanden hatte ich Moms Idee mit den Cornflakes mittlerweile völlig vergessen. Oder zumindest tief unter all den unaussprechlichen Dingen vergraben. Ich ließ Twig eine Weile weiterquatschen, ohne ihr zuzuhören. Keine Ahnung, wie unsere Konstruktion aussähe, wenn Mom uns geholfen hätte, wenn sie glücklich und erreichbar und voller Ideen gewesen wäre. Aber andererseits wäre ich dann vermutlich gar nicht hier.

Ich versuchte, die Cornflakes aus meinem Kopf zu vertreiben. S'Meggs würde gewinnen, nur das zählte.

Die Juroren reichten eine Schale mit Nummern herum, und ich als Team-Captain zog die Nummer 16. Die 1 und die 6 rochen nach Filzstift, und ich faltete den Zettel zu einem winzig kleinen Quadrat. Wir würden eines der letzten Teams unter den zwanzig sein, die antraten.

Die Eier würden vom Dach auf eine bestimmte Stelle des Parkplatzes fallen. Und nachdem alle eine Nummer gezogen hatten, verpackten wir uns wieder in unsere Winterklamotten, verschnürten und vermummten uns, bis wir endlich alle draußen standen und heißen Atem in die behandschuhten Hände bliesen. Die Juroren nahmen unsere Eier mit aufs Dach des Gebäudes, nur ein junger Juror mit Wuschelkopf und dem Namensschild SHAWN blieb unten bei uns. Er sollte den Zustand der gelandeten Eier verkünden: zerbrochen oder nicht zerbrochen. Einige der Wettbewerbsteilnehmer versuchten, ihn in ein Gespräch zu verwickeln, aber ich blendete sie einfach aus, während ich auf den Zehenballen federnd gegen Nervosität und Kälte ankämpfte.

»Das wird schon«, sagte Twig, die Ruhe selbst.

»Das hier ist viel höher als unsere Teststrecke bei mir zu Hause.« Dari rang vor lauter Aufregung die Hände.

»Unser Ei ist stark«, entgegnete Twig, als Charlaine das

erste Ei ankündigte und über die Brüstung der Dachterrasse fallen ließ.

Es zerbrach, und ich stieß einen Seufzer der Erleichterung aus.

Bei so vielen Teilnehmern ging das Fallenlassen ziemlich langsam voran, gelegentlich unterbrochen vom Jubel der Teams, deren Eier überlebt hatten. Anschließend würden die Juroren die heil gebliebenen Eier noch auf Widerstandskraft, Rückprallfaktor und aerodynamisches Design überprüfen. Auch wir würden überleben, da war ich mir sicher.

Zwischendurch schaltete Twig in ihre Moderatorenstimme und flüsterte uns ihre Kommentare ins Ohr.[51] »Die Blondinen sind starr vor Anspannung. Wird ihr Luftpolsterfolien-Ei den Sturz ins Verderben überstehen? Die Menge hält den Atem an – fiebert mit, Leute, denn gleich ist es so weit: Unsere furchtlose Charlaine wird das Ei seinem ungewissen Schicksal entgegenschicken und – ohhh – knapp vorbei ist auch daneben. Ein harter Schlag für die Blondinen und ihr Ei.« Die Umstehenden starrten uns an, und schließlich kamen ein paar Eltern und ermahnten uns, nicht so laut zu sein. Das war peinlich für Dari und mich, nicht aber für Twig, der so was völlig egal ist.

Dank Twigs Kommentaren überstand ich die meisten Runden, ohne vor Nervosität an den Nägeln zu kauen, aber

---

[51] Twig kann nicht wirklich flüstern. Leise sein ist nicht ihre Stärke.

als das dreizehnte Ei an der Reihe war, verstummten wir. Wir hielten uns an den Händen, den Zettel mit der Nummer 16 zwischen meine und Twigs Handflächen gepresst, und es war überhaupt nicht komisch oder peinlich. Der Parkplatz war wie eine Parallelwelt, in der sich alles um rohe Eier dreht und Händchenhalten völlig normal ist.

Als Charlaine zur Nummer 16 – unserem Ei – kam, blickte ich zu Dad hinüber, und er reckte beide Daumen nach oben. Twig drückte meine Hand so fest, dass sie mir fast die Knochen brach.

In diesem Moment, als alles stillstand und der Ausgang ungewiss, aber jeder voller Hoffnung war, breitete sich eine große Liebe in mir aus, für Dad und Twig und Dari. Für Mr Neely und sogar für Daris Eltern und alle Leute, die das Leben so viel besser machen. Am liebsten hätte ich jeden umarmt, aber ich wollte auch nicht sentimental werden. Natürlich vermisste ich Mom, aber das Komische war, dass ich deswegen nicht länger wütend oder traurig oder peinlich berührt war. Im Gegenteil, ich konnte wieder hoffen. Der Sieg und das Preisgeld waren zum Greifen nahe, und wenn ein lächerlicher kleiner Wettbewerb und das Schicksal eines Eis das Glück in mein Leben zurückbrachten, dann konnte auch Moms Welt wieder glücklich werden.

Sie würde sich erholen, weil ich sie mit unserem Gewinn retten konnte.

Charlaine ließ unser Ei fallen.

Mein Herz legte einen Spurt ein, und im Kopf redete ich mir zu: »Alles wird gut, alles wird gut.« Das hier war anders als der Probelauf mit Twig und Dari. Damals waren wir unter uns und experimentierten bloß. Jetzt hatten wir keinen Einfluss mehr auf den Lauf der Dinge.

Mein Herzschlag hallte mir in den Ohren.

Und dann schlug S'Meggs am Boden auf.

Kleine Äste flogen nach allen Seiten, Marshmallowfetzen explodierten und Glitzerstaub sprühte durch die Luft.

Wir brauchten nicht auf Shawns Analyse zu warten. Das Geräusch sagte alles. Dieses Knacksen und Knirschen war das Lauteste, was ich je in meinem Leben gehört habe.

Ich sah meine Freunde an, denn den Anblick des Eigelbsees, der sich um das Ei herum ausbreitete, wollte ich mir ersparen. Die zerbrochenen Äste erinnerten an zerschmetterte Knochen.

Dari schüttelte den Kopf, hin und her, hin und her, als sei er sich dessen gar nicht bewusst, Twig dagegen war wie versteinert.

»Der Glitzerstaub sollte eine Überraschung sein«, murmelte sie in einer Stimme, die viel zu leise war für Twig. Sie rührte sich immer noch nicht, und ich fürchtete schon, dass sie sich nie wieder bewegen würde.[52]

---

[52] Nicht wörtlich natürlich, aber womöglich würde sie sich nie wieder nach Twig-Art bewegen, eine Nicht-Twig werden, so wie Mom eine Nicht-Mom war. Das versetzte mich in absolute Panik.

Dad und Daris Eltern kamen, und Dad legte mir die Hand auf die Schulter. »Sollen wir gehen?«

Twig antwortete für mich. »Ja, wir müssen nicht mit ansehen, wie diese dämlichen Zwillinge gewinnen.« Sie bebte vor Zorn und Enttäuschung, das heißt, sie bewegte sich, aber nicht so, wie ich es mir gewünscht hätte.

»Moment«, sagte ich. »Ich möchte warten.«

An einem Sommertag, einem der seltenen, an denen sie nicht arbeitete, ist Mom einmal mit mir in unser Schwimmbad gegangen. Wir hatten über Schallwellen gesprochen, und um mir den Unterschied in Wasser zu demonstrieren, hatte sie sich ein Experiment ausgedacht.

»Bereit?« fragte sie, als wir beide am Beckenrand hingen. Und ich sagte: »Bereit«, und wir tauchten. Unter Wasser sagte sie einen Satz, und die Wassermoleküle verzerrten und verwandelten die Laute, und als wir beide wieder hochkamen, konnte ich nur vermuten, was sie in dieser blubberigen Unterwassersprache gesagt hatte.

Genau so klangen meine Wörter jetzt.

»Gut«, sagte Dad, »dann warten wir.« Seine Hand hatte meine Schulter nicht verlassen, und er drückte fest, als wollte er mich daran erinnern, dass er noch da war.

Um mich herum redeten Twig und Dari und Mr und Mrs Kapoor, aber ich verstand sie nicht. Mrs Kapoor kniete neben Dari, und unter der langen Daunenjacke lugte ihr Sari hervor, er hatte die Farbe von frischem Eigelb.

Charlaine machte immer weiter mit dem Wettbewerb. Ich sah ein weiteres Ei fallen, ein weiteres zerbrechen, und ich zählte: *siebzehn, achtzehn, neunzehn.*

Dad hielt meine Schulter, und ich zählte, und Dari flüsterte mir ins Ohr: »Es ist immer gut, das Endergebnis zu sehen.«

Ich nickte, obwohl ich nicht wirklich hinsah. Ich wartete.

Und dann waren die Zwillinge dran. Aus der Entfernung konnte ich die Cornflakes nicht genau erkennen. Ich sah nur die Ziplock-Tüte.

Meine Hände und Füße waren taub vor Kälte, doch ich machte mir nicht die Mühe, sie aufzuwärmen.

Charlaine ließ das Cornflakes-Ei fallen.

Kein Knacksen diesmal. Nur das Knirschen der Cornflakes.

Ich bekam keine Luft. Ich war wieder unter Wasser. Ich dachte: »Ich hätte auf Mom hören sollen.«

»Was?«, fragte Dari, und ich merkte, dass ich laut gesprochen hatte.

Shawn trat vor und prüfte das Ei. In meinem Kopf dröhnte es: »Mom wäre so enttäuscht von mir« – aber dann streckte er die Daumen nach unten. Angeknackst.

Das Ei war angeknackst.

Es hatte einen kaum sichtbaren, haarfeinen Riss, aber das Leben sickerte trotzdem heraus wie bei jedem anderen zerbrochenen Ei. Mom hatte also nicht recht gehabt.

Und das war noch schlimmer.

»Yeah!«, brüllte Twig, und die Umstehenden starrten sie böse an. Twig senkte die Stimme, aber nur ein bisschen. »Hab ihnen doch gleich gesagt, dass Cornflakes eine blöde Idee sind.«

Die Menge setzte sich in Bewegung, und Shawn verkündete, dass diejenigen, die bis zur Bekanntgabe des Endergebnisses bleiben wollten, in der Bücherei warten sollten.

Ich hörte mich sagen: »Wir können jetzt gehen.«

Wir nestelten an unseren Klamotten herum, dann verabschiedeten wir uns umständlich voneinander, denn wir wollten zwar gehen, aber keiner war so richtig bereit dazu.

Mr Neely kam und umarmte uns und machte auf fröhlich, obwohl keiner von uns es war. »Ich bin so froh, dass ihr mitgemacht habt«, sagte er, und bei dem Wort »mitgemacht« hätte ich am liebsten losgeheult, weil das alles war, was wir geschafft hatten.

»Ich muss sagen, eure Konstruktion hat mir am besten gefallen.« Er zwinkerte uns zu. »So kreativ und einfallsreich. Charlaine hat recht mit dem, was sie eingangs sagte – ihr drei seid Gewinner, ganz gleich, wie es ausgegangen ist. Ihr habt hart gearbeitet und viel über die wissenschaftliche Methode gelernt. Ich bin stolz darauf, euer Lehrer zu sein.«

Dari wurde rot und murmelte ein Dankeschön, und Twig starrte ihn entgeistert an, denn sie ist Lob von einem Lehrer nicht gewöhnt. Doch bei mir brodelte Zorn unter all der

Taubheit und erhitzte meine Brust. Mr Neely hatte ja *keine Ahnung*. Als ob dieses dämliche Experiment irgendwas mit dem echten Leben zu tun hätte.

»Gehen wir«, sagte ich und lief los, ohne eine Erwiderung abzuwarten. Dad war vermutlich entsetzt über meine Unhöflichkeit – ich war es ja selbst –, aber ich musste unbedingt dort weg.

Twig und Dari rannten mir nach, und Twig packte mich am Arm. »Das kann nicht alles gewesen sein. Die Operation Ei ist nicht zu Ende.«

Ich zuckte die Achseln. Ich wusste, dass die Traurigkeit später kommen würde, aber in diesem Moment war ich einfach nur geschockt, und mir war übel – Ärger auf nüchternen Magen.

Dari wurde ebenfalls still und flüsterte: »Aber wir sind doch weiterhin Freunde, oder? Auch danach.«

Twig sah aus, als wäre sie den Tränen nahe, wir alle waren NICHT IN ORDNUNG. »Na klar«, sagte sie zuerst zu Dari und sah ihm in die Augen. Dann wandte sie sich zu mir und in ihrem Blick leuchtete ein Feuer so hell und intensiv, wie ich es nie zuvor bei ihr gesehen hatte. »Na klar doch.«

Sie fiel mir um den Hals, und auch ich umarmte sie fest. Twig war meine beste Freundin, ich brauchte sie.

Als wir uns losließen, glühte ihr Blick. »Operation Orchedie geht weiter. Es kann immer noch alles gut werden«, sagte sie.

Seufzend schüttelte ich den Kopf. »Die Sache ist gelaufen, Twig«, sagte ich. Den Gedanken an die Orchidee ertrug ich nicht. Ich konnte sie nicht mal ansehen. Ich spürte, wie die Traurigkeit in mir wuchs, und das bedeutete, dass sie dort Wurzeln schlagen und mich nie mehr verlassen würde.

Dari fragte nicht nach, er sah uns bloß an, und in seinen Augen tanzten Fragen und halbe Antworten.

»Aber …«, sagte Twig.

Ich schnitt ihr das Wort ab. »War sowieso 'ne blöde Idee.« Ich schob sie beiseite, stieg ins Auto und knallte ihr die Tür vor der Nase zu.

14. Januar
Arbeitsauftrag 33: Operation Orchidee

Die Heimfahrt war gelinde gesagt unangenehm. Ich schwieg. Dad schwieg. Selbst Twig schwieg.

Erst als wir die lange Straße zu Twigs Haus entlangfuhren, sagte Dad: »Tut mir leid, dass der Wettbewerb anders ausgegangenen ist als erhofft. Möchtet ihr darüber reden?«

Ich dachte, die Antwort wäre offensichtlich, aber Twig antwortete: »Natalie möchte gerade nicht darüber reden, Yeong-Jin. Und das ist in Ordnung so.«

Ich fühlte, wie sie mich ansah, hielt den Blick jedoch starr aus dem Fenster auf die kahlen Bäume gerichtet.

Auch als Twig ausstieg, blieb ich stumm, und den ganzen Weg nach Hause. Dads Anspannung nahm immer mehr zu, sie drückte mich förmlich in den Sitz. Ich wusste, dass ich eine gute Tochter sein und etwas sagen sollte, doch wenn ich eingestand, was wirklich passiert war, würde eine Welle der Hoffnungslosigkeit mich wegspülen.

Zu Hause verzog ich mich sofort in mein Zimmer und schrieb alles auf. Dann ging ich ins Bett und versuchte zu schlafen, obwohl es erst sieben Uhr war. Dad klopfte, aber ich reagierte nicht, und er ging wieder, wahrscheinlich, um mir »Raum zu geben«.

Doch mein Kopf kam auch im Bett nicht zur Ruhe. Ich versuchte, die Gedanken zum Schweigen zu bringen, aber sie kreiselten und kreiselten und wiesen in tausend verschiedene Richtungen.

Ich verdonnerte mein Gehirn zu einer Sendepause und checkte mein Telefon.

Twig: RUF MICH AN!!!

Seufzend warf ich es aufs Bett. Aus irgendwelchen Gründen musste ich an Mr Neely und »das Kommando übernehmen« denken – und ich weiß nicht wie, aber schließlich schaffte ich es einzuschlafen, denn ich wachte davon auf, dass mein Telefon klingelte.

Im Dunkeln tastete ich danach und brachte ein »Hallo?« heraus.

Es war mitten in der Nacht. Ich war zugedeckt und von meinen Lieblingskissen umgeben, auf dem Nachttisch stand ein Glas Milch. Ich holte tief Luft und schüttelte den Kopf, um die Schläfrigkeit und die Erinnerungen an den vergangenen Tag loszuwerden, die noch immer auf mich eindrangen.

»Endlich! Hab's schon viermal probiert!« Twigs Stimme quäkte so laut in mein Ohr, dass ich das Telefon leiser stellen musste. »Ich weiß, dass du jetzt wahrscheinlich nicht reden willst, und das ist in Ordnung, also lass einfach mich reden. Ich konnte diesen Plan nicht fallenlassen. Nicht einfach so. Ich habe überlegt und überlegt – und ich glaube, es gibt eine Möglichkeit, um an die Blume heranzukommen.«

Aus Erfahrung weiß ich, dass man besser keine allzu hohen Erwartungen in Twigs großartige Ideen setzt. Dennoch war es verlockend. Vielleicht hatte Twig ja die Lösung gefunden. Vielleicht war noch nicht alles verloren. »Echt?« Meine Stimme klang atemlos.

»Ich hab meiner Mutter die Kreditkarte gestohlen«, erklärte Twig. »Wir gehen zum Flughafen und kaufen Tickets nach Neumexiko, und von dort bringen wir eine Orchidee für deine Mom mit zurück.«

Und da welkten meine Hoffnungen auch schon dahin. Ich hätte es wissen müssen. Dieser verwegene Plan war typisch Twig. Er würde niemals funktionieren.

»Twig«, sagte ich und versuchte, die Enttäuschung und die Wut aus meiner Stimme zu verbannen. Am meisten ärgerte ich mich über mich selbst – dass ich überhaupt gehofft hatte. Es war nicht ihre Schuld. »Das ist eine unmögliche Idee. Wir können nicht einfach über Nacht nach Neumexiko verschwinden.«

»Aber wir müssen! Wir müssen da hin, weil die Orchidee in eurem Gewächshaus von dort stammt. Und wir müssen sie ersetzen, weil du so traurig warst …«

»Twig, warte.« Plötzlich sah ich alles klar vor mir. Meine Gedanken waren die ganze Nacht gekreiselt, nun hielten sie an und wiesen mir die richtige Richtung.

Natürlich konnten wir die kobaltblaue Orchidee beschaffen.

Denn schließlich hatte ich die Orchidee im Gewächshaus nicht aus Neumexiko. Ich hatte sie aus Moms Labor bekommen. Und das ließ sich leicht mit dem Bus erreichen.

So einfach war die Antwort, und doch war sie mir nie in den Sinn gekommen. Trotzdem schreckte ich davor zurück, an jenen Ort zu gehen, wo Mom verletzt und wie etwas Überflüssiges entsorgt worden war, es war Verrat. Bei dem Gedanken an das Labor krampfte sich mein Magen zusammen, aber ich verdrängte den Schmerz: Ich tat es ja für Mom. Wenn ich sie nicht zu den Orchideen bringen konnte, würde ich eben eine davon zu ihr bringen.

»Twig, warte«, wiederholte ich und umklammerte das Telefon so fest, dass meine Finger taub wurden. »Wir brauchen nicht nach Neumexiko zu fliegen. In Moms Labor gibt es Samen. Dort kann ich hin – heute Nacht noch.«

Twig kreischte so laut, dass ich das Telefon noch leiser stellen musste. »Das Labor in der Lancaster University? *Natalie!* Warum hast du das nicht früher gesagt. Das ist ein Kinderspiel. Das machen wir!«

»Nein, Twig«, sagte ich, schon halb aus dem Bett. »Du kommst nicht mit.«

Ich knipste das Licht an, ging auf Zehenspitzen durchs Zimmer und suchte mir Notizblock und Stift. Die Uhr zeigte 0:56 Uhr. Ich durfte keine Zeit verlieren.

»Wieso? Natürlich komme ich mit!«

»Nein, Twig«, wiederholte ich. Während des ganzen Projekts hatte ich Twig und Dari einfach machen lassen, aber jetzt musste ich »das Kommando übernehmen«. Und ich durfte meine Freunde nicht in diese Sache hineinziehen.

»Aber …«

Ich beendete das Gespräch und schaltete das Telefon auf stumm. Ich wusste, dass sie sauer sein würde, aber ich konnte kein Risiko eingehen. In Moms Labor einzubrechen würde schwierig werden, und ich wollte nicht, dass Twig Ärger kriegte.

Ich suchte mir auf dem Telefon die Seite der Verkehrsbetriebe heraus und klickte mich zum Busfahrplan durch. Dann notierte ich meine Vorgehensweise, denn wenn mir Mr Neely etwas beigebracht hat, dann ist es Gründlichkeit.

VERSUCHSABLAUF:

1. Stehle Moms Laborschlüssel.
2. Gehe die zehn Minuten zur Bushaltestelle.
3. Nimm den Bus um 1:23 Uhr, zehn Haltestellen bis Garden Springs.
4. Gehe die fünf Blocks bis zu Moms altem Labor auf dem Campus.
5. Breche ein und stehle einen Orchideensamen.
6. Nimm den Bus zurück um 2:48 Uhr.

Ich riss das Blatt aus dem Notizblock, und als ich den Versuchsablauf in die Tasche meines Schlafanzugs stopfte, packte mich prickelnde Erregung. Eigentlich hätte es diesen Moment geben sollen, in dem ich zu mir sagte: »Halt, warte.« Aber ich hatte meinen Schlechte-Idee-Alarm nicht nur auf stumm gestellt. Er war außer Betrieb. Und hier war die Lösung für das Nicht-Mom-Problem, nach der ich den ganzen Sommer lang gesucht hatte, sie war zum Greifen nahe.

Zum ersten Mal konnte ich etwas Konkretes tun. Der Eier-Wettbewerb war ein einziges Wollen und Wünschen und Hoffen gewesen. Jetzt *tat* ich etwas.

Erster Schritt: Moms Schlüssel. Auf Zehenspitzen tastete ich mich durch das dunkle, stille Haus. Vor Moms und Dads Schlafzimmer blieb ich stehen und drehte den Türknauf ganz herum, bevor ich die Tür aufstieß.

In der Dunkelheit konnte ich ihre Umrisse kaum ausmachen – Mom, die sich an Dad schmiegte, und Dad, der sie selbst im Schlaf so vorsichtig hielt, als wäre sie zerbrechlich. Als wäre sie nicht längst zerbrochen.

Ich holte tief Luft und schlich mich zu der Kommode, auf der Mom nachts ihre Handtasche stehen hat. Es ist eine große Handtasche, weil Mom, wohin sie auch geht, ihr ganzes Leben mit sich herumschleppt. Doch sie hat die Tasche schon lange nicht mehr benutzt. Sie ist schon lange nirgendwo mehr hingegangen. Ich löste die Schnalle und durchwühlte die Fächer – *Schnell, Natalie. Leise, Natalie* –, und da waren sie: kalte, verlässliche Schlüssel, direkt in meiner Hand.

Ich schloss die Faust um sie, damit sie nicht klimperten. Dann verließ ich das Schlafzimmer mit drei großen, atemlosen Schritten. Während ich durch den Gang hastete, bissen mich die Schlüssel in die Handfläche, und als ich fast bei meiner Zimmertür angekommen war, hörte ich, wie sich jemand hinter mir räusperte.

14. Januar

Arbeitsauftrag 34: Team-Captain

Ich drehte mich um, mein Magen sackte vor Schreck nach unten. Ich war nicht bereit für meine Eltern, nicht bereit, mich aufhalten zu lassen. Nicht so kurz vor dem Ziel.

Aber es waren nicht Mom oder Dad, die da hinter mir standen. Es war Twig.

Ich musste mir die Hand vor den Mund schlagen, damit kein Überraschungsschrei herauskam.

»Hi«, flüsterte Twig. Ihr blondes Haar lugte unter einem schwarzen Beanie hervor, und sie lächelte ihr wildes Twig-Lächeln.

Ich brauchte einen Moment, um mich zu sammeln und zu begreifen, dass sie mitten in der Nacht hier in meinem Zimmer stand. »Twig? Wie bist du reingekommen?«

Sie tat meine Frage mit einer Handbewegung als total lächerlich ab. »Seit Jahren bin ich deine beste Freundin. Meinst du, ich weiß nicht, wo deine Eltern den Ersatzschlüssel aufbewahren?«, flüsterte Twig, aber, wie gesagt, flüstern ist nicht ihre Stärke.

Mit angehaltenem Atem fixierte ich die Schlafzimmertür meiner Eltern, aber es blieb ruhig. »Du weißt von dem hohlen Stein?«

»Aber sicher doch, Dummie«, schien ihr Blick zu sagen. Sie war ganz in Schwarz: Leggings, Stiefel, Beanie und die riesige, aufgeplusterte Jacke, die raschelte, als sie näher trat. »Was ist der Plan? Bist du bereit?«

»Twig, ich …«

Sie hob die Hand, um meinen Protest abzublocken. »Ich weiß, dass du gesagt hast, ich soll nicht mitkommen, aber ich bin deine einzige beste Freundin auf der ganzen Welt. Ich stehe dir immer zur Seite. Und außerdem ist das ein super Abenteuer. Das lasse ich mir nicht entgehen.«

In dem Moment war mein Herz so voll, dass ich fast geweint hätte, aber stattdessen umarmte ich sie. Ehrlich gesagt fühlte ich mich mit Twig viel besser. Sie kann das Unmögliche möglich erscheinen lassen.

Ich zog den Versuchsablauf aus der Tasche und reichte ihn ihr.

Nachdem sie den Zettel überflogen hatte, warf sie einen Blick auf ihre Armbanduhr.[53] »Wenn wir den um 1:23 Uhr erwischen wollen, müssen wir los. Und wir müssen rennen.«

Mir blieb keine Zeit zum Umziehen, also zog ich meinen Wollmantel über den Katzen-und-Hunde-Pyjama, und wir schlichen so leise wie möglich aus dem Haus.

---

[53] Twig ist so ziemlich die einzige in der Siebten, die eine Armbanduhr trägt – und sie tut es nur, um ihre Mom zu ärgern. Das Zifferblatt ist ein großes Hello-Kitty-Gesicht aus Plastik, und ihre Mom sagt, das Ding sei »ein Witz«.

Und dann waren wir draußen in der kalten Nachtluft, bereit für den letzten, unerwarteten Teil der Operation Ei. Schneeflocken wirbelten vorbei, sie umhüllten alles mit einem dichten weißen Dunstschleier, und mich schauderte, als nasse Eisstückchen auf meinem Gesicht landeten.

Ich atmete die eisige Luft ein und wollte schon losrennen, als jemand fragte: »Was ist der Plan?«

Ich blinzelte in das Schneetreiben, einmal, zweimal. Wie hatte ich ihn übersehen können? Dari stand vor uns, die Fäuste in den Taschen, die Schultern bis zu den Ohren hochgezogen. Vor Kälte und Unbehagen wippte er auf den Zehenballen.

»Wie?«, sagte ich, weil es das Einzige war, was ich herausbrachte. Meine Gefühle überschlugen sich – ich konnte kaum Schritt halten. Hoffnung, Verwirrung, Erregung, und jetzt auch noch die heiße Flamme des Zorns. »Was machst du hier?«

»Leute, wir müssen zum Bus«, stieß Twig hervor. Sie sah mich flehentlich an.

Dari öffnete den Mund, um etwas zu sagen, aber es wurde echt knapp, und ich rannte einfach los. Ich rutschte und schlitterte im Schnee, hielt mich aber aufrecht, denn Hinfallen ging jetzt gar nicht. Meine Schritte und mein Herzschlag pochten im Takt *Or-chi-dee, Or-chi-dee*.

Dass Twig da war, fühlte sich gut an, aber Dari brachte alles durcheinander. Ich kannte ihn nicht gut genug, noch nicht, er war nicht mein bester Freund. Alles, was Twig über uns beide gesagt hatte, fühlte sich plötzlich hohl an.

Auch wenn die Stimme der Vernunft mir sagte, dass es unfair war, wollte ich Twig anschreien, weil sie Dari mitgebracht hatte, weil sie ihm von der Orchidee erzählt hatte. So was machte Mikayla, aber doch nicht Twig. Hätten wir nicht zum Bus sprinten müssen, hätte ich ihr die übelsten Beschimpfungen an den Kopf geworfen. Ich hätte gesagt »Vergiss Operation Orchidee«, und vielleicht auch »Vergiss unsere Freundschaft«, denn wie konnte sie ihm das erzählen? Wie konnte sie ihn in Geheimnisse und Abenteuer einweihen, die allein uns gehörten?

Um Punkt 1:23 Uhr kamen wir an der Bushaltestelle an. Der Bus war nicht da. Auch zwei Minuten später nicht.

»Nein, nein«, jammerte Twig, sobald ihr Keuchen es zuließ. »Ich glaube, wir haben ihn verpasst!« Das machte meine Wut auf sie nicht besser. »Wir haben ihn verpasst!«, wiederholte sie, denn Twig weiß nie, wann sie aufhören muss.

»Natalie«, setzte Dari, der im Gegensatz zu ihr vernünftig ist und meine Wut bemerkte, vorsichtig an. »Twig hat mir von der Blume erzählt.«

Ach wirklich, Dari.

»Ich weiß, dass ich dich beim Eier-Wettbewerb enttäuscht habe. Diese Optimierungen … Na ja, ich fürchte, es ist meine Schuld, dass wir verloren haben. Aber ich möchte es wiedergutmachen. Was immer ihr vorhabt, du sollst wissen, dass ich dabei bin.« Dann konnte er vor lauter Peinlichkeit nur noch brummeln und fügte hinzu: »Weil wir doch ein Team sind.«

Gerade als er das sagte, kam der Bus um die Ecke, bog in die Haltestelle ein und rettete mich davor, etwas erwidern zu müssen. Ich weiß immer noch nicht, was ich hätte sagen sollen. »Freut mich, dass du da bist, Dari« oder »Verpiss dich, Dari« oder »Wie viel hat Twig dir erzählt, Dari?«. Denn eigentlich wollte ich alle diese Dinge sagen, aber das hätte es auch nicht wirklich getroffen.

Am Ende sagte ich gar nichts. Twig zahlte für alle, und der Fahrer verzog keine Miene.

Twig zögerte, und zum ersten Mal in dieser Nacht – vielleicht zum ersten Mal überhaupt – sah ich Unsicherheit in ihren Augen. Vermutlich hatten wir beide insgeheim erwartet, dass man uns aufhalten würde. Wir waren so daran gewöhnt, dass Erwachsene unsere Pläne vereitelten, wir erwarteten geradezu, dass der Busfahrer aufstehen, die Hände in die Seiten stemmen und sagen würde: *Tut mir leid, liebe Kinder, aber ist das nicht ein bisschen spät für einen Ausflug allein?* Und dann würde er uns heimfahren und … immerhin, wir hatten es versucht.

»Und, was ist?«, fragte der Fahrer und presste knallgrünen Kaugummi gegen seine Schneidezähne, »steigt ihr ein oder nicht?« Er war groß und dünn, dünner als Dari, und seine Knochen drohten sich bei einer falschen Bewegung durch die Haut zu bohren.

Wir stiegen ein. Natürlich stiegen wir ein. Wir folgten dem Versuchsablauf.

Der einzige andere Fahrgast war ein Obdachloser, der ziemlich weit vorne saß und aus einer mit Papier umwickelten Flasche trank. Also setzten wir uns ganz nach hinten.

Twig flüsterte mir zu: »Welcher Busfahrer lässt drei Siebtklässler ohne Begleitung mitten in der Nacht in seinen Bus steigen?« Doch ich antwortete nicht, ich war immer noch sauer auf sie, außerdem soll man sein Glück nicht herausfordern.

Twig beugte sich zu Dari und erklärte ihm unser Vorgehen, dann sagte niemand mehr etwas. Draußen wechselte die Gegend, der Bus stöhnte, als er mein Viertel verließ und durch die Straßen mit den kaputten Häusern fuhr.

Der Obdachlose begann zu lachen, er lachte und lachte über nichts und niemanden. Meine Handflächen wurden feucht, mein Herz raste, und ich sagte mir, dass ich bloß aufgeregt war. Dieses Gefühl: bloße Aufregung.

Ich bin früher schon mal mit dem Bus zu dem Labor an der Uni gefahren, vor Jahren, als Moms Auto nicht anspringen wollte und sie trotzdem zur Arbeit musste. Ich stöhnte und zappelte die ganze Zeit herum, dass unsere Sitze wackelten, ich hasste Busfahren. Mit Mom oder Dad in dem winzigen, privaten Raum unseres Autos unterwegs zu sein war wunderbar, aber der Bus fühlte sich zu groß und zu offen an, er war vollgepackt mit dem Leben fremder Leute.

Mom hatte eine Hand auf mein Zappelknie gelegt und gesagt: »Das ist unser Abenteuer, Natalie.« Sie deutete auf eine Frau vorne im Bus, die ein Baby an ihre Brust drückte, und machte eine Geschichte daraus: »Es ist ihr erstes Kind, und sie hat es Violet genannt, weil Veilchen im Mai blühen.« Einfach so, und der Bus, vollgepackt mit dem Leben anderer, war mir gleich nicht mehr so schlimm vorgekommen.

Jetzt bremste der Busfahrer scharf an einer roten Ampel, Flüssigkeit spritzte aus der in Papier gewickelten Flasche des Obdachlosen auf den Boden. Er fluchte laut, und es klang, als hätte er Murmeln im Mund.

Ich hatte gar nicht bemerkt, dass meine Beine zitterten, und presste die Hände auf die Knie, bis sie aufhörten.

»Wie weit noch?«, flüsterte Twig, und ich wusste nicht, ob sie aus Aufregung oder Ungeduld oder Angst fragte. Es war das erste Mal, dass ich nicht schlau wurde aus ihr. Was Twig betraf, war es eine Nacht der Premieren. Aber vielleicht war es auch nur das erste Mal, dass ich genau hinsah.

»Noch fünf Haltestellen«, sagte Dari. Er spielte mit etwas Kleinem, Rosarotem herum, das er zwischen den Handflächen rieb. »Nur noch fünf Haltestellen. Zähl mit, Twig.« Ich sah, dass es der winzige Flamingo war. Twig hatte sich also doch getraut, ihn Dari zu geben.

Ich spürte, wie Twig sich neben mir entspannte. Offensichtlich war auch sie nervös gewesen. Und ich hasste es, dass nicht ich diejenige war, die sie aufmunterte.

Wir fuhren an einer weiteren Haltestelle vorbei, an der niemand einstieg, denn wer in aller Welt war um diese Zeit wach, außer uns dreien, dem Busfahrer und dem Obdachlosen. Twig nahm meine Hand und drückte fest, und ich drückte zurück, und wir zählten die Haltestellen – fünf, vier, drei, zwei, eine. Ich zog an der gelben Schnur, und der Bus stand noch gar nicht richtig, da rannten wir schon nach vorne, schlingernd und schwankend in dieser riesigen Metalldose.

»Is das nich'n bisschen spät für euch drei Winzlinge?«, sagte der Mann und zeigte mit seiner Flasche anklagend auf uns, aber ich ließ Twigs Hand nicht los und zerrte sie aus dem Bus, bevor sie etwas erwidern konnte.

Der Busfahrer sagte nichts und würdigte uns keines Blickes, dann ließ er die Türen wieder zuschnappen und brauste davon. Es wurde still in der Straße, und wir drei standen, die Arme um den Leib geschlungen, auf dem Gehweg.

»Jetzt sollten wir wohl ins Labor gehen«, stieß Dari zwischen zusammengebissenen Zähnen hervor. Er war leichenblass.

Ich machte auf dem Absatz kehrt und marschierte an den Wohnheimen und Unterrichtsgebäuden vorbei zu Moms Labor. Zwei kichernde Studentinnen in Miniröcken und Uggs kamen uns entgegen, sie warfen uns Blicke zu und kicherten noch mehr hinter vorgehaltener Hand, sprachen uns aber nicht an. Wir gingen weiter. Es war wie Heimkommen, und ich sagte mir, dass es aufregend war. Ich sagte mir, dass es gut war.

14. Januar

Arbeitsauftrag 35: All die vergessenen Dinge

Als Mom noch arbeitete, war sie ständig im Labor. Besonders in den letzten paar Monaten opferte sie der kobaltblauen Orchidee ihre Abende, Wochenenden, ja sogar den Urlaub. Mom liebte ihre Arbeit. Aber sie liebte auch mich.

Anstatt mich im Kindergarten anzumelden, nahm sie mich mit ins Labor. Ich war gern dort und hatte sogar meinen eigenen weißen Laborkittel. Ich glaube, er stammte von einer früheren Praktikantin, einer besonders kleinen Studentin aus Montana, und ich liebte ihn. Ich war zwar in NaWi nie besonders gut, aber ich liebte das Labor. Ich liebte es, mit Mom zusammen zu sein, weg vom normalen Leben mit Schule und Hausaufgaben und, später, mit Mikayla, die sich blöd benahm. Ab der Fünften kam Mikayla nicht mehr mit ins Labor. Angeblich hatte sie Besseres zu tun.

Ich war mir nicht sicher, wie es mir gehen würde, wenn wir zu dem großen Gebäude kämen. Wie würde mein Herz auf das Wiedersehen reagieren? Doch ich hätte mir keine Sorgen zu machen brauchen. Eigentlich hätte ich mich freuen sollen, oder mindestens gut fühlen, denn ich war auf dem besten Weg, meine Familie in Ordnung zu bringen, alles wieder einzurenken.

Aber in der Nacht wirkte das Gebäude unheimlich, nicht so, wie ich es in Erinnerung hatte.

»Wir schaffen das«, flüsterte mir Twig ins Ohr, als könnte sie meine Angst spüren. Ich war ihr immer noch ein bisschen böse, aber ihre Worte halfen. Twig ist gut in so was.

Ich holte Moms Schlüssel aus der Tasche und hielt sie in der zitternden Hand.

»Brauchst du Hilfe?«, fragte Dari, als ich am Schloss herumstocherte. »Deine Finger sind steif wegen der Kälte, deshalb kannst du nicht richtig greifen. Ich hatte Handschuhe an und …«

»Schon gut, Dari«, sagte ich. Er wollte nur helfen, aber jetzt gerade konnte ich ihn nicht ertragen. Wenn ich ihn bloß ansah, kochte mein Blut vor lauter NICHT-IN-ORDNUNG-Gefühl. Und seine Stimme ging mir erst recht auf die Nerven.

Ich öffnete das normale Schloss und machte mich dann an das Sicherheitsschloss. Wir standen draußen in der Eiseskälte, Winterluft fuhr durch den dünnen Stoff meiner Schlafanzughose. Mir kam es vor, als wären wir einmal tiefgefroren, aufgetaut, und noch einmal tiefgefroren, bis ich die Tür endlich aufkriegte.

Die Vorhalle war blitzsauber und glänzend und voll seltsam geformter Lampen. Ein Wachmann saß vornübergebeugt an der Rezeption, sein Schnarchen hallte durch den Raum. Ihn hatte ich völlig vergessen – wenn ich mit Mom hier war, waren Wachmänner nie ein Problem gewesen. Sie hatte gelächelt und gewinkt und »Hallo« gesagt, aber diesen hier kannte ich nicht. So vieles hatte sich verändert, in so wenigen Monaten.

Twig flüsterte: »Hier sieht's aus wie im Ikea-Katalog.« Das war lustig und traf es genau, aber wir trauten uns nicht zu lachen. Dari legte den Zeigefinger an die Lippen und ließ ihn da, während wir auf Zehenspitzen durch die Halle schlichen, so langsam, dass wir kaum vorwärtskamen.

Der Aufzug hätte zu viel Lärm gemacht, also nahmen wir die Treppe. Mit angehaltenem Atem stießen wir die Tür zum Treppenhaus auf und ließen sie vorsichtig wieder ins Schloss klicken. Dann stiegen wir die zwei Stockwerke bis zu Moms Labor hinauf, und als Twig mit wildem Blick zu mir herübersah, wusste ich genau, was sie dachte.

Diesmal taten wir nicht bloß so, diesmal waren wir tatsächlich Spione in geheimer Mission.

Im zweiten Stock angelangt, standen wir in dem winzigen Raum zwischen Treppe, Aufzug und Labor, vor uns die riesige Glastür.

Twig sah mich an. »Wärst du so gütig?«

Ich steckte Moms zweiten Schlüssel ins Schloss, öffnete die Tür, und drin waren wir. Alles war so vertraut: der lange Flur, die Bürotüren, der weißgekachelte Fußboden. Ich war zugleich aufgeregt und tief betrübt und hätte vor lauter Herzklopfen das Ticken glatt überhört, aber Twig hörte es.

»Natalie«, sagte sie. Ich folgte ihrem Blick zu dem kleinen Eingabegerät, das blau von der Wand blinkte. *Klick, klick, klick,* machte es so dezent, als wollte es den Besucher nicht belästigen. Als wollte es sagen: »Ähm, Entschuldigung, aber, hm, sind Sie vielleicht ein unbefugter Eindringling?«

»Weißt du den Code?«, fragte Dari.

Ich wusste ihn nicht. Wie hatte ich auch das vergessen können? So viele Male hatte ich Mom ins Labor begleitet. So viele Male hatte ich zugesehen, wie sie nach unserem Eintreten den Code eingab. Eine letzte Sicherheitsmaßnahme, für alle Fälle – für den Fall, dass drei Kinder um 2 Uhr nachts in das Labor einbrachen.

Ich hätte genauer hinsehen und besser aufpassen sollen. »Ähm«, sagte ich, weil das die einzige Antwort war, die ich parat hatte.

»Natalie«, sagte Twig noch einmal mit wachsender Panik in ihrer Stimme.

»Ja«, sagte ich und ging auf das Eingabegerät zu. Das blinkende blaue Licht erinnerte an ein Polizeiauto, aber wenigstens machte es keinen Lärm. Wenigstens erlaubte es mir zu denken.

Ich tippte 1111, aber das Licht blinkte weiter.

»Ich glaube nicht, dass das der Code ist«, sagte Dari.

Ich hätte ihn umbringen können, jetzt und auf der Stelle, aber ich tippte 2222. Das Gerät blinkte weiter.

»Natalie!«, sagte Twig.

Ich hatte keinen Plan. Das hier stand nicht auf dem Zettel mit dem Versuchsablauf. Ich tat einfach, was mir als Nächstes in den Sinn kam. Ich tippte 3333.

Und das Blinken hörte auf.

»Drei-drei-drei-drei?«, sagte Dari. »Ist das wirklich der Code?«

Ich musste lachen, dieses wilde Lachen, das nicht zu kontrollieren ist. Twig lachte auch, und dann brüllten wir beide: »Drei-drei-drei-drei! Drei-drei-drei-drei!«

Dari stand da und starrte uns an, als stünde die Welt Kopf. »Das soll ein Code sein? Hast du ihn vorher gekannt?«

Lachend schüttelte ich den Kopf. »Geraten!« Meine Stimme gehörte einem glücklichen, sorglosen Mädchen, ich hätte sie fast nicht wiedererkannt.

»Aber …«, sagte Dari kopfschüttelnd.

Twig warf einen Arm um seine Schulter und sagte: »Gute Dinge passieren einfach. Manchmal hat man eben Glück.«

Endlich hatte das ganze *Dduk*-Glück sich ausgezahlt. In meinem Kopf sang ein Chor: »Endlich, endlich, endlich.«

Dari holte tief Luft und schüttelte weiter den Kopf, aber er lächelte. »Also gut«, sagte er. »Holen wir Natalies Blume.«

14. Januar

Arbeitsauftrag 36: Beobachtungen

Die Orchidee war nicht schwer zu finden. Ich durchquerte das Labor bis zu Mrs Menzers Seite des Aktenschranks, aus dem sie vor Jahren das Samenkorn geholt hatte. Ein Moment, der sich tief in mein Gedächtnis eingebrannt hatte. Ich öffnete die Schublade, die mit GARTENPFLANZEN: DIV. beschriftet war und wühlte darin herum, bis ich einen durchsichtigen blauen Gefrierbeutel fand, genau wie jener, dem sie den Samen entnommen hatte. Bei Mrs Menzer ist alles nach Farben sortiert.

Mit zitternden Händen riss ich den Beutel auf und nahm ein Samenkorn heraus. Es waren noch drei drin, aber ich nahm nur eins. Dann verschloss ich den Beutel wieder, dabei bemerkte ich den Aufkleber: IRIS GERMANICA.

Da musste ein Fehler passiert sein. Das war nicht meine Orchidee. Meine *Cattleya fortis.*

Orchidaceae. *Cattleya. Fortis.*

Ich wühlte in der Schublade herum, aber da waren keine anderen Beutel.

»Sind wir deswegen gekommen?«, fragte Dari, und ich sah, wie er mich beobachtete und kombinierte, um mein Geheimnis zu entschlüsseln. Ich drehte mich weg und presste den Beutel an die Brust. Etwas war falsch, was nicht falsch sein *durfte*. Es musste stimmen. Ich spulte die Erinnerung zurück, die in mein Herz eingebrannt war, doch ich wusste genau, dass sie den Samen aus dieser Schublade geholt hatte. Vielleicht war der Beutel ja falsch beschriftet.

»Die Orchidee!«, kreischte Twig und wickelte mich in eine Umarmung.

Eigentlich hätte das ein feierlicher Moment sein sollen, doch stattdessen drängten sich mir lauter Fragen auf. Es kam mir vor, als hätte ich die ganze Zeit, ohne es zu ahnen, an einem großen Wissenschaftsrätsel gearbeitet, jetzt fügten sich alle meine Fragen und Beobachtungen *klick-klick-klick* zusammen. Und ich wollte so schnell wie möglich nach Hause, bevor sie ein Bild ergaben.

»Wir müssen los«, sagte ich und hielt immer noch das winzige Samenkorn umklammert. Meine Nägel gruben sich in die Handballen. Ich konnte meinen Freunden die Dringlichkeit nicht erklären – ich konnte sie ja nicht mal mir selbst erklären –, aber ich musste unbedingt noch in dieser Sekunde heimfahren und den Samen einpflanzen, sonst …

Ich führte sie zurück durch den langen Flur, zum Aufzug, doch als wir fast schon durch die große Glastür waren, blieb ich wie angewurzelt stehen. Da war die Tür zu Moms Büro, und meine Füße wollten einfach nicht weiter. Meine Rechte schloss sich so fest um das Samenkorn, dass sie taub wurde.

»Alles in Ordnung mit dir?«, fragte Twig, doch ich antwortete nicht. Ich starrte auf das Namensschild an der Tür. ALICE NAPOLI. Der Name meiner Mutter, das Büro meiner Mutter, obwohl sie seit Monaten nicht zur Arbeit gegangen war. Obwohl sie gefeuert worden war.

Fragen dröhnten in meinem Kopf. Wenn Dad viel Stress bei der Arbeit hat, fasst er sich an die Nasenwurzel und sagt: »Migräne.« Mir kam das alt und erwachsen vor, aber so musste sich Migräne anfühlen – endlos viele Fragen verstopfen das Hirn, und man findet keine Antworten.

Ich ging im Geist die Liste der Beobachtungen durch, eine Serie von Hinweisen:

- Mrs Menzer hat zu Dad gesagt: »Wir vermissen sie.«
- Mom hat weiterhin ihre Laborschlüssel.
- Moms Name steht noch an der Bürotür.

Ich spürte, wie Twig hinter mir unruhig wurde, ihre Jacke raschelte, während sie herumzappelte, aber dann sagte Dari: »Twig und ich warten an der Glastür. Lass dir Zeit.«

Ich hätte ihm um den Hals fallen mögen, auch wenn ich ihn eigentlich nicht dabeihaben wollte. Aber manchmal braucht man Dari und sein Verständnis.

»Danke, Dari«, sagte ich und fühlte, wie mein Ärger verpuffte. Schließlich war es nicht seine Schuld, dass Twig ihm Bescheid gesagt hatte, und er versuchte, ein guter Freund zu sein. Obwohl wir nicht beste Freunde waren, gehörte er doch zum Team.

Ich hörte meine Freunde gehen, hörte die große Glastür

zufallen, dann erst drehte ich am Türknauf von Moms Büro und trat ein. *Schnell, leise*.

Ihr Büro war wie immer.

Da stand die Couch, auf der ich geschlafen, gelesen, Hausaufgaben gemacht hatte. Da lag die karierte Decke, auf der Mikayla und ich unsere Experimente durchführten, sogar der lila Fleck war noch da, der entstanden war, als wir Backpulver und Essig mischten – und eine ganze Flasche voll Schaumbad. Und da war Moms Schreibtisch mit den Fotos von Dad und mir, ihr Kalender, der Juli anzeigte. Warum hatte sie noch ihr Büro? Warum war alles unverändert, wo sie doch gefeuert worden war?

Dass ich näher getreten war, merkte ich erst, als ich die gerahmten Fotos in die Hand nahm, diese glücklichen, lächelnden, Millionen Jahre alten Fotos unserer perfekten Familie. Ich umklammerte das Foto von uns in Disneyland so fest, dass mir der harte Glasrand in die Finger schnitt, am liebsten wäre ich in die Erinnerung hineingekrochen.[54]

»Natalie, Natalie!« Twigs Stimme kam aus dem Gang, gefolgt von Türenschlagen und lauten Schritten.

Sie kam in Moms Büro gerannt, das Haar so wirr, als wollte jede Strähne in eine andere Richtung entfliehen. *»Natalie«*, stieß sie noch einmal atemlos hervor.

---

[54] Dad, Mom und ich mit Mickey-Ohren vor Fantasyland. In diesen Ferien hatte Mom jede Minute verplant, aber das störte uns überhaupt nicht.

Hinter ihr tauchte der Wachmann auf, mit Dari im Schlepptau, und blieb genau in Moms Türe stehen.

Ich ließ das gerahmte Foto fallen. Es zerbrach zu meinen Füßen in tausend Scherben.

14. Januar

Arbeitsauftrag 37: Kriminelle

Meine Panik füllte das ganze Zimmer aus, so wie der Wachmann den ganzen Türrahmen ausfüllte. Er war groß und kräftig, mit dicken Brillengläsern und einem Namensschild, das ihn als JOE auswies. Das war, ehrlich gesagt, eine Erleichterung, denn Joe ist ein freundlich klingender Name.

Er starrte uns an, und wir starrten ihn an, einen Augenblick lang waren wir alle wie erstarrt. Dann zupfte er sich am rechten Ohrläppchen und sagte: »Ähm?«

Er schien nicht darauf vorbereitet, dass drei Kinder in ein Botaniklabor einbrachen.

»Hm«, sagte ich.

»Guten Morgen«, sagte Twig.

Dari stand hinter Joe, eine Hand in seine Haare gekrallt, das Gesicht blass vor Angst.

»Ihr habt die Alarmanlage ausgelöst«, sagte Joe und schüttelte den Kopf, als wüsste er nicht, warum er uns das überhaupt erklärte. »Wenn man dreimal den falschen Code eintippt, bekomme ich eine Meldung.«

»Dann war drei-drei-drei-drei also *nicht* der richtige Code!«, sagte Dari, und klappte den Mund sofort wieder zu, als hätte er das eigentlich gar nicht sagen wollen.

Ich hatte also doch kein Glück gehabt. Das ganze *Dduk*-Glück war umsonst gewesen.

Joe runzelte die Stirn. »Ich sollte wohl besser die Polizei holen?«, sagte er, aber es klang wie eine Frage.

»Nein«, keuchte Dari. Ich hatte ihn noch nie so aufgelöst gesehen, und ich hasste mich dafür, dass ich ihn nicht nach Hause geschickt hatte. Er hatte so viel riskiert, und er würde so viel Ärger kriegen. Ich hatte einen Freund wie ihn nicht verdient.

»Bitte nicht.« Ich zögerte, doch ich wusste, was zu tun war. Ich trat vor, die Scherben knirschten unter meinen Sohlen. »Rufen Sie lieber Dana Menzer an. Sie ist die Chefin dieses Labors. Wir sind … Wir sind Freunde von ihrer Tochter.«

Twig gab einen Laut von sich, als würde sie ersticken.

Joe schien erleichtert, dass sich ihm ein Ausweg bot, er nickte und griff nach dem Telefon, das an seinen Gürtel geklippt war. »Hm.« Er sah uns unschlüssig an. Man konnte ihm keinen Vorwurf machen. Schließlich kommt so etwas nicht jeden Tag vor. »Rührt euch nicht von der Stelle.«

Er ging hinaus, um Mikaylas Mom anzurufen, und Dari schlüpfte zu uns ins Büro. Wir drei standen beisammen und sagten kein Wort, bis der Wachmann wieder hereinkam.

»Sie kommt.« Joe ließ sich seufzend auf Moms Stuhl nieder und deutete auf die Couch. »Wird ein Weilchen dauern.« Seine Stimme klang wie ein Schulterzucken. Wir sahen einander fragend an, denn Kinder, die in Schwierigkeiten sind, hocken normalerweise nicht auf einer Couch herum. Trotzdem setzten wir uns, denn vermutlich hatte er recht, es würde eine Weile dauern.

Und so war es. Eine geschlagene Dreiviertelstunde lang sagte niemand ein Wort. Das war die schlimmste Dreiviertelstunde unseres Lebens – stumm und voller Reue dazusitzen. Mein Geist hing in einer Endlosschleife fest, ich konnte nichts anderes denken als: Mom hat *beschlossen*, mit der Arbeit aufzuhören. Sie war ihr nicht mehr wichtig. Ich war ihr nicht mehr wichtig.

Ich würde Ärger bekommen. Dari und Twig würden Ärger bekommen, und es war meine Schuld – weil ich alles wieder einrenken wollte, weil ich als Team-Captain das Kommando übernommen hatte und meine Familie retten wollte.

Was für eine lächerliche Idee.

»Tut mir leid«, sagte ich, ohne meine Freunde anzusehen.

Sie antworteten nicht gleich, und ich dachte: »Sie hassen mich, sie hassen mich, sie hassen mich.«

Doch dann flüsterte Dari: »Wir sind ein Team.« Twig schlug zur Beruhigung ein imaginäres Ei an meinem Rücken auf, und meine Brust verengte sich.

Bevor ich etwas erwidern konnte, kam Mrs Menzer, ihre Schritte hallten durch den Flur und hielten vor der Tür von Moms Büro.

Erleichtert sprang Joe auf. »Kann ich Ihnen helfen?«

Mrs Menzer sah uns drei an, dann ihn, dann wieder uns. Ihr Mund öffnete und schloss sich ein paarmal. Mit ihrem unordentlichen Dutt und der in die Stiefel gestopften Jogginghose sah sie aus, als wäre sie aus dem Bett gestiegen und geradewegs in einem schlechten Traum gelandet.

Ich habe Mikaylas Mom immer gemocht. Sie war die zweitbeste Mom auf der ganzen Welt, bis sie meine Mom feuerte und ich beschloss, sie zu hassen. Nur dass sie Mom gar nicht wirklich gefeuert hatte. Das war die kalte, harte Wahrheit, die sich ergab, wenn ich alle Beobachtungen zusammentrug und sämtliche Fakten berücksichtigte. Mom war nicht mehr zur Arbeit gegangen, weil sie keine Lust mehr hatte, oder vielleicht weil sie nicht mehr konnte.

Und Mrs Menzer hatte in Moms Büro alles so gelassen, wie es war. Sie wartete, wartete, dass sie zurückkam, genau wie wir. Plötzlich wusste ich nicht mehr, was ich fühlen sollte. Meine Gefühle wirbelten im Kreis wie ein kaputter Kompass, der nicht entscheiden kann, wohin er sich ausrichten soll.

Mrs Menzer schüttelte den Kopf, und der Wachmann machte sich aus dem Staub.

Sobald die Glastür hinter ihm zufiel und wir das *Dingding* des Aufzugs hörten, fragte sie: »Was *macht* ihr hier?«

Twig sagte: »Wir haben uns verlaufen«, was vermutlich die schlimmste Lüge war, die sie sich je ausgedacht hat, und unter Druck hat Twig sich schon ziemlich viele schlimme Lügen ausgedacht.[55]

Mrs Menzer runzelte die Stirn, wirkte aber eher neugierig als ärgerlich. Schließlich ist sie Wissenschaftlerin. Sie hielt den Blick auf mich gerichtet und wartete.

»Hier ist die Wahrheit«, verkündete ich und erzählte dann die ganze Geschichte, zum ersten Mal und mit lauter Stimme, so dass ich sie nicht mehr zurücknehmen konnte. Und das war in Ordnung so.

Ich erzählte ihr, wie Mom und ich die Orchidee pflanzten, die sie mir gegeben hatte. Wie sie wuchs und blühte, und wie wir sie liebten. Und dass ich wusste, was für ein Wunderwerk eine solche Pflanze ist. Dann kam ich zu den härteren Sachen, dass Mom nicht mehr zur Arbeit ging, und ich gedacht hatte, sie sei gefeuert worden, dass sie aber einfach von selber nicht mehr hinging. Dass die Pflanze verdorrt war. Wir hatten eine Pflanze sterben lassen, die sogar Gift und Tod überstehen konnte. Und dass ich unbedingt eine neue kobaltblaue Orchidee brauchte. Über meine Pläne, nach Neumexiko zu fahren, und dass wir den Eier-Wettbewerb verloren hatten. Dass der Einbruch ins Labor unser letztes Fünkchen Hoffnung gewesen war.

»Diese Blume hat *Zauberkraft*«, sagte ich schließlich mit

---

[55] Einmal hat Twig die Bowling-Geburtstagsparty eines bedauernswerten Kindes aufgemischt, indem sie behauptete, wir seien russische Waisen. Wir versuchten, mit russischem Akzent zu sprechen, und wurden rausgeschmissen.

ersterbender Stimme. »Und ich brauche diese Zauberkraft, um Mom zu retten.«

Daris Mund war ein winziges O, denn was immer Twig ihm erzählt hatte, damit er mitkam, es war nicht die ganze Geschichte gewesen.

Mrs Menzers Gesichtsausdruck wurde weich. »Oh, Natalie, es tut mir so leid. Aber die Blume – sie hat keine Zauberkraft. Es war nur eine interessante, unerwartete Anomalie.«

Ich wollte ihr sagen, dass ich das wusste. Ich war nicht so naiv, an die *tatsächliche* Zauberkraft einer Blume zu glauben, aber dass sie *war* sagte, irritierte mich. Es *war* interessant.

»Du hast keine kobaltblaue Orchidee sterben lassen, mein Schatz.« Mrs Menzer biss sich auf die Unterlippe. »Tut mir leid, Natalie, aber du solltest mit deiner Mom über die Blume sprechen, die ihr aus dem Samen gezogen habt.«

Da wusste ich, dass dieses Rätsel noch mehr herbe Wahrheiten bereithielt. Alles, was ich mir über Mom zurechtgelegt hatte, war falsch gewesen. Sie hatte falschgelegen mit dem Cornflakes-Ei – es war zerbrochen. Sie hatte ihre Arbeit aufgegeben, weil es schwierig wurde und sie nicht mehr weitermachen wollte. Sie war nicht mutig und entschlossen und tapfer. Und auch mich hatte sie aufgegeben. »Was war das für eine Pflanze, die wir haben wachsen lassen? Was meinen Sie?«, fragte ich. Ich wollte es nicht wissen, aber ich fragte trotzdem.

Mrs Menzer lächelte mich traurig an. »Ich werde jetzt eure Eltern anrufen. Ihr drei gehört ins Bett.«

»Aber was ist mit der Blume?«, fragte ich nochmals, denn meine Welt war eingestürzt, und ich brauchte die Wahrheit, um sie wieder aufzubauen.

Doch sie schüttelte den Kopf und sagte: »Da musst du mit deiner Mutter reden, Natalie.« Und dann wandte sie sich Twig und Dari zu und fragte nach den Telefonnummern ihrer Eltern, damit war das Gespräch beendet. Ich würde keine weiteren Antworten bekommen. Nicht von ihr.

Als Mrs Menzer hinausging, um unsere Eltern anzurufen, standen wir lange Zeit dicht beieinander, und Twig fragte, genau wie Dari nach dem Wettbewerb, mit leiser Stimme: »Aber wir sind doch weiterhin Freunde, oder?« Es schien der deprimierende Refrain unserer Freundschaft zu sein.

Nicht ich, sondern Dari antwortete als Erster. Wie aus der Pistole geschossen sagte er »Ja«, als sollte das überhaupt keine Frage sein. In dem Moment wusste ich, dass ich die beiden für immer in meinem Leben behalten wollte. Ich würde alles für sie tun. So wie sie es für mich getan hatten.

Ich suchte nach den richtigen Worten, wusste aber, dass ich losheulen würde, sobald ich den Mund aufmachte. Dari sah meinen Gesichtsausdruck und nickte. Denn so ist das mit besten Freunden: Sie verstehen einen auch ohne Worte.

Als Mrs Menzer fertig war, brachte sie uns nach unten zu ihrem schwarzglänzenden BMW. Wie Häftlinge marschierten wir vor ihr her. Nachdem Twig und Dari eingestiegen waren, wollte ich gerade zu ihnen auf den Rücksitz rutschen, da fasste Mrs Menzer mich am Kinn und drückte mir einen Kuss auf die Stirn.

Ich hatte viele Male zugesehen, wie sie das mit Mikayla machte. Nun gab sie mir einen Teil dieser Liebe ab, und ich musste schlucken.

Wir fuhren durch die Vororte zurück, durch die Straßen mit den kaputten Häusern, und Mrs Menzer brachte zuerst Dari heim, weil der am nächsten wohnte.

»Danke«, flüsterte ich ihm ins Ohr, als er ausstieg. Seine Lippen waren zu einer schmalen Linie zusammengepresst, weil er den Ärger voraussah, den er mit seinen Eltern bekommen würde, aber er nickte auf eine Weise, die zu sagen schien: »Ist doch selbstverständlich.«

»Viel Glück«, sagte Twig, und dann umarmte sie ihn. Dari schien sie gar nicht mehr loslassen zu wollen.

»Nun komm schon«, sagte Mrs Menzer auf ihre sanfte Art und begleitete Dari zur Haustür, während Twig und ich warteten.

»Tut mir leid«, sagte Twig in die dröhnende Stille des leeren Wagens hinein. »Ich hätte dich nicht anrufen sollen wegen Neumexiko. Ich hätte die Sache auf sich beruhen lassen sollen.«

»Ich auch«, sagte ich. »Ich hätte dich nicht mit hineinziehen sollen.«

»Du hast mich nicht hineingezogen«, erwiderte sie heftig. »Ich bin sowieso an deiner Seite.«

»Aber ich war ein furchtbarer Team-Captain«, stieß ich hervor. »Alles, was wir gemacht haben, ging schief, und ich habe euch in Schwierigkeiten gebracht.«

»Natalie«, sagte Twig, »du bist nicht Captain, damit wir alles richtig machen und uns Ärger erspart bleibt, du bist Captain, weil du uns zusammenhältst.«

Ich kaute auf der Unterlippe, weil mir keine Erwiderung einfiel. Insgeheim hatte ich immer befürchtet, dass sie ohne mich besser dran wären.

Und dann sagte sie, noch leiser: »Ich hätte Dari nicht mitbringen sollen. Ich wusste, dass du sauer sein würdest. Aber ich hatte Angst, und er findet immer eine Antwort, und … ach, ich weiß auch nicht.«

Ich nahm ihre Hand. »Schon in Ordnung. Er weiß wirklich oft eine Lösung.« Ehrlich gesagt war ich froh, dass sie ihn mitgebracht hatte. Ich war froh, meine Freunde zu haben.

Manche Dinge bleiben besser ungesagt, aber es gibt auch Dinge, für die das nicht gilt. Ich blickte zu ihr hinüber, direkt in ihre Augen, und sie sah mich an. Im Licht der Straßenlampen schien sie zu leuchten. »Ich wüsste nicht, was ich ohne euch tun würde«, erklärte ich ihr. »Vor allem ohne *dich*, Twig.«

Sie löste den Sicherheitsgurt und rutschte zu mir, bis wir

dicht aneinandergepresst saßen, und sie lehnte den Kopf an meine Schulter. »Ich auch nicht.«

Nach einer langen Weile kam Mrs Menzer zum Auto zurück. Sie schluckte hart, sagte aber nichts über die Unterredung mit Daris Eltern. Twig und ich spähten durchs Fenster, doch Daris Haustür war schon wieder zu. Obwohl im Haus die Lichter brannten, konnten wir nichts sehen.

»Meinst du, er ist okay?«

Twig schluckte. »Weiß nicht.«

Als Nächstes war Twig an der Reihe. Wieder wartete ich im Auto, während Mrs Menzer sie begleitete. Ich dachte erst, so ganz allein würde ich mich schuldig und traurig und ängstlich fühlen, aber so war es nicht. Alles war gut. Twigs Mom machte sofort die Tür auf, sie fiel auf die Knie und nahm Twig in die Arme. Ganz gleich, wie theatralisch ihre Gesten waren, ich sah, dass sie ihre Tochter liebte. Und immer lieben würde.

Als Mrs Menzer zum Wagen zurückkam, sah sie aus, als würde sie gleich losheulen. Ich weiß nicht, warum, aber Eltern können manchmal ziemlich sonderbar sein, und vielleicht war das einfach für alle eine traurige Nacht. »Danke, Mrs Menzer«, sagte ich, als sie wieder einstieg.

Sie drehte sich zu mir um. »Ihr seid alle noch so jung«, sagte sie.

Ich wusste nicht, was ich sagen sollte, denn es ist immer komisch, wenn Erwachsene auf dein Alter zu sprechen kommen. Sie sehen dich an und sagen: »Du bist noch so jung« oder »Du bist schon so alt«, und du möchtest den Kopf schütteln und ihnen sagen: »Ich bin nicht jung oder alt. Ich bin einfach ich.«

»Mikayla erzählt mir immer, wie lustig ihr seid, du und Twig«, sagte sie. Und ich musste meine ganze Willensstärke aufbieten, um nicht herauszuplatzen, *Was? Wie bitte?* Und dann fügte sie noch hinzu: »Ich glaube, sie vermisst dich.«

Ich musste das Gespräch aus meinem Kopf verbannen, denn Erwachsene wissen oft nicht, wovon sie reden – und wenn ich auch nur ein bisschen länger darüber nachgedacht hätte, wäre mein Hirn womöglich explodiert. Diese Nacht war auch so schon heftig genug, und ich glaube, Mrs Menzer spürte das, denn auf der ganzen Heimfahrt sagte sie kein Wort mehr.

Weil Twig ganz in meiner Nähe wohnt, waren wir schneller zu Hause, als mir lieb war. Ich konnte mich innerlich nicht vorbereiten, aber vielleicht wäre ich nie bereit gewesen.

»Bereit?«

Ich war mir nicht sicher, ob ich lachen oder weinen sollte. Wir gingen zu meiner Haustür, und meine Eltern rissen sie auf, noch bevor wir klingeln konnten. Mom zog mich an sich, sie roch nach einem sonderbaren Mix aus alt und neu – nach ihrem Blütenshampoo, aber da war auch ein neuer, intensiver Geruch nach bitterer Schokolade. Ein Teil von mir wollte sich abwenden, und ein anderer Teil konnte nicht loslassen.

Ich spürte, wie Mom über meine Schulter hinweg Mrs Menzer ansah, und wusste nicht, was sie einander auf ihre stumme Art mitteilten. Und ausnahmsweise forschte ich nicht weiter. Ich brauchte nicht alle Antworten, zumindest nicht in dieser Nacht.

Dad sprach ein paar Minuten mit Mrs Menzer, dabei machte er ständig *Hmmm* und *Aha*, ein sicheres Zeichen, dass er in den Therapeutenmodus geschaltet hatte. Aber ich lauschte ihrem Gespräch nicht. Ich ließ mich von Mom drücken.

Ich versuchte, die Zeit anzuhalten.

Aber dann ging Mrs Menzer, und Mom ließ als Erste los. Sie hielt mich an den Schultern, aber zwischen uns klaffte eine Lücke. »Natalie«, sagte sie. »Was ist passiert?«

Sie klang müde. Ich *war* müde.

Ich entzog mich ihr und trat einen Schritt zurück. »Ich musste einfach!«, sagte ich, ohne zu merken, dass ich schrie. »Ich musste gehen, weil du nicht konntest. Ich musste. Weil du dich die ganze Zeit um nichts gekümmert hast, weil du mir nichts erzählt hast. Du hast mir gesagt, dass sie dich gefeuert hat!« Ich sagte das, obwohl ich im Grunde wusste, dass es nicht stimmte. Ich hatte das nur angenommen.

»Natalie, Natalie, Natalie«, sagte Dad. Er kniete jetzt auch, so dass ich vor meinen Eltern stand und größer war als sie beide.

Ich wollte sie wegstoßen. Ich wollte in mich zusammenfallen.

»Du hast mich im Stich gelassen!«

»Natalie, bitte«, sagte Mom, sie wollte meine Hand nehmen, doch ich stieß sie weg. Sie hatte Tränen in den Augen.

Ich offenbar auch, denn die ganze Welt wurde plötzlich unscharf. »Ich wollte nur …«, begann ich und versuchte, Ordnung in das Gedankenchaos in meinem Kopf zu bringen, aber es ging nicht. Es wollten sich einfach keine Wörter formen.

Dad legte eine Hand auf Moms Schulter und eine auf meine Schulter. »Ich glaube, es ist am besten, wenn wir jetzt alle schlafen gehen. Wir können morgen darüber reden.«

Ich schloss die Augen und nickte dankbar, denn ich brachte sowieso nichts heraus. Ich konnte nicht mal mehr *fühlen*.

Er und Mom standen auf und brachten mich in mein Zimmer. Dad umarmte mich. »Schlaf dich aus, Natalie. Wir lieben dich.«

Meine Eltern tauschten Blicke, die ich nicht verstand. Dad ging ins Bett, aber Mom blieb bei mir sitzen. Sie strich mir übers Haar, bis der Schlaf nach mir griff und mich hinunterzog.

14. Januar

Arbeitsauftrag 38: Ein Wort über Wörter

Als ich am Morgen nach unten kam, saßen Mom und Dad bereits angezogen auf der Couch und erwarteten mich. Ich war nervös wegen der Szene in der Nacht, mir stand eine knallharte Therapeuterisierung bevor.

Ich setzte mich auf den Stuhl ihnen gegenüber, doch Dad schüttelte den Kopf. »Komm zu uns, Nats«, sagte er, und ich wechselte auf die Couch, so dass ich genau zwischen ihnen saß. Mom begann wieder, mir übers Haar zu streichen, sagte aber nichts. Dad moderierte die Show, wie er es seit letztem Sommer immer tat.

»Was hast du dir nur dabei gedacht?«, fragte er und versuchte, seine Stimme ruhig und normal zu halten. Er wollte mir seine Verzweiflung und Furcht und Frustration nicht zeigen. Es gelang ihm nicht.

Ich konnte nicht antworten. Ich wollte nicht wieder ausrasten wie heute Nacht. Ich biss mir auf die Lippe, zog die Knie an die Brust und starrte auf meine Zehen. Mom legte mir den Arm um die Schultern und drückte mich an sich.

»Natalie, warum bist du da hingegangen?«, fragte Dad.

Ich wollte mich einrollen, mich in die schläfrige Stille einer Wiese zurückziehen, aber die Zeit des Schweigens war vorbei. »Die kobaltblaue Orchidee ist gestorben, und ich musste eine neue holen.« Als es mal heraus war, klang es ganz einfach.

»Aber, Natalie, die Orchidee …«, begann Mom, und dann verstand sie.

Panik breitete sich auf ihrem Gesicht aus, es war die erste echte Regung, die die Mauer aus halbherzigem Lächeln und völliger Abwesenheit durchbrach. Es war der blanke Schrecken, der sich abzeichnete, und ich war schuld.

»Oh, Natalie«, sagte Mom. Sie wirkte verloren, und Dad blieb still.

Ich sah, welche Kraft es ihn kostete, nichts zu sagen, und ich wusste, dass er die Stille wachsen lassen würde, aber ich brach sie, bevor sie übermächtig werden konnte. Man musste mich nicht überlisten – das war nicht nötig. Ich hatte die Nase endgültig voll von Geheimnissen und Stillschweigen und dem Rumeiern. Dass ich zu reden anfing, war allein meine Entscheidung.

Ich wandte mich Mom zu. »Du hast gesagt, die Orchidee hat Zauberkraft. Und du hast sie geliebt. Wirklich *geliebt*. Und dann war sie tot, und ich dachte, wenn ich sie ersetzen würde, könnten wir vielleicht wieder von vorne anfangen. Wir würden eine zweite Chance bekommen, und alles wäre wieder wie zuvor. Ich wollte das Preisgeld beim Eier-Wettbewerb gewinnen, damit ich nach Neumexiko kann. Aber wir haben verloren, und Twig meinte, wir sollten trotzdem nach Neumexiko fliegen, aber wir wussten, dass das unmöglich war. Stattdessen sind wir ins Labor gegangen …«

»Natalie …«, sagte Mom wieder, aber ich war noch nicht fertig, jetzt, wo ich meine Gedanken endlich auf die Reihe kriegte. Jetzt, wo ich die Wahrheit endlich aussprach.

»Ich dachte, vielleicht bist du deshalb so traurig, wegen der Wunderblume – weil du sie nicht mehr erforschen kannst und weil du Forschung doch über alles liebst. Aber unsere Orchidee war gestorben, und es war die letzte, die du hattest, und du konntest nicht mehr zurück ins Labor …« Diesen letzten Satz ließ ich unvollendet, denn er war wohl nicht ganz richtig. Sie *hätte* zurück ins Labor gekonnt.

Mom schüttelte den Kopf, sie hatte denselben Gesichtsausdruck wie Mikaylas Mom letzte Nacht, und ich wollte schreien: »Nein, sag es nicht!« Aber ich biss mir auf die Lippen und ließ sie weiterreden. »Die Blume in unserem Gewächshaus, Natalie, das war keine Orchidee. Mrs Menzer hat dir eine blaue Bart-Iris gegeben.«

Ich verstand nicht. Ich wollte ihr sagen, dass sie verwirrt war und Unsinn redete, denn natürlich war unsere Pflanze eine kobaltblaue Orchidee gewesen.

»Wir hatte nur eine begrenzte Zahl von Exemplaren der kobaltblauen Orchidee, Nats, und sie sind sehr empfindlich – wir mussten sie alle im Labor behalten. Wir konnten keine davon entbehren.«

Sie gab sich alle Mühe, es mir verständlich zu machen, aber ich verstand nicht.

»Mrs Menzer fühlte sich schlecht wegen deiner Freundschaft zu Mikayla und dachte, es könnte helfen, wenn du ein eigenes Projekt hättest. Die Bart-Iris sieht ähnlich aus wie die kobaltblaue Orchidee, aber ich ahnte nicht, dass du ...« Sie schüttelte langsam den Kopf, ihr Blick war auf eine andere Zeit gerichtet, auf ein anderes Leben. »Ich hätte wissen müssen, dass du das denken würdest. Wir hatten kurz zuvor über die Orchidee gesprochen.«

Ich hätte den Unterschied zwischen einer Iris und einer Orchidee kennen müssen – *so* ähnlich sind sie auch wieder nicht –, aber ich war ihrem Zauber erlegen gewesen.

Mom sprach weiter. So viel hatte ich sie seit Monaten nicht mehr reden hören, plötzlich schien sie sich wieder zu erinnern, wie das ging. »Wir wollten die kobaltblaue Orchidee erforschen, weil wir glaubten, dass wir ihre Fähigkeit, Giftstoffe zu verarbeiten, im Kampf gegen Krankheiten einsetzen könnten. Wenn wir Glück hätten. Aber wir hatten kein Glück. Es gelang uns nicht, dieses Merkmal zu isolieren oder in andere Pflanzen zu transplantieren. Dann wurde uns die Förderung gestrichen. Dana hatte ein unangenehmes Telefongespräch mit dem Abteilungsleiter, nachdem sie beschlossen hatte, das Projekt aufzugeben. Es war nicht leicht, für uns beide.«

Mom holte tief Luft. Stille Tränen liefen ihr über die Wangen, und sie sah Dad voller Verzweiflung an, so als wollte sie von ihm gerettet werden. Dad hielt ihrem Blick stand, aber auch in seinen Augen sah ich Verzweiflung, denn er wollte sie retten, wusste aber nicht, wie.

»Natalie«, sagte sie, den Blick jetzt wieder auf mich gerichtet, und diesmal sah sie mich wirklich. »Ich hätte dir das alles erzählen sollen. Wir hätten reden müssen.«

Ich schüttelte den Kopf und verkroch mich zwischen meine Knie, denn ich konnte die Entschuldigungen in den Blicken meiner Eltern nicht ertragen. Ich litt für uns alle, selbst für die kleine tote Iris, die nicht so besonders gewesen war, wie ich es gern gehabt hätte.

»Ich liebe dich, Natalie«, flüsterte Mom mir ins Ohr. »Ich war … Ich war deprimiert, aber das heißt nicht, dass ich dich nicht liebe, immer lieben werde. Und es tut mir *so* leid.« Ihre Stimme bebte, als wären die Worte schwer, zu schwer, um sie hochzuheben, aber sie tat es trotzdem, aus Liebe zu uns.

»Wir schaffen das irgendwie«, sagte Dad. Seine Stimme klang rau und kräftig. Und auch wenn er zerbrochen war, würde er sich wieder zusammensetzen, für uns würde er all die winzigen Scherben wieder auflesen.

»Es tut mir so leid, meine liebe Natalie«, sagte Mom noch einmal.

Und da musste ich losheulen. Ein Spalt tat sich auf, und ich weinte, als wollte ich nie wieder aufhören, als wollte ich mich in lauter Tränen auflösen. Ich wagte nicht, aus meinem zusammengekauerten Kokon aufzublicken und meine Eltern anzusehen, denn das waren nicht Mom und Dad, wie ich sie kannte. Sie waren so viel mehr. Nicht perfekt, nicht allmächtig – aber real.

Auch ich war eine andere Natalie, und ich war mir nicht sicher, wie wir als neue Familie funktionieren würden.

Ich weinte so lange, bis – undenkbar – keine Träne mehr übrig war. Und sie hielten mich und ließen mich nicht los. Sie gingen nicht weg, und wir tasteten uns voran, gemeinsam, einen Schritt nach dem anderen.

15. Januar
Arbeitsauftrag 39: Telefonüberwachung

Twig rief heute nach der Schule an. »Ich kann nur telefonieren, weil Mom bei der Arbeit ist und Hélène Erbarmen mit mir hat.« Unsere Mobiltelefone waren wegen der Ausreiß- und Einbruchsaktion konfisziert worden.

»Ich kann nur mit dir reden, weil mein Dad direkt neben mir steht«, sagte ich. Dad grinste mich über den Tisch hinweg an. Mom hatte heute Nachmittag endlich einen Termin beim Therapeuten.[56] Nur Dad und ich waren zu Hause, und er ließ mich nicht aus den Augen. Vertrauen war derzeit ein heikles Thema, ich konnte es ihm nicht verübeln.

»Hast du Hausarrest?«, fragte Twig.

»Mehr oder weniger«, sagte ich, weil ich mir nicht sicher war. Ich musste jeden Tag direkt von der Schule nach Hause kommen, und wir verbrachten mehr Zeit als Familie miteinander, aber das ist nicht gerade eine Strafe. »Und du?«

»Auch«, sagte Twig. »Meine Mom war nicht gerade begeistert von unserem großen Abenteuer. Aber immerhin sehen wir uns in der Schule.« Natürlich hatten wir uns heute

---

[56] Nicht Doris, wie ich mit schuldbewusster Erleichterung feststellte. Denn, unglaublich, aber wahr, inzwischen mag ich Doris und möchte sie für mich allein haben.

gesehen, aber das war längst nicht genug. Außerdem mussten wir ständig so tun, als ob nichts wäre, besonders wenn Mikayla in der Nähe war. Sie warf uns vielsagende Blicke zu, die wir nach Kräften ignorierten.

»Wir sind immer noch Freunde«, sagte ich.

Twig lachte. Ich liebte Twig für ihre ansteckende Fröhlichkeit. »Na klar doch.«

»Hast du mit Dari gesprochen?«, fragte ich. Er war heute nicht in der Schule gewesen.

»Sie zögerte. »Nö. Ich hab angerufen, aber niemand ist rangegangen.«

»Hoffentlich ist er morgen wieder da.«

»Ja. Ich mache mir Sorgen um ihn.« Ihre Stimme schwankte, das war nicht die Twig, die ich kannte. Ich fragte mich, ob sie sich letzte Nacht verändert hatte oder schon lange vorher. Vielleicht war sie längst eine neue Twig gewesen, und ich hatte es bloß noch nicht bemerkt.

»Ich mach jetzt besser Schluss. Hélène schaut schon so. Wollte nur hören, wie's dir geht.«

»Alles in Ordnung.«

»Dann bis morgen.«

»Ja. Hab dich lieb, Twig.«

Sie lachte. »Ich dich auch, Monster.«

Wir hatten uns verändert und würden uns weiter verändern, aber Twig würde immer meine beste Freundin bleiben.

Nachdem wir aufgelegt hatten, verzog Dad das Gesicht

und sagte kopfschüttelnd: »Ihr drei hättet nicht einfach mitten in der Nacht losziehen sollen.«

»Ich weiß.«

Dad schien noch etwas sagen zu wollen, ließ es dann aber.

»Was ist?«, fragte ich. Er sollte reden, ich wollte, dass er redete, egal was kam.

»Aber nachdem es nun mal passiert ist«, begann er seufzend, »bin ich froh, dass ihr immerhin zu dritt wart. Ich bin froh, dass keiner von euch allein war.«

Ich blickte auf meine Hände hinunter, aber Dad sprach weiter: »Du hast gute Freunde, Natalie.« Ich konnte ihn nicht ansehen, denn er hatte recht – genau so war es. Vielleicht hatte ich ja doch ein bisschen Glück.

Dad stand auf und kam zu mir herüber. Er kniete sich neben meinen Stuhl und hielt mir die Hände. »Und dann hast du noch deine Mom und mich. Ich weiß, dass wir nicht alles richtig gemacht haben, aber wir lieben dich. Ganz gleich, was geschieht, Natalie, du bist niemals allein.«

Ich hielt den Blick auf unsere Hände gesenkt. Er hatte lange, dünne Finger wie Oma. »Dad?« Ich zwang mich zum Sprechen. Ich wusste es bereits – aber trotzdem musste ich die Wahrheit laut ausgesprochen hören. »Mom hatte das schon mal. Sie war schon öfter deprimiert.« Eigentlich hätte es eine Frage sein sollen, aber es kam anders heraus.

Dad drückte meine Hände. »Als du noch ganz klein warst. Ihr beide seid einen Monat lang nicht aufgestanden.«

Ich hatte es irgendwie gewusst, aber nun hatte ich Gewissheit. Diese schreckliche, unbegreifliche Sache, die über unser Leben gekommen war, war keineswegs neu. Sie war immer da gewesen. Ich hatte das bloß nicht verstanden. Ich war mir ja nicht mal sicher, ob ich es jetzt richtig verstand, aber ich tat mein Bestes.

»Diese Situation … die Depression … das ist nicht ihre Schuld. Sie gibt sich Mühe, Natalie«, sagte er.

»Ich weiß.«

»Ich bemühe mich auch.« Dad klang, als wollte er sich verteidigen. »Ich wollte schon früher Hilfe für sie organisieren. Wirklich.«

Er sah mich an, als fürchtete er meinen Zorn. Und ich war zornig, aber zugleich auch hoffnungsvoll. »Ich weiß«, sagte ich und drückte seine Hände.

28. Januar

Arbeitsauftrag 40: Das Gewächshaus

Ich fand Mom im Gewächshaus, die Glasscheiben waren beschlagen. Es kam mir vor, als beträte ich eine andere Realität.

Mom sah wieder real aus. Das erdbeerblonde Haar zurückgebunden, die Hände voller Dreck. »Diese kleine Pflanze war am Verdorren«, sagte sie. »Ich habe sie in einem Topf in der Ecke gefunden.«

Sie pflanzte mein Koreanisches Feuer in den Boden, und ich nannte ihr den Namen und erzählte die dazugehörige Geschichte, dass sie immer blüht, selbst im Winter.

»Eigentlich war es dein Weihnachtsgeschenk«, sagte ich. Das wusste sie schon – der Topf war mit einer Schleife und einer Karte versehen –, aber sie sollte es von mir hören. Ich war immer noch wütend auf sie.

Schweigend drückte sie die Erde an, obwohl die Blume bereits fest im Boden saß. Doch dann sagte sie mit klarer, kräftiger Stimme: »Ich mag sie.«

Das war meine Mom mit ihrer Arbeitsfrisur, den dreckigen Händen, den funkelnden Augen, und doch war sie nicht dieselbe. Ihr trauriges Selbst hatte ich nicht wirklich gekannt, aber dieses hier kannte ich auch nicht. Es enthielt alles gleichzeitig: Hoffnung und Hoffnungslosigkeit, Neugier und Mut, Scheitern und Kampfgeist. Sie war nicht perfekt. Sie war nicht allwissend. Aber sie war noch immer meine Mom, immer noch da. Und ich liebte sie noch immer.

»Ich habe den Iris-Samen eingepflanzt«, sagte sie und deutete auf den leeren Fleck, wo einst die alte Iris gewachsen war. Die Iris, die nichts Besonderes an sich hatte, weder Zauberkraft noch Bedeutung, eine stinknormale Alltags-Iris.

»Wieso?«, sagte ich und wünschte, ich hätte die Wut aus meiner Stimme nehmen können, aber ich hatte das alles so lange und so tief in mir vergraben, dass es jetzt unaufhaltsam an die Oberfläche drängte.

Mom hat früher ständig irgendwas ausgesät, immer und überall. Selbst wenn das Gewächshaus voll war, fand sie immer irgendwo eine freie Stelle, und wenn *wirklich* kein Platz mehr war, suchte sie sich ein Fleckchen am Straßenrand. Und wenn ich sie fragte, wieso sie das tat, zuckte sie bloß mit den Schultern und antwortete: »Weil Pflanzen schön sind.«

Diese Antwort erwartete ich auch jetzt: Schönheit um ihrer selbst willen. Doch stattdessen sah sie mich direkt an, die Augen voller Hoffnung und mit einer Spur von Tränenglitzern. »Weil wir eine zweite Chance verdient haben.«

17. Mai
Arbeitsauftrag 41: Die Wissenschaft von den zerbrechlichen Dingen

Diese Woche mussten wir bei Mr Neely unsere wissenschaftlichen Projekte präsentieren. Twig, Dari und ich berichteten gemeinsam über den Eier-Wettbewerb, und weil Twig für unser Präsentationsposter zuständig war, wurde sie am Morgen von ihrer Mutter gebracht. Ich fuhr allein mit dem Rad zur Schule und schloss es gerade ab, als Mikayla aus ihrem Auto stieg. Mom und Dad hätten es Zufall genannt, aber ich glaube, es war Schicksal.

In dem Moment gab es zwei Natalies: die alte, die den Kopf eingezogen und an ihr vorbei ins Klassenzimmer gegangen wäre, und die neue, die geradewegs auf Mikayla zuging. Ich hielt den Kopf oben und die Beine in Bewegung.

»Hi«, sagte ich, sobald ich am Auto war.

Mikayla holte einen Karton mit Setzlingen in kleinen Töpfen vom Rücksitz, sie wirkte nicht gerade überrascht.

Mikaylas Mom kurbelte das Fenster herunter und sagte: »Hallo, Natalie.«

»Hi«, sagte ich noch einmal, denn manchmal, wenn jemand dich in deinen wahrhaftigsten Augenblicken erlebt hat, genügen schon ganz kleine Wörter. »Brauchst du

Hilfe?«, fragte ich Mikayla, nicht weil ich wirklich helfen wollte, sondern weil ich dachte, ich sollte es zumindest anbieten.

»Geht schon«, sagte sie, während sie in einer Hand den Karton balancierte und mit der anderen die Autotür zuschlug. Ich war froh, dass sie ablehnte. Schließlich würden wir nicht Seite an Seite in die Schule hüpfen und ein Liedchen trällern.

»Schönen Tag noch«, sagte Mrs Menzer mit einem freundlichen, wissenden Lächeln. Ich wandte mich nicht ab, sondern lächelte zurück.

Als sie weg war, gingen Mikayla und ich ins Schulhaus und stiegen die Treppe in den zweiten Stock hinauf. Ich hakte die Daumen in die Träger meines Rucksacks, nur damit sie beschäftigt waren. Mein altes Selbst hätte jetzt geschwiegen, doch dieses neue Sag-was-du-denkst-Wesen ist ziemlich nett. Es sagte doch tatsächlich: »Ich weiß nicht genau, warum du aufgehört hast, meine Freundin zu sein.«

Mikayla sah zu mir herüber, und einen Moment lang war ihr Gesichtsausdruck ganz offen. Die Augenbrauen schossen hoch, die Lippen teilten sich, sie schien so überrascht, dass ihr gar keine Zeit blieb, um mit den Augen zu rollen oder höhnisch zu grinsen. »*Ich* hab nicht aufgehört, *deine* Freundin zu sein.«

Ich starrte sie an, und mir fiel keine passende Antwort ein.

Was soll man zu jemandem sagen, der in einem völlig anderen Universum lebt?

»Du hast dich mit Twig angefreundet, da konnte ich nicht mithalten. Du fandest sie auf den ersten Blick so wunderbar und toll und so … weiß nicht was, dass ich mir völlig überflüssig vorkam.« Und dann rollte sie, der Vollständigkeit halber, doch noch mit den Augen. »Außerdem seid ihr mir viel zu abgedreht.«

»Mikayla«, sagte ich, ohne wirklich zu begreifen, was sie da tat. Ich war so damit beschäftigt gewesen, mir vorzusagen, wie sehr sie mich verletzt hatte, dass mir keine Zeit geblieben war, mich zu fragen, wie sehr ich sie verletzt hatte. »Tut mir leid. Ich wollte nicht …«

Doch Mikayla rollte weiter mit den Augen. »Egal, Natalie. Ist nicht mehr wichtig. Außerdem weiß ich, was passiert ist. Euer Einbruch im Labor – das war ja wohl total bescheuert.«

Ich öffnete den Mund, um sie zu bitten, es nicht weiterzuerzählen, doch sie sah mich nur an und seufzte. »Keine Sorge. Ich erzähl's nicht weiter. Hab ich bisher auch nicht getan, oder?«

Vor vier Jahren hatten Mikayla und ich zusammen Pflanzen gesammelt und uns Zaubermittel ausgedacht, und es gab nicht die Spur einer Unstimmigkeit zwischen uns. Vor vier Jahren waren wir andere Menschen.

»Danke«, sagte ich.

Ein Lächeln zupfte an ihren Lippen, obwohl sie es zu unterdrücken versuchte. »Du bist buchstäblich nicht interessant genug, als dass man über dich klatschen würde.«

Wir kamen zu den Schließfächern, und ich half ihr, den Karton in ihres zu schieben. Sie bedankte sich nicht. Das musste sie auch nicht. Wir würden nie wieder beste Freundinnen sein, aber vielleicht musste unser Verhältnis weniger angespannt sein. Vielleicht konnte es besser werden.

Ich setzte mich zu Dari, der vor seinem Schließfach hockte und letzte Hand an unsere Präsentation legte. Er hatte noch immer Hausarrest, ziemlich unbefristet. Doch das schien sein Leben nicht entscheidend zu verändern. Er machte weiterhin zuverlässig seine Hausaufgaben.

Er saß über unser Poster gebeugt und prüfte es zum hunderttausendsten Mal. Er hatte alle Zahlen und Fakten in die Mitte geschrieben, das Ganze aber mit einer Borte aus grinsenden Eiern umrahmt, um ein »künstlerisches Element« hinzuzufügen. Weil er die Eier mit dem Zirkel gezeichnet hatte, sahen sie eher wie eine Horde Smileys aus – aber trotzdem, sie gefielen mir.

Twig kam natürlich erst knapp vor dem zweiten Klingeln. Sie stürmte die Treppe herauf und wedelte mit ihren zerknitterten Unterlagen für die Präsentation. Als sie Daris Eierborte sah, fiel sie ihm kreischend um den Hals. Alles war gut.

Später, in NaWi, machten wir den Anfang, weil Dari es

so wollte und wir ihm das irgendwie schuldig waren. Wir berichteten von S'Meggs, und dann redete Twig über Geschwindigkeit, und Dari redete über Winkel.

Und als endlich ich mit meiner Fragestellung und meinen Forschungsergebnissen an der Reihe war, sagte ich: »Ich habe mir Gedanken gemacht über zerbrechliche Dinge und wie man sie schützen kann.«

Ich sah zu Mr Neely hinüber, und er grinste, weil es keine besonders wissenschaftliche Frage war, aber trotzdem die richtige.

Unser letzter Arbeitsauftrag bestand darin, dass wir während der Präsentation von jemand anderem Überlegungen dazu notierten. Sobald Mr Neely das sagte, wusste ich, wessen Projekt ich mir aussuchen würde, war dann aber doch überrascht, dass ich bei Mikaylas Präsentation mein Heft aufschlug.

BEOBACHTUNGEN:

+ Mikayla Menzer hat mit Topfpflanzen gearbeitet.

+ Sie erklärt, dass eine Pflanze als Kontrollgruppe in direktem Sonnenlicht heranwuchs. Die zweite und die dritte Pflanze wuchsen in Schachteln, in die sie je ein Loch gebohrt hat, mal auf der linken, mal und auf der rechten Seite.

+ Die zweite und dritte Pflanze wuchsen schief und krumm, immer zu dem Loch hin, und die dritte schaffte es sogar, durch das Loch zu wachsen und so der Dunkelheit zu entkommen.

+ Mr Neely sagt, Mikayla hat es *#großartig!* gemacht, fügt aber hinzu, dass sie noch eine Kontrollpflanze hätte haben sollen, die im Dunkeln wächst, ganz ohne Licht.

+ Mikayla Menzer stimmt zu und sagt, dass sie daran nicht gedacht hat. Aber ich weiß, dass sie sehr wohl daran gedacht hat. Sie bringt es einfach nicht fertig, etwas sterben zu lassen.

+ Mikayla Menzer zupft an ihrem Zopf und sagt, sie sei fertig.

+ Mikayla Menzer riecht immer noch nach Sonnencreme.

Schritt 8: Analysiere deine Ergebnisse

Was kannst du aus ihnen lernen? Was hättest du besser machen können? Deine Reise ist jetzt zu Ende, und ich hoffe, du hattest genauso viel Spaß beim Forschen, Ermitteln und Experimentieren wie ich! Gib dein Laborbuch am Freitag ab und hab einen wunderbaren Sommer!

#Ende

30. Mai

Arbeitsauftrag 42: Analyse oder so etwas

Ich habe über winterharte Pflanzen nachgedacht. Darüber, dass sich das Leben manchmal unter die Erde zurückziehen und tief eingraben muss, um zu überleben. Und dass das eigentlich nichts Schlechtes ist. Es ist einfach notwendig. Und es ist in Ordnung.

Jetzt blühen alle Pflanzen wieder, sie recken sich nach der Sonne, und plötzlich ist das Schuljahr vorbei.

Wir haben unsere Laborbücher abgegeben. Ich habe mit dem Gedanken gespielt, so zu tun, als hätte ich meins verloren. Denn wir sollten die Welt ja wissenschaftlich und objektiv beobachten, was ich eindeutig nicht getan habe.

Aber Mr Neely wollte, dass wir uns mit etwas beschäftigen, das uns erstaunt hat. Und wir sollten es mit ganzem Herzen erforschen. Also, Mr Neely, hier sind meine Beobachtungen. Hier ist mein Herz.

Als Mrs Jackson uns letztes Jahr aufgefordert hat, unser Herz auszuschütten, hat niemand sie ernst genommen. Seine geheimsten Gefühle aufschreiben, damit jeder sie lesen kann – wie blöd ist das denn?

Und doch ist dieses Buch des Staunens zum wichtigsten Arbeitsauftrag geworden, den ich je erhalten habe. Ich habe Doris in einer der Sitzungen davon erzählt, und sie war auf ihre abgedrehte Therapeutenart total begeistert. »Es ist wunderbar, Natalie, dass du ein Ventil gefunden hast«, schwärmte sie, »eine Möglichkeit, dich auszudrücken.«

Aber seit dem Tag mit Mom im Gewächshaus habe ich eigentlich nichts mehr geschrieben. Das konnte ich Doris natürlich nicht sagen, wo sie doch so begeistert war. Aber die Wahrheit ist, dass ich es plötzlich nicht mehr brauche.

Weil ich jetzt reden kann.

Mom und Dad sind ehrlich zueinander. Offen gestanden ist Mom noch nicht wieder ganz die Alte, aber immerhin geht sie zweimal die Woche zum Therapeuten, und sie arbeitet wieder, zumindest Teilzeit. Das ist ein guter Anfang, und ich bin stolz, ihre Tochter zu sein.

Aber eins ist komisch. Die Bart-Iris ist nie gewachsen. Mom und ich haben gewartet und gewartet, während das Koreanische Feuer, unser Überlebenskünstler, ringsum in Blütenpracht ausbrach – aber der Irissamen wollte einfach nicht keimen.

»Ich fürchte, wir müssen sie aufgeben«, sagte ich eines Tages zu Mom, während wir jäteten und gossen. Es war schon über einen Monat her, dass wir den Samen in den Boden gelegt hatten, und wir redeten immer noch nicht viel. Es gab immer noch harte und schwierige Tage, aber wir arbeiteten täglich Seite an Seite im Gewächshaus, auch wenn es nicht viel zu tun gab. Das war unsere Verabredung, unsere Art, damit fertigzuwerden.

Mom seufzte. »Wir geben nicht auf, Natalie.« Sie strich mit der Hand über das kahlen Fleckchen Erde und sagte: »Wir machen weiter und versuchen etwas Neues.«

Daraufhin fuhren Mom und ich ins Gartencenter und kauften alle Iris-Samen, die sie hatten, in jeder Farbe, und noch ein paar Orchideen dazu.

Es brauchte nicht lange, bis die Blumen wuchsen. Sie schienen über Nacht zu sprießen. Ob nun Wunder oder Wissenschaft, jedenfalls füllten sie bald jeden Zentimeter des Gewächshauses. Sie blühten in allen Farben und wuchsen mutig und entschlossen und tapfer

Erst nichts, dann alles.

Wir schlenderten durch die Gänge des Gewächshauses, strichen mit der Hand über die Blütenblätter und hielten nur inne, wenn wir zu dem einen leeren Fleck kamen. Dort, wo die blaue Iris gestorben war, wollte einfach nichts wachsen. Vermutlich gab es dafür eine Erklärung, irgendwas Wissenschaftliches, aber das war nicht alles.

Dieser leere Fleck war eine Aufforderung, wir sollten uns erinnern. Und wenn Mom und ich dort standen, schmiegte ich mich an sie und atmete ihren Geruch nach bitterer Schokolade ein.

Vielleicht würden wir eines Tages das geheimnisvolle blaue Feld in Neumexiko besuchen. Wir würden durch die unnatürlich strahlenden Blüten wandern und uns darüber unterhalten, was in den letzten Monaten passiert war – vielleicht auch in den letzten Jahren. Eines Tages wird Mom mir die komplizierte, verdrehte Wahrheit über sich selbst erzählen, und ich werde diese letzten Beobachtungen analysieren, und wir werden weiterkommen, Schritt für Schritt – immer im Wandel, immer im Wachsen.

Aber gerade jetzt, hier im Gewächshaus, das so voller Leben und Licht und zweiten Chancen ist, war es gut so. Man kann, wie sich herausstellte, zerbrechliche Dinge nicht immer schützen. Herzen und Eier zerbrechen, und alles verändert sich, aber man macht trotzdem weiter.

Denn die Wissenschaft stellt Fragen. Und leben bedeutet, sich nicht vor den Antworten zu fürchten.

Danksagung

Sarah Davies, meiner Superheldin und exzeptionellen Agentin, tausendfachen Dank dafür, dass sie nach der Lektüre einer frühen Version gesagt hat: *Geh tiefer*, aber mehr noch für den Nachsatz: *Ich weiß, dass du das kannst.* Dank auch an das übrige Greenhouse-Team und die wunderbaren Leute von der Rechte-Abteilung.

Ich danke Chelsea Eberly, dass sie dieses Buch immer und immer wieder gelesen und die Personen darin manchmal besser verstanden hat als ich. Und natürlich dafür, dass sie sich so für Natalies Geschichte eingesetzt hat.

Ein großes Dankeschön an das übrige Team von Random House: Mallory Loehr, Michelle Nagler, Katrina Damkoehler, Stephanie Moss, Barbara Bakowski, Christine Ma, Kim Lauber, Adrienne Waintraub, Joe English, Emily Bruce und andere. Als Autorin kann ich mich da nur glücklich schätzen.

Mama Keller, meiner ersten und liebsten Lektorin, danke ich dafür, dass sie immer an mich glaubte, seit meinen ersten Schreibversuchen mit den Pinky Detective Stories. Für das geduldige Lesen zahlloser Entwürfe und Geschichten und dafür, dass sie mir gezeigt hat, wie man eine bessere Autorin wird. Vor allem aber hat sie mir gezeigt, wie man ein besserer Mensch wird.

Papa Keller ist mir ein wunderbares Vorbild, wenn es um Hingabe und harte Arbeit geht. Und natürlich Sunhi: Du bist die Twig zu meiner Natalie, eine nicht versiegende Quelle des Humors, der Güte und der Liebe, meine Schwester und beste Freundin. Dir, Opa, vielen Dank, dass du mir vorübergehend deine Wohnung als Büro überlassen hast (und Spike toleriert hast).

Jede Menge Dank an die Freunde, die frühe Versionen des Romans gelesen haben: Adelina, weil du mich damals in der Highschool unterstützt hast, als ich raunte *Ich schreibe ein Buch*; Lila für deine Zuneigung und Ehrlichkeit; Sam für die Art, wie du Bücher verschlingst; Booki, dass wir uns zusammen durch die Buchwelt gewurschtelt haben. Viel ist passiert, seit wir Praktikantinnen waren. Dank an Tanaz fürs Lesen, und den Swankys und Electrics für ihre Unterstützung.

Auch Jabberwocks gebührt Dank für Begeisterung und Unterstützung – ihr wart meine Arbeitsfamilie.

Lois Ann Yamanaka, Sandy Chang, Liz Foster, Alison Lazzara und Dan Torday – Danke für Wörterlisten, Ermutigungen, Hinweise und Kritik. Vor allem habt ihr mich immer wieder daran erinnert, dass ich etwas zu sagen habe – das war ganz wichtig.

Und natürlich Josh Nadel, mein Erstleser: Du bist mein Fels in der Brandung. Danke fürs Lesen und fürs Abwaschen und dafür, dass du »kobaltblaue Orchidee« gesagt hast. Ohne dich wäre das Buch nicht, was es ist, dasselbe gilt für mich.